黑夜里亮起一盏灯。

——何怀宏

《到宰恩国家公园》

摄影:何怀宏

比天空更广阔的

何怀宏 著

湖南人民出版社·长沙

本作品中文简体版权由湖南人民出版社所有。
未经许可,不得翻印。

图书在版编目(CIP)数据

比天空更广阔的 / 何怀宏著. -- 长沙:湖南人民出版社, 2025. 1. -- ISBN 978-7-5561-3726-8

Ⅰ.I267

中国国家版本馆CIP数据核字第2024EQ2554号

比天空更广阔的
BI TIANKONG GENG GUANGKUO DE

著　　者:何怀宏
出 版 人:张勤繁
选题策划:北京领读文化
产品经理:领　读-田　千　贺晓敏　吴　静
责任编辑:陈　实　张玉洁
责任校对:夏丽芬
编　　图:宽　堂
装帧设计:周伟伟

出版发行:湖南人民出版社有限责任公司 [http://www.hnppp.com]
地　　址:长沙市营盘东路3号　　邮编:410005　　电话:0731-82683313
印　　刷:长沙超峰印刷有限公司
版　　次:2025年1月第1版　　印　次:2025年1月第1次印刷
开　　本:889 mm × 1194 mm　1/32　印　张:14.75
字　　数:246千字
书　　号:ISBN 978-7-5561-3726-8
定　　价:65.00元

如有质量问题,请致电质量监督电话:010-59096394
团购电话:010-59320018

心灵的伟大（代序）
——读《甘地自传》与《圣雄甘地》

吉辛说有一些值得为之早起而读它的书，这样的书帮助我们忘却周围随处都有的、无聊或恶意的闲谈，并且教我们对"有这样好的人在其中的"世界寄予希望。《甘地自传》于我无疑就是这样一本书。并且，照孟子所言，人在夜里荡涤白日所为后静息下来的心灵，以及他在天刚亮时所接触到的平旦之气都是清明的，那么，以一种清明如洗的心境去读一本书，也不啻是给这本书一种它应得的尊敬。反过来，这本书又助一个人开始新的一天，使他的清明之气也许在整个白昼的纷扰喧嚣中不会丧失太多。所以，甘地每日必早起赤足诵读《薄伽梵歌》，这种简单的日课其实极含深意。

《甘地自传》的风格朴素无华，这使我想到，如果作者到了毫不考虑文字、风格的时候，一定是他感觉最接近真理的时候。这时候他只是努力想把这真理说出来，使这真理像对他呈现一样对我们呈现。我读托尔斯泰的《复活》时也有这种感觉，这位老人好像只是在说："人啊，我爱你们，你们怎么会不明白如此简单明了的真理呢？"

法国的拉皮埃尔与美国的柯丁斯合著的《圣雄甘地》，则是截取一个历史的横断面——印度独立时的重要人物和事件来写甘地，它还生动地描写了印度总理尼赫鲁，印度最后一任副王蒙巴顿，巴基斯坦之父真纳等人的行为、性格，乃至刺杀甘地的凶手的身世和动机。其中写到的印度境内诸土邦王公的豪富与怪癖，印度教与穆斯林的历史冲突，伴随着独立的印巴分治——一次可以说是世界历史上最大的财产和领土分割等，都让人读来饶有兴味。书中有许多对一般读者来说是新鲜的材料，像印度独立时的一个半月中，死亡人数竟相当于法国在第二次世界大战中死的人数，并且有一千万人流离失所、成为难民，这些事实就不太为我们普通人所知。读了书中有关印度独立时面临的烂摊子的描述，也会对印度人民今天取得的成就产生深刻的印象；而对这些成就，过去我们常常是容易瞧不起的。确实，应该想到，这世界上谁都不易。

这本书写得很吸引人，初看之下给人以文胜于质的印象，作者用的是文学笔法而非史笔。但这本书并不是虚构的文学作品。作者曾多次赴印度进行实地调查，4年行程25万公里，走访了许多当事人，查阅了大量历史文献。作者下笔也比较谨慎，虽然细心一点还是可以看出作者对其笔下人物的感情和褒贬，如对真纳的微词，对甘地有的行为的疑问等。而在我们看来，作者对蒙巴顿似有溢美之嫌，也许，这种作为西方人的优越感，是作者本人不易觉察，而我们却又特别敏感的。

当然，尽管人物、事件引人注目，最重要的人始终还是甘地，最打动我们心灵的也是甘地，并且是作为一个人的甘地，而非作为印度之父的甘地。历史事件在此主要还是作为一幅背景起作用，所以，书在写到甘地逝世时就戛然而止。国家会变化覆亡，民族的生存却久远得多，而作为人的生存则更为久远。于是，有一种精神的光辉会超越国界、超越时代、超越民族差别和宗教教派。

帕斯卡尔曾经讲到过三种伟大：一种是帝王、首领的伟大，一种是精神、理智的伟大，还有一种是仁爱、心灵的伟大。这三种伟大一个比一个高，后者比前者高，最后者最高。罗曼·罗兰也称颂过以思想和强力称雄的人，但认为真正伟大的是因心灵而伟大的人。

甘地其貌不扬，个子矮小，体重只有52公斤，身上总是只缠着一块自己纺纱织成的土布"拖地"，他曾在1931年就这样去见英王兼印度皇帝；在1947年也是这样去和印度副王进行有关印度独立的谈判。当时的副王蒙巴顿勋爵打量着他，觉得"他简直像一只小鸟，一只蜷缩在沙发里的可怜小麻雀"。甘地看上去绝不像一只雄鹰。

甘地没有头衔、没有官职，英国人因他组织战时救护队发给他的勋章，他早就退回去了，他曾参加并领导过国大党，但在1934年，65岁时他就宣布从国大党退休了，以专心致力于脚踏实地的社会改革工作，他鄙视权力和荣誉，关心的只是他应当做的事情：争取印度独立，进行社会改革，促进印穆团结，取消对贱民阶层的歧视，及至宣传不随地吐痰和大小便，并且他能把小事做得和大事一样认真。他在南非当律师时曾有一年五千英镑的可观收入，但后来他几乎是一无所有，全部财产仅仅是一部《薄伽梵歌》、一套白铁餐具、一尊象征教祖的三只猴子的小雕像和一只用细绳系住腰部的价值八个先令的英格索尔老怀表。

甘地也没有建立什么精美的思想体系，他的思想甚至可以说是十分简单的（这绝非是说不深刻），这就是爱和非暴力。他超越于各宗教教派的外在差别，而且看到其间某种共同的东西，他经常在祈祷会上念一段印度教经典《薄伽梵歌》，又念一段《古兰经》，又引述耶稣的话。他重视给普通人写信超过对写他的著作的重视，甚至他读书也不是很多，世俗读物他大概只仔细和反复地读过三部——英国罗斯金的《给那后来者》、美国梭罗的《公民的不服从》和俄国托尔斯泰的《天国在你心中》，但每本书都实实在在地在他生活中留下了深深的痕迹。他并不是一个有惊人智力或耀眼才华的人，他曾在印度读大学时因感到困难而辍学回家，他自英国留学刚回到印度后的一段律师业务也可以说是一场失败。

然而，就是这样一个普通的人，这样一个谦虚和朴实的人，却创造了一个奇迹，正是他的精神和不懈工作，感召和引导印度人民通过几十年不屈不挠的非暴力斗争和不合作运动，终于从英国人手中赢得了自己国家的独立。也正是他的精神，给迷茫和狂乱世界带来了一种希望，一种光明。他是值得印度人民骄傲的——他们在20世纪向世界贡献了一个甘地。

英国人在16—17世纪向世界贡献了一个莎士比亚，他们曾有言：英国宁愿失去印度，也不愿失去莎士比亚。

现在英国确实失去了印度。

而在某种意义上，使英国失去印度的正是甘地。

而使这个老大的大英帝国屈服的人却是一个手无寸铁的人，这个人走的是另一条道路，不是消灭敌手，而是自己吃苦的道路，这是一条历史上的全然新颖之路，是与世界上到处燃起的战火形成鲜明对照的道路。

当然，他的背后有人民。甘地和印度的土地、传统、人民有着深刻的联系，他能真切地感受到他们的需要。据说，有一次，他在冬夜的火炉边却依然冷得发抖，他叫身旁的人去看看外面，外面果然有一个冻得要死的穷人，于是马上将其延入屋内。他出门坐火车总是坐三等车厢，他到伦敦也好，到印度各都市也好，常常是住在贫民区里，他的住处总是向人们开放。

甘地的功绩是伟大的，甘地取得了世界性的声誉，但这种功绩和声誉并不是甘地所追求的，他甚至没有理会这些事，他只是坚持他信奉的真理，做他认为他该做的事情。当1947年8月14日—15日的午夜印度宣布独立时，甘地——为这一事业出力最多的人，作为这一事业灵魂和旗帜的人，并没有在首都开国大典的主席台上，而是在加尔各答的贫民区里，在纺过每天必纺的纱之后（比平日多些），躺在地上一块椰树叶编成的席子上睡下了。当午夜12点的钟声敲响，当印度初次领略独立和自由，这片南亚次大陆开始一个新纪元的时候，甘地正在沉睡，身边放着一双木底鞋、一本《薄伽梵歌》、一副假牙和一副铁框眼镜。

这年的10月2日是他的78岁生日，印度与世界到处在庆祝，电台录制了祝贺他生日的专题节目，但他拒绝收听，而是继续一面纺纱，一面默祷，在纺车的有节奏的咯咯声中，聆听"人世间微弱而凄惨的哀怨声"。

甘地确实满心悲哀，他来到加尔各答，后来又来到德里，想要以爱的精神平息印度教徒与穆斯林之间的教派骚乱和流血冲突。除了爱，他没有别的武器。他到处走访、祈祷、演说，忍受不理解的人们的辱骂和骚乱，他最后的办法是绝食——"汝行乎，吾死"。他的精神终于感染和震撼了人们，人们的注意力渐渐从"街道上的暴行转移到这张小床上来了"（尼赫鲁语），加尔各答出现了和平和亲善的景象。这样，在同样是印穆聚居的印度北部的旁遮普省，5.5万名军人没有做到的事情（制止宗教骚乱），却在这座250万人口的，历史上最倔强最血腥的，现在又即将如火山爆发的加尔各答城里，由一个手无寸铁的老人做到了。这就是著名的"加尔各答奇迹"。

甘地接着又把这种和平带到了首都德里，办法仍然是自己吃苦，自己默默地忍受牺牲，后来，他又准备徒步穿过旁遮普省的大地，前往从同一母体诞生的另一国家——巴基斯坦，一路宣讲和平的福音，然而，在他成行之前，他被一个印度教极端分子刺杀了。一个和平的使者死于暴力，这就是历史，也是完善他人格的最后一笔，就像耶稣最后必须被钉到十字架上一样。人啊，难道你真的在罪恶中陷溺得如此之深吗？

甘地一生被捕多次，在狱中整整度过了六个春秋，共计2338天，其中249天在南非的监狱，2089天在印度的英国殖民者的监狱。甘地一生有16次绝食，其中有2次是绝食三周，只喝一点苏打水。他多次在绝食中濒于死亡的边缘，最后一次绝食是在他79岁的时候，在他死前半个月，共绝食121小时30分钟。甘地如此谈到自己吃苦的意义："我们只受打，不还拳，我们用自己的痛苦使他们觉察到自己的不义，这样我们免不了要吃苦，一切斗争都是要吃苦的！"自己受苦意味着对人的信任和希望，意味着对人性中某种善端的尊重。这也是一条自我忏悔、自我纯洁之路。最后，"如果你是正确的，你就会在经受重重痛苦之后取得胜利，如果你错了，那么受打击的只是你个人而已"。

在曾获八项奥斯卡奖的影片《甘地》中，甘地临死前，他的一个英国弟子米拉拜不无凄楚地说："当我们最需要摆脱疯狂的时候，他给全世界指了一条出路。他自己没有意识到这一点……世界也没有。"

然而，我想甘地是认识到他的斗争的意义的，他于1931年在美国一家电台发表演说时，就曾谈到过印度这一文明古国或许能给流血的世界指明一条新的出路，但是，世界认识到了吗？

巴基斯坦国父真纳的陵墓花了5亿法郎，甘地的骨灰却早已被老恒河的流水给带走了，但甘地的精神却注定要长存不衰。甘地给世界文明带来了一种新的东西，这种东西的意义我们现在还很难估计。甘地绝不只是一个国家的缔造者，他也是一种伟大精神的创造者。甘地不仅是印度的，也是世界的。

今天的世界又快走到一个世纪末而踏上一个新世纪的门槛了，我们能对这一个千年才遇到的世纪寄予什么希望呢？或者毋宁说，我们能通过我们的努力创造什么希望呢？尽管在20世纪的上半叶发生了两次世界大战，但在下半叶迄今毕竟没有发生过世界性的战争，世界总是要朝着和平进步发展的。我们怀着希望，我们愿有所为。

正如甘地所言："未来依赖于我们现在做的事情。"

何怀宏

写于1989年岁末

（原刊《书林》1990年第1期，文字略有变动）

目 录

第一辑 哲人剪影

政治的荆棘与哲学的冠冕　　003

第一次读柏克　　007

逝去的时代　　011

寒夜之思　　015

与真理为友　　019

耐读的《万象译事》　　022

不赚钱的思想　　025

对思想的权力　　027

奇特的上帝　　034

精神的低吟　　037

黑夜里亮起一盏灯　　041

一个行动中的哲学家——从苏格拉底之死谈起　　058

悼念诺齐克	080
反省的人生	084
我爱读的几种西方典籍	092
罗尔斯的思想遗产	097
三足鼎——读《名哲言行录》笔记	108

第二辑 历史凝视

追求卓越的希腊人	129
壮丽的日落	133
读《风俗论》	136
举步维艰的自由史	139
必要的反省	142
青春与理想	147
回顾20世纪	151
新世纪的问题	153
雅典的兴衰——读《伯罗奔尼撒战争史》笔记	156
心忧天下	187
何谓"人文"	193
过去、现在与未来——与福山一席谈	202

第三辑　文学浏览

愉悦与哀伤　　　　　　　　　　　　223

读赵园《独语》　　　　　　　　　　226

另一本《独语》　　　　　　　　　　229

市井与高原　　　　　　　　　　　　232

初读《黄金时代》　　　　　　　　　244

不合时宜的人——王小波小说中的主人公　　249

第四辑　自然印迹

南极的土著　　　　　　　　　　　　289

纳尔逊冰盖　　　　　　　　　　　　297

阿德雷小道　　　　　　　　　　　　301

内心的纬度　　　　　　　　　　　　307

多一点绿色　　　　　　　　　　　　314

人为什么要探险？　　　　　　　　　317

从南极看人与自然　　　　　　　　　320

第五辑　我们生活的世界

对于这个世界的愿望　　　　　　　　327

生命的原则

  ——访在"大兵瑞恩与梁晓声"讨论结束之际 333

道德的最后边界

  ——采访人：《光明日报》记者钟国兴 347

伦理学的中国话语

  ——答《中国图书商报·书评周刊》记者问 354

现代社会需要一种什么样的伦理？ 361

应用伦理学的视野 369

群体比个人更自私 380

团体生活重建信任 384

"公民不服从"中的法律、道德和宗教 388

底线伦理与世纪冲突 395

战争手段的发展与道德理性的成长 399

战争行为与战争行为主体 404

为什么要追究孙志刚之死？ 409

我们能为医务人员做些什么？ 412

对这个世界的失望与惊奇

  ——现代文化的一个观感 418

面向大众的追求卓越 437

后 记 443

修订版后记 447

第一辑

哲人剪影

丢勒〈哲学〉

政治的荆棘与哲学的冠冕

西塞罗是一个政治家，又是一个哲学家，他的传世作品可分为四种：演说、书信、诗歌与专著。而专著又可分成修辞学、神学、认识论、政治学与伦理学五类。我对后两类著作最感兴趣，即政治学与伦理学，前者有两篇专论：《论共和国》和《论法律》，后者有《论善与恶的界限》、《图斯库卢姆谈话录》(论灵魂)、《论义务》、《论老年》、《论友谊》、《论安慰》、《荷尔滕西乌斯》诸篇。而在这一篇短文中，我想只说说我读这方面著作的一点感想。

政治在古希腊罗马人的生活中所占据的地位，远比在现代人的生活中所占据的地位重要。有公民权的人们极其珍视参与政治的权利，这种权利就构成他们权利的主体。其中的一些缘由大致是因为那时的社会是建立在奴隶制的基础上，公民的人数较少，他们有充分的闲暇，也有迫切的必要性从事政治，他们也能感觉到自身的参与对国家确实起着重要的作用，尤其是对于某些具有政治智慧和才华的人物来说，他们比较容易在这一较小的群体中展露才华，使自己得到较直接的了解和较公允的评价，他们因而也对这一紧密的政治共同体及其传统有着相当深厚的感情和责任感，这一切都使古代人比现代人具有更高的政治热情。所以，生活在那样一个时代的西塞罗认为"政治高于哲学"也就不让人觉得奇怪了。

西塞罗视"政治高于哲学"还因为：在他看来，政治家能通过法律和政策比较迅速地影响大多数人，而哲学则只能通过自身的言传身教及著书立说，相当缓慢地影响少数人——影响少数潜在的、年轻的精英，这些精英中有些人或许以后能成为有力的政治家而再影响全社会。今天生活在现代社会中的人们，当然可以感受到哲学乃至其他未进入政治领域的思想学术的实力比古代更趋微弱和间接（也许在某些短暂的革命时期除外），甚至最看重思想的力量，认为思想比利益还要有力的凯恩斯也认为，思想主要是影响现在的年轻人，而很难影响到现在的执政者，现在的执政者的观念主要是他们年轻时形成的。这样就有了一个时间差。思想发挥效力不仅必须通过一定的时间，常常还需要人群和组织的中介，甚至还可能需要某种机遇。甚至最重视哲学的实践性和改造功能的马克思，也没有在自己的有生之年看见声明以自己的学说为指南的人们成功地夺得政权。还有一些并非无力和无理的思想，却可能由于机遇不佳而注定是不结果实的花。就哲学与政治结合的有利条件而言，古代似乎要胜过现代，而古代西方似乎又要胜过古代中国，古希腊的梭伦还能为他生活的当世之人立法，而孔子则只能"为后世立法"。

政治向来是影响社会最直接和最有力的杠杆，这诱使一些心急的思想者总想马上把自己的想法和理念诉诸政治。但政治却看来并不一定能像影响社会那样直接和有效地影响哲学。哲学有它自己的生长逻辑和季节，还常常要"得其人"方能酝酿成熟，哲学起作用也有它自己的方式，所以，通过政治权力和领袖权威推行的全民学哲学、用哲学运动不免流于形式乃至成为笑谈。哲学实际上只是很少数人的事，即使在它要影响大多数人时也还是必须先通过少数人——少数接受了这种哲学的政治和行动精英。政治难以直接地影响哲学还显示出哲学自身的独立性和坚定品格，这也是它的骄傲。此外，政治的领域固然荆棘重重，危险丛生，而要获得哲学的冠冕亦绝非易事，必有赖于某种巨大的天才和持久的努力。政治上要成功固然需要有一种披荆斩棘的勇敢和坚毅，而哲学的成就也需要一种筚路蓝缕、经常是在孤独和寂寞中进行创造的功夫。

西塞罗乃至于整个古罗马的政治哲学从大范畴来说并没有超出古希腊的哲人所划定的范围，古罗马人更多的是做而不是说。西塞罗的两篇《论共和国》与《论法律》显然也有仿效柏拉图的痕迹，但他仍不愧是古罗马政治智慧的一位最伟大的言说者。西塞罗从统治者多寡的角度划分出三种主要的政体：君主制、贵族制与民主制，并认为这三种政体若单纯化均有其缺陷，而最糟的却是民主制，它容易蜕变为一种放纵无拘的群氓政府，当然，这种情况不会持久，这种政体又会循环到君主制和贵族制，而这两种政体也可能分别蜕变和败坏为暴君制和寡头制。

在西塞罗看来，较为可取的还是一种"混合政体"，他充分考虑了罗马共和国的长期经验，认为把以罗马执政官为代表的"君主制"，以元老院议会为代表的贵族制和以民众大会及平民保民官为代表的民主制结合起来的"混合政体"，最有可能保持平衡和持久。而且，一种较合适的"混合政体"不可能是仅仅一个人的单纯理论创造，而是在很长的历史时期中由人们不断提出观念、不断创制和改进制度而形成而磨合出来的。

西塞罗身体力行了他的思想。在政治上他担任过财政官、市政官、裁判官和执政官，甚至一度被称为"国父"，而在政治上失意的期间，他则潜心著述，写了许多重要的著作，当罗马的共和制受到威胁时，他又起而抗争，最后被杀。古罗马不久遂进入了帝制时期。然而，不论西塞罗的功业和德行如何，其立言已足以使之不朽了。

第一次读柏克

写下这个题目,得稍微做一点解释,更确切地说,是第一次读柏克的书。国人闻柏克之名(或译伯克)久矣,然而,往往只是以"保守""反动"视之,前两年域外有论者批判中国"全面的保守主义",却奇怪地以国人很少读过其论著的柏克为主要靶子。也许是我孤陋寡闻,直到最近由何兆武先生翻译的《法国革命论》出版,我还一直没有见到过他的单本中文译著,只是见过收在西方美学文论集中的《对崇高观念和优美观念之起源的哲学研究》,以及新近才发表的蒋庆译出的"柏克论立法,谨慎"的片段文字。在20世纪多次的翻译热潮中,国人唯独将柏克冷落,从中也许可以从某个侧面反映出我们的思想和精神状况。无论如何,在我看来,现在这本译著的问世,不仅为我们填补了一个翻译上的空白,而且弥补了我们思想视野上的一个重要缺憾。

《法国革命论》的主要部分写于1790年,本是柏克给一个法国人杜邦的长信,是对刚爆发不久的1789年法国大革命的直接思考和评论,同时也论及当时伦敦某些团体对该事件的行动和态度。作者赞扬英国的"光荣革命",甚至也在某种程度上支持美国革命，反对英国对北美殖民地的压迫政策，然而却激烈批评了法国大革命的原则。作者说他热爱自由，但是是爱"一种高尚的、有道德的、规矩的自由"，他认为自由的前提是秩序，而不是砸烂文化传统和盲信抽象理性的重新设计。

柏克以英国为例，认为自由乃是我们得自祖辈的一项遗产，是在尊重传统的基础上通过渐进争取和改进得来的。它并不割断我们的亲情和信仰纽带。凡是从不向后回顾自己祖先的人，也不会向前瞻望子孙后代。而懂得保守那些真正有价值的东西的人，也才是真正懂得自由。自由也不是那种颠倒和改变事物自然秩序的一律平等。一切事情都应当开放，但并不是对每一个人都毫无区别。甚至于，从默默无闻的状况到荣名显赫的道路不应该弄得太容易，即便有罕见的才能，也最好经过某种困难的磨炼和斗争的验证。他认为人们在热衷于普遍权利理论的时候，不能全然忘记人性，忘记人的自然差别。

柏克当时就已预见到：1789年的法国大革命作为一个事件，将以走向专制主义（拿破仑）而告终，但他也同样预感到由其代表的时代的总趋势却无可避免，预感到在人类的面前，毕竟开启了一个新的时代。以下是曾被萨谬尔逊引用在他著名的《经济学》教科书开首的一段名言："骑士的时代已经过去了，继之而来的是诡辩家、经济家和计算机的时代。"

我愿意接着引录柏克随后的一段话：

> 欧洲的光荣是永远消失了。我们永远、永远也看不到那种对上级和对女性的慷慨的效忠、那种骄傲的驯服、那种庄严的服从、那种衷心的部曲关系——它们哪怕是在卑顺本身之中，也活生生地保持着一种崇高的自由精神。那种买不到的生命的优美、那种不计代价的保卫国家、那种对英勇的情操和英雄事业的培育，都已经消逝了！那种对原则的敏感、那种对荣誉的纯洁感——它感到任何一种玷污都是一种创伤，它激励着人们的英勇却平息了残暴；它把它所触及的一切东西都高贵化了，而且邪恶本身在它之下也由于失去了其全部的粗暴而失去了其自身的一半罪过——这一切都成为过去了。

柏克的话也许并不完全公允，因为我们也从新时代得到了一些我们想要得到和同样珍视的东西，新时代还有自己的光荣，有时候我们必须有所选择，有所得必有所失，有时甚至还谈不上选择：你被卷入了一个势所必至的大潮。

但无论如何，有些东西我们也许丢得太快了，而在这些我们唯恐弃之不及的东西中，却有一些今天的人们只有细心体会才能把握的深具魅力和美感的东西。

从上面这段话我们也可以大致领略到《法国革命论》的风格，这是一种富于感情、汪洋恣肆、大段雄辩的风格，加上《法国革命论》作为书信在结构上未分章节，又涉及一些当时的具体人物和事件，所以，甚至可以说这本书颇不好读，但是，我想我们费一点力气来读它还是很值得的，它不仅有助于我们思考革命事件的另一面，也有助于我们反省我们现在所生活的时代的另一面。

逝去的时代

在论及思想史的时候,有一点有时会被人忽略:那就是无论中西,传统社会与现代社会都是很不一样的社会,有些思想是没办法脱离社会环境来理解的,更不可能简单地想照搬于现代。所以,罗素的《西方哲学史》虽然有些地方行文过于随意,但他特别注意思想与政治、社会环境的联系,很可补有些哲学史著作之不足。

比如,罗素谈到亚里士多德时就颇着墨于亚氏思想与当时社会政治的关联。与黑格尔不一样,他说他愿意想象亚里士多德对亚历山大的影响几乎等于零,而亚历山大对亚里士多德的影响也是很小的,亚里士多德对政治的思考竟至于轻易地遗漏掉了一个事实,即城邦的时代已经让位给帝国的时代了。

亚里士多德的《尼各马可伦理学》一书认为:人的灵魂里面有一种成分是理性的,有一种成分是非理性的。而人的非理性的部分又有两重:在各种生物(包括植物)之中都可以发现的生长部分与只存在于动物的嗜欲部分。理性灵魂的生活就在于沉思,这是人的完满的幸福,尽管并不能完全达到。而我们应当作为人,应当是尽我们的力量使自己不朽，尽最大努力依照我们生命中最美好的东西而生活；因为尽管它在数量上很小，但是它在力量上和价值上却远远超过了一切事物。

而这种观点，在罗素看来，大体上代表了他那个时代有教育的、有阅历的人们的流行见解，投合了可尊敬的中年人的胃口，并且被他们用来——尤其是自从17世纪以来——压抑青年们的热情与热诚。而亚里士多德的这种推崇理性和精神不朽的伦理学观点不同于我们时代的地方，主要是在与贵族制的某种形式有关的地方。我们认为凡是人，至少在伦理理论上，都有平等的权利，而正义就包含着平等；亚里士多德则认为正义包含着的并不是平等而是正当的比例，它仅只是某些时候才是平等。最高的德只能是少数人的，亚里士多德的这种观点，在逻辑上是和他把伦理学附属于政治学的观点相联系着的。如果目的是在于好的社会而非好的个人，那么好的社会可以是一个有着隶属关系的社会。

从个人来说，幸福就在于有德的活动，完美的幸福在于最好的活动，而最好的活动则是静观的。静观要比战争，或政治，或任何其他的实际功业都更可贵，因为它使人可以悠闲，而悠闲对于幸福乃是最本质的东西。实践的德行仅能带来次等的幸福，而最高的幸福则存在于理性的运用中。人不能够完全是静观的，但就其是静观的而言，他是分享着神圣的生活的。因此，在一切人之中，哲学家的活动是最类似于神的，所以是最幸福的、最美好的。

所以，亚里士多德不仅对于奴隶制度，或者对于丈夫与父亲对妻子与孩子的优越地位，没有加以任何的反驳，反而认为最好的东西本质上就仅只是为着少数人的，亦即为着骄傲的人与哲学家的，因而大多数人主要只是产生少数统治者与圣贤的手段。

罗素据此指出：亚里士多德在他《政治学》一书里的基本假设，与任何近代作家都大大不同。依亚氏看来，国家的目的乃是造就有文化的君子，亦即把贵族精神与爱好学艺结合在一起的人。这种结合以其最高度的完美形式存在于伯里克利时代的雅典，但不是存在于全民中，而只是存在于那些生活优裕的人中间。到伯里克利的最后年代，它就开始解体了。没有文化的群众攻击伯里克利的朋友们，而他们也就不得不以阴谋、暗杀、非法的专制以及其他并不很君子的方法来保卫富人的特权。苏格拉底死后，雅典民主制的顽固性削弱了；雅典仍然是古代文化的中心，但是政治权力则转移到了另外的地方。在整个古代的末期，权力和文化通常是分开来的：权力掌握在粗暴的军人手里，文化则属于软弱无力的希腊人，并且常常还是奴隶们。这一点在罗马光辉伟大的日子里只是部分如此，但是在西塞罗以前和在马尔库斯·奥勒留以后则特别如此。到了野蛮人入侵以后，"君子们"是北方的野蛮人，而文化人则是南方的精细的教士们。这种情形多多少少一直持续到文艺复兴的时代，到了文艺复兴，俗人才又开始掌握文化。从文艺复兴以后，希腊人的由有文化的君子来执政的政治观，就逐渐地日益流行起来，到18世纪达到了它的顶点。

但在罗素看来，各种不同的力量终于结束了这种局面。首先是体现于法国大革命及其余波的民主制。自从伯里克利的时代以后，有文化的君子们就必须保卫自己的特权而反对群众；而且在这个过程之中，他们就不再成其为君子也不再有文化。工业文明的兴起带来了一种与传统文化大为不同的科学技术，群众的教育也给了人们以阅读和写字的能力，但并没有给他们以文化；这就使得新型的煽动者能够进行新型的宣传，就像我们在独裁制的国家里所看到的那样。因此，好也罢，坏也罢，有文化的君子的日子是一去不复返了。

我们在传统中国的历史及其向现代中国转换的过程中，大致也可以看到类似的情景。

寒夜之思

最早使我注意到寒哲（James Hammond）的，是他前几年在《读书》杂志上发表的一篇同样主题的文章，当时我感到好奇的是：作者作为一个美国人，似乎名不见经传，既非美国著名的中国学学者，更非名气超出专业领域的学术大家，关心的却是头等重要的、有关文化的衰朽与复兴的问题，其论述的风格也和一般的专业学者颇不同，是一种极其重视使人焦虑的真实思想和问题，而不拘泥于学术规范和行话、带一点随想性质的风格。但也正是因此，我想他大概也入不了美国学术的主流。

这次读到寒哲的随笔集《衰朽与复兴》，似乎验证了我的猜测，作者的主业是从事拉丁文教学和电脑咨询工作，他看来只是一个业余学者，或更正确地说，是业余思想家、业余哲学家，当然，作者毕业于哈佛大学，又保证其曾经受到过高水准的系统教育。

谈到"复兴"，当然就意味着此前是一个"衰朽"期，作者认为：衰朽，或死的本能，在当今的大多数西方社会已达到极限。他就此对现代社会和现代人的生活方式展开了相当全面的批判，甚至包括对民主的批判。在他看来，现代社会存在着它的同一性，即在无阶级性方面是无与伦比的。现代人再也无须克服生活的无聊，他自有消磨时间的办法，自有消磨一生的办法；他工作、挣钱、积累财富。现代人不满足于只挣够生活所需，他要挣得越多越好。现代人假装工作是件不得已的事，而实际上工作对他来说，是何乐而不为，因为工作是现代人消磨时间的最佳方式。对现代人来说，工作可以打消或用有所成就的幻觉来代替他的无用感和空虚感。此外，工作还使他得以获取财富，并因而获得别人对他的尊敬和他的自尊。

而作者指出，衰朽的一种最严重症状是文化的创造和传承者也陷入衰朽，这集中表现于教育与学术上。在印刷机发明之前，学生没有教材，所以，由教授读给学生听；"讲授"（lecture）这个词来自拉丁文"legere"，意思是"朗读"。印刷术的发明使学生自己阅读成为可能，因此，"讲授"的理由便不存在了。那么，教授应该干什么呢？教授应该跟学生一样，集中精力于读书和研究经典，应该遵循叔本华的教诲，去阅读好作品，而不要去撰写坏作品。现在的教授要么把时间花在阅读跟他们的专业有关的二流作品上，要么就把时间花在撰写跟他们的专业有关的二流作品上。他们感到非写作不可。他们的口号是："要么出版，要么完蛋。"学术界把学术降低到了商品交换的水平。文学也是一样。早先的作家似乎在写作时就坚信,自己的作品会经久不衰,后人会为它们树碑立传。当代作家则似乎在写作时就料到,自己的作品会先畅销一时,然后就"报废"。早先的作家写一封信所付出的努力比我们现在写一本书所付出的努力还要大。他们的信比我们的书更接近于文学。当代文学却正逐渐沦为新闻写作,正如当代教育正逐渐沦为职业教育一样。

然而,在作者看来,死的本能在当今的大多数西方社会已达到极限,现在,它将走向其反面,即生的本能。因此,多数西方社会现正处于复兴的开端。他回顾历史,说古希腊历史上的复兴时代是埃斯库罗斯、索福克勒斯和修昔底德的时代,这三个人是狄俄尼索斯型,是不拘于道德型、复兴型和生的本能的代表。古罗马是恺撒和奥古斯都复兴时代,这个时代的代表人物是卢克莱修、维吉尔和贺拉斯。意大利文艺复兴的三位主要艺术家是米开朗琪罗、达·芬奇和提香,它还拥有一位复兴型作家马基雅维利。荷兰的文艺复兴是以弗美尔、伦勃朗和斯宾诺莎为代表。法国文艺复兴的代表人物是蒙田和拉伯雷。莎士比亚和培根则是英国文艺复兴的代表人物。德国文艺复兴的三位主要人物是歌德、贝多芬和黑格尔。俄国的复兴代表人物有陀思妥耶夫斯基、托尔斯泰和柴可夫斯基。总之,近代从17世纪到20世纪的四百年长的周期是以一个复兴时代为开端的,这个复兴时代就是蒙田和莎士比亚的时代,这个时代延续了一代人之久。这个周期将以一个绝对的衰朽和阶段为终结,这个阶段将从大约20世纪的50年代延续到20世纪的90年代。但然后,由于死的本能已达极限,生的本能将在这些国家再现。这是四百年以来的第一次。这个生的本能将导致复兴,它的代表人物会出生在1900年到2000年之间。

正规专业学者是不会像这样,尤其是像最后一段这样论述问题的,但我们为什么不听一听有些貌似奇特的思想和声音呢?而且,如果说世界对物质的热衷已如夏日的正午,对精神的冷淡则如冬夜,那么,在这样的时候,有这样的一些思想犹如寒星倒也是个安慰。

与真理为友

告别哈佛已经六年了,仍怀念那一段读书时光。最近重读中国台湾学者黄进兴(笔名吴咏慧)的《哈佛琐记》,又勾起了对往事的回忆。我那年到那里的时候,正是9月,新英格兰的秋天色彩极其丰富多彩和斑斓,一地美丽多姿的树叶让人流连而又不免有点感伤,然后是一个漫长的、"多雪的冬天",也许正是因此,春天的来临也就更加让人感觉温柔和惊喜。实在说,我那一年还是有些孤独和思乡的,但有一种味道,有一种气氛却让我再也难以忘怀,有时不由得凝神暗想,哈佛最吸引我的究竟是什么呢?

《哈佛琐记》中写道,哈佛校旗以哈佛红为底色,中央印有盾形的黄色校徽,里边写着拉丁字"VERITAS"(中文可音译为"美丽踏实"),意谓"真理",这是哈佛的校训。哈佛校徽制定于1643年。原来的格言如下:"让柏拉图与你为友,让亚里士多德与你为友,但是,更重要的是,让真理(VERITAS)与你为友。"(Amicus Plato, Amicus Aristotle, Sed Magis Amicus VERITAS.)在 1978 年哈佛大学颁赠给俄国流亡作家索尔仁尼琴(Solzhenitsyn)荣誉博士学位的典礼上,索氏在致辞的开场白中说,哈佛的校训是"真理",而对真理的追求必须全神贯注,稍有疏忽即易迷失;而且,"真理"通常无可避免地会惹人不悦。

真理不是要使人愉悦的。真理甚至常常使人苦恼,使别人苦恼,自己也苦恼,因为它常常意味着与习惯的生活轨迹或统治方式不合。与真理为友的人于是时常不得不与权力为敌,如果这权力越过自己的界限而变成一种肆虐的权力的时候。这种对峙状态并不是他有意而为,更不是他乐意如此,但肆虐的权力却常常逼迫他必须在两者之间做出选择:要么放弃真理而服从权力,要么坚持真理而遭受迫害。

背负真理的人的担子因此常常是重的,他一方面感受到真理的"美丽"和确定无疑,另一方面,他又必须是坚定"踏实"的,必须像马丁·路德所言那样,"我就站在这里","这就是我的立场"。

然而,看见真理的人还是快乐的,虽然他只要不离弃自己的同胞,就得像柏拉图"洞穴的寓言"中所说,在看到阳光之后仍然回到黑魆魆的洞穴中去,回到以影子为真实的同伴那里去。告诉他所看到的真相;虽然他将为此付出代价,有时甚至是生命的代价,但那曾经瞥见过真理的人们,却往往再也不愿以任何东西来换走这种使他不再安逸的却弥足珍贵的滋味了。

最后想顺便提一下，有关哈佛的生活，还有一篇文字也很值得一读，那就是贺麟写于1929年的《哈佛日记》，在那里，我们同样感受到了一种对真理的渴望。例如，在5月30日的日记中，贺麟写道："以后务须随时随地牺牲一切保持自己的内心自由，和 self-respect（自尊心），要无一时忘掉了以诚接物，更要无一时忘掉了求真理说真理的使命。"

耐读的《万象译事》

一本包罗万象、意在调和众口的丛刊要想有许多耐读的、适合一个人口味的文章确实不容易。我不知道别人如何，当我拿到《万象译事》（卷一），却为一卷之中竟有这么多我想读的文章而感到欣喜。首篇是由资中筠译，索卡尔与布里克蒙为《伪学术》一书写的序言"回到常识与逻辑"。索卡尔曾将一篇胡乱拼凑概念的晦涩文章，开玩笑地投给《社会文本》，却被作为特刊文章刊登的"公案"，已为我们所熟悉，这本书则是继续抨击有些时髦的"后现代派"作者滥用自然科学概念和术语，故作高深。

这本译丛中每篇译文的前面，一般都有译者写的一个有关背景和内容的介绍，这一点确实表现出编者为读者在设身处地地考虑，有时还很有必要。比如说，马尔罗《反回忆录》中的一节"与毛泽东会谈"，若无译者的说明，我们就不会那么清楚地看出这篇谈话其实很大程度上是作者制造的关于自身的"神话"——本来不过是半小时的外交客套，却被作者渲染成"两位并为哲学家和革命家的巨人在宇宙意识高度上作的长时间平等交谈"。细读这篇访谈，不时可以看到一些精心的矫饰和插入，非常有趣。

鲍德里亚有关"知识分子、认同与政治权力"的对话、海耶克的《论思想国有》和泰特的《民主与法：理论和研究中的新发展》等文章，都很值得关心思想学术的人一读。而选自《欧洲风化史》的《新亚当和新夏娃》和选自《爱欲经》的《论拥抱·论接吻》，则展示了东方和西方不同时代的情爱的风俗画，可以让人轻松地一观。另外，还有一组中国作者专谈译事的文章，由董桥、思果、刘绍铭等名家评夏济安等人的名译，也是读起来很快乐的事。

不过，最吸引我的还是有关伯林的一组文章，这也是这本辑刊的重心所在。这里有1997年11月伯林逝世后，美国《纽约书评》刊载的伊格纳狄耶夫等四位学人的纪念文章；有布罗斯基在伯林"荣开八秩"时写的回忆他们初次在伦敦见面的文章，读来都非常有味。还有伯林回顾自己生平和思想发展的、题为《哲学与人生》的访谈，以及有关进攻性的和非进攻性的《两种民族主义概念》的访谈。伯林自己描述赫尔岑的一篇《伟大的外行》，在某种意义上无异于是他的自画像。最后，易水辑的一篇中英文对照的《伯林著作简目》的附录，对想进一步阅读和研究伯林者也颇有帮助。

伊格纳狄耶夫这样写伯林，说他具有一种类似休谟那样的气质：关心尘世，不为感情所动，性情沉静，并力求把偶尔出现的自我怀疑转化为自我改造的契机。他的工作包含的统一性产生于一个持久专注的问题，即他认为：启蒙运动的信念——真理只有一个，为人重视的好东西不会最终发生冲突——从根本上说是错误的。比方说，在他看来，以为平等总是能与自由相调和就是自欺欺人的臆说。因此，他写道，"我们注定要进行选择"，而"每个选择都可能迫使我们承受一次不可弥补的损失"。乌托邦非但实现不了，而且"从概念上讲毫无条理"，在人间建造诸事皆完善的天堂的尝试只能以专制而告终。

伊格纳狄耶夫写道，伯林怀疑自己能否成为一流的哲学家、史学家，或政治理论家，却依次成了一身而三任的杰出人物。他似乎喜欢绝对纯种的狐狸，不过如今他的历程已经走完，我们便能够看清他始终是只刺猬。

不过，我觉得，即便说伯林是只刺猬，他也是只始终捍卫多元性、捍卫狐狸的刺猬，他仅仅在这一点上像只刺猬，所以，说到底，他骨子里还是只老狐狸。

《万象译事》也像一只可爱的狐狸，我说。

不赚钱的思想

在陀思妥耶夫斯基的小说《罪与罚》中，女仆那思泰莎与总是躺在黑屋子里什么也不干的大学生拉思科里涅珂夫有一段对话，她对他说："倘若你是个聪明人，你为什么像一只口袋那样在这里躺着，一点也显不出聪明来呢？""我在干……"拉思科里涅珂夫愁眉不展地勉强开口道。"你在干什么？""干工作……""什么工作？""我在思想。"他停了一会严肃地答道。淳朴的那思泰莎听了笑得直不起腰。浑身又是颤又是抖，直到她觉得有些作呕了为止，过了好一会才终于能说出话来："你的思想使你赚了许多钱吗？"

思想看来确实不是致富的途径，它有时还是致命的，就像拉思科里涅珂夫在黑屋子里所酝酿的思想。即便是一种健全的思想，其效果、成功乃至只是得到承认，也都需要时间和中介。那些具有深刻思想性和创造性的艺术作品和科学理论，例如梵·高的画、爱因斯坦的相对论，大概也是如此。我们今天所接触到的最深刻、最好的智慧往往也是最古老的智慧，可是，我们谁会因我们读这些典籍所感受到的巨大幸福和愉悦而想向孔子、老子、苏格拉底付钱呢？这里无法交易，也不必交易。他们是绝对的馈赠者，而我们——历史上无数的读者是绝对的受益者。任何东西要赚大钱都需要一种直接性——直接面对广大的人群，"一手交钱，一手交货"，而一切真正原创的思想几乎都不可能这样，它开始能不被视为异端就算幸运了。

近两年来，我经常读19世纪俄罗斯作家的作品，尤其是陀思妥耶夫斯基。我感受到一种我们今天可能相当陌生的，甚至对我们是全然新颖的思想类型——"俄罗斯思想"，它和今天从西方舶来的大量告诉我们如何赢得金钱、权力，博得别人好感乃至"爱情"的思想也截然不同。多少年来，我们一直被教导说，思想是我们成功的利器，克敌制胜的法宝，把我们从一个胜利带向一个胜利，而那思想实际是已经定型的主义。而在19世纪的俄罗斯却有这样一些思想者，他们舍弃功利甚至不惜性命奔向思想——还不能说是奔向真理，因为他们还不肯定那是不是真理，虽然满怀对真理的渴望。他们心目中的真理也绝非是以世俗成败或别人的意见来验证的，他们要自己去寻找真理，为此就要首先独立地、不计得失利害地思考。

无论如何，作为一个术语的"俄罗斯思想"首先出现在陀思妥耶夫斯基的《作家日记》中是有道理的，而作为这种思想承担者的"知识分子"一词源自19世纪的俄罗斯亦非偶然。

对思想的权力

正好是在1984年，一位朋友借给我一本政治幻想小说：英国作家奥维尔于1948年创作的《一九八四》。当时，这本书还是作为内部资料印行，与其他作品混订成薄薄的三册。1988年11月7日，我又一次读这本书，那是在从成都讲学归来的路上，读的是正式出版发行的中译本。读完此书，我摇摇头，想驱走留下的可怕印象，列车正好进入了华夏文明最早繁荣昌盛的地方。窗外虽然夜黑如漆，但几天前从这条路上经过所见的情形还留在脑海里，给我印象尤其深的是一种荒凉——那种似与这块土地上曾经产生过的灿烂文明不相称的荒凉；那种与这一文明后来传播和扩展的地方，比方说秀丽的江南，形成鲜明对照的荒凉。这块古老的土地似乎已经把自己耗尽了，它曾经养育过多么悠久的文明，但现在似乎已经挤干了自己最后的乳汁。但我并没有深入其中，我对大地丰饶的生产力和人的坚韧的适应性可能还缺乏认识。我记得我也曾在来时，久久地凝视着远处一些泛绿的黄土高墙，它们因陡峭而像是山，而在达到某一高度之后又变得平缓而不像是山，这是我从未见过的一种山，它是大自然的鬼斧神工，而我开始还以为它是人类所筑的堤坝，它们有多少千年这样默默无言地躺卧着？一个搞地质的同伴告诉我说，它们是通过某种必然的造山运动形成的，还是通过某种偶然的灾变矗立于此，至今还是一个地质学上的谜。

我就陷在这样一种沉思默想中。提供以上这些遐想的材料、契机和条件的，有我对我所目睹的情景和我以前走过的地方的回忆；有我所知道的历史、我能从旁人那里得知的科学知识；还有我目前在列车上的孤独和闲暇。我没有任何行动，这种思想的权利和快乐似乎是任何人也不可剥夺、不能剥夺的。然而，当这一切思绪都在窗外的黑暗中渐渐隐去，在列车"哐啷、哐啷"的声音中，读《一九八四》留下的印象却又重新紧紧地抓住了我，于是有了下面的回忆与感想。

奥维尔的《一九八四》被公认为是对一种集权统治的乌托邦社会的描绘。最广义的权力（power）也许包括那种对别人的最温和的影响力，包括知识说服人的力量、思想吸引人的力量、人格感染人的力量、艺术打动人的力量等等，福科提出过"知识—权力"的命题，谈到过知识者的权力。然而这种权力绝不可与对知识及知识者的权力，对思想及思想者的权力混为一谈，不可与政治的权力、暴力的权力、强迫的权力、压制的权力混为一谈，不可因为要反对前一种权力（或以反对一切权力、一切影响力的名义）而放过乃至纵容后一种权力。两者显然相当不同，不是一回事。我们现在要谈的《一九八四》中的权力也就是这后一种权力，这是一种极端膨胀的权力，这种权力扩展到社会生活的各个方面，深入到人的思想观念。

在这个社会中，人是没有私生活的，无论在工作场所、宿舍，还是公共场所，他都处在电幕的监视与控制之下，也就是说，他的生活永远暴露在他人的眼光之下，他永远不会感到自己是在独处，他所有的闲暇都被填满，甚至可以说除了满足生存需要的活动，他根本没有自己的闲暇；他处在各式各样的组织的控制之下，必须参加各式各样的集体活动：从社会运动到中心站的邻里活动。他在政治生活中就像一个自身不知何故被安装在此处，甚至不知道自己工作意义的部件；他们在经济生活中是被配给的，在文化生活中除了有组织的活动（歌咏、体育等）之外不可能有个人的嗜好，甚至最隐秘的性生活也同样和政治、国家紧密联系起来，被看作是对当局的一项义务；任何与众不同的行为都受到怀疑，任何反映了个人癖好的物件都可能给物主带来危险，每个人都生活在他人的眼光之下，从而他也就只能够为他人生活。权力的控制无孔不入。

而要使这种全面的控制充分生效，就必须使这种控制深入到人心之中，通过控制人的思想、意识、感情、记忆、希望、欲求、感觉、念头来控制一个人的外在行为和活动，在这部反面乌托邦小说中，最令人毛骨悚然的也许就是这种控制了。

自由的思想本身至少需要两个条件，一个条件是过去的记忆和当下的经验材料，另一个条件是必须通过语言来进行。于是这一社会的控制者就有意识地、有步骤地修改和消灭过去，他们把过去塑造成他们所希望的样子，使思想者失去了可供比较和判断的标准。在此，历史实际上被冻结了。种种历史记录被有计划地焚毁，各种各样的报刊被不断地修改，使人产生执政者永远正确的印象，这也就是所谓"控制过去就意味着控制现在和未来"，因为过去是存在于各人的记忆和历史的记录之中的，通过焚毁和篡改历史的记录，通过抑制和消除个人的记忆，思想实际上就被切断了它最重要的一个源泉，思想河流就趋于枯竭，或者只能沿着控制者指定的渠道流淌。

对于当下的经验和思考，控制者鼓励一种"双重的思想"，或者说辩证法，所谓双重的思想，就是在思想中同时包含两种相互对立的观点，例如这样的口号："战争即和平，自由即奴役，无知即力量"，在自己的思想中容忍矛盾，使思想者非有意说谎，但又真的相信这种谎言，相信控制者所告诉他的谎言是真实的，使之成为一种诚实的自我欺骗，从而达到控制者所希望的思想定向。

控制思想的另一个办法是消灭旧的语言和创造新的语言，对旧的词汇的成批成批的消灭，实际上也就是在消灭过去。另外，这种消灭使词汇由词意的趋于复杂和微殊逆转为趋于简单，所谓《新话词典》的编纂者一语道破了其工作的目的：新话的全部目的就是要缩小思想的范围，最后使大家实际上不可能犯任何思想罪。因为他们将没有词汇来进行思考和向别人表达，词汇逐年减少，意识的范围也就越来越小，语言完善之时即革命完成之日，从此就不会再有异端的思想，而正统的含义就是没有意识。

实施这种思想控制的根据是，现实世界是存在于意识之中的，过去的历史和现在的世界都是存在于意识之中的，除了通过人的意识，什么都不存在。所以这个社会的一个核心成员坦率地承认，对物的权力并不重要，所谓权力乃是对人的权力，而尤其是对人的思想的权力，控制了思想和意识，就控制了客观世界。控制了人的记忆，就控制了过去；控制了人现在的思考、感觉和情感，就控制了人的现在；控制了人的欲望、希望和憧憬，也就控制了人的未来。而控制人的记忆、思考和希望这三者自然是相互联系的。

还有其他控制思想的手段，比方说通过塑造一个老大哥的个人形象来对思想者产生一种类似于韦伯所言克理斯马权威的人格魅力；通过在国内制造一个假想敌和与外国保持某种战争状态来宣泄某种可能产生的反抗情绪和敌对本能，并维持某种对控制很有必要的恐惧心理等。但控制思想最重要、最强有力的支持仍然是毫不含糊的、赤裸裸的暴力，包括严刑拷打、苦役、处死等等。也就是说对思想的控制归根结底有赖于对身体的强制和迫害，而每个人的身体都可以说是脆弱的，会感觉到疼痛的，每个人都有其生理上最厌恶的东西，或者用萨特剧中人的话说：每个人都有这样一副可怜的、软弱的、即使令人讨厌也很难摆脱的皮囊。

奥维尔描述这一反面乌托邦的意义在于警告，而警告几乎总是有益无害的。这和正面乌托邦不一样，古典的也是正面的乌托邦是一种诱惑，这种诱惑对人类可能是有益的，但也可能是危险的。顺便说说，我并不认为这种反面乌托邦会完全成为现实，并不认为这种全面和深入的控制有可能实现，其理由和我认为那种充满美好幸福的正面乌托邦社会也不可能实现的理由是一样的，即它们都对人性做了错误的估计。反面乌托邦也还是一种乌托邦，我们不宜忘记：被压制者是人，压制者也是人；被监视者是人，监视者也是人。如何挑选并始终保证这些监视和控制者的纯洁和坚定是一个致命的问题。此外，全面的集体控制使每一次私人行为都成为一次政治反抗行为，这也是这一反面乌托邦难以实现的一个原因，因为，动辄得罪就会使罪不成为罪，动辄构成反抗就会使反抗队伍无比浩大和广泛，从这个意义上说，全面控制又是一件很愚蠢的事情。但它即便不可能持久全面地实现，实践它的那个时代也将是糟糕的，而一代人生活在这个时代就更糟了，每个人都只有一次自己的生命。所以，我们还是要关注奥维尔在描绘思想控制方面所表现的天才直觉，他所提及的许多控制手段确实是行之有效的。

对思想的权力是一种最彻底最极端的权力，是对个人最后一道防线的侵犯。如何保持这一防线不致受到任意的摧残？是否能为思想创造一个延伸的公共空间？哪些人将会最强烈地感觉到这种思想钳制的痛苦？保留一种思想以及表达思想的自由对个人和社会有何意义？这些都需要一些人去好好想想。思想者除了自己的思想常常一无所有，他唯一能抗拒对思想的权力的，仍然还只是思想。

奇特的上帝

很难想象一个中国人会写这样一本书，因为那需要一种悠久的宗教文化传统上的丰富想象力；也很难想象一个19世纪以前的西方人会写这样一本书，因为那时的人们还广泛保持着一种对宗教的虔诚。

意大利作家费雷奇的《上帝的一生》是以上帝自述的口吻写的一个对世界和人类的回顾，全书共分四部加一个尾声。第一部是上帝回顾自己的创世。第二部是上帝回顾人类诞生以后的传说和古典时期，上帝记述了自己与摩西的交往，与古希腊的哲学家的往还，以及佛陀、耶稣等等。但是没有谈到中国和孔子，也许是作者对中国不很熟悉或者另有看法。第三部是讲中世纪。第四部则进入了近现代，首先从法国启蒙运动和大革命开始，一直谈到墨索里尼之死。"尾声"中的上帝已经用上了电脑，但他已决定离开人类、离开地球。

这是一个奇特的上帝，首先"一生"看来就与上帝的观念不合，上帝怎么能受时间的限制呢？然而，书中的"上帝"确实有自己的少年、青年、中年和老年时代，我们所居住的这个世界、这个太阳系似乎是上帝少不更事时创造的，而一旦创造，他就不可能再支配它了，世界就会自己运转，包括人类也是这样，所以他也没办法对人类的罪恶负责。他对自己做过的事无法反悔。他几乎不可能干预人事，甚至他一旦干预也会被排斥，被诋毁和被石块击中。他倒是经常可以附着于各种人或动物的身体之中，但他并不是无所不能。他不能拿自己创造的世界寻开心，随心所欲，想创造就创造，想毁灭就毁灭。他创造出一样东西，这种东西就开始自己再创造，最后它变成的样子，可能连上帝也认不出来。上帝的创造也不是严格计划和有充分考虑和目的的，而经常像是任意挥洒。他也不是无所不知的，他并不能预见他创造的全部后果。

这个上帝也是一个忧伤的上帝。他感到，人类变成了反复无常、喜欢报复的动物，陷入无休止的纷争和混乱之中；学生们一离开学校，就把书本丢得满世界都是；就连他的门徒也不再为真理上下求索，而是选了几个代表敷衍塞责，好像真理已经在握，结果人类只希望寻找一个可以服从的人物。人类被分成富人和穷人、有权者和无权者，每一次怒火爆发和血腥屠杀之后，有权的人反更有权。上帝说他试图治愈人类的灵魂，可是毫无用处，穷人刚摆脱受穷的命运，也立刻开始全身心地聚敛财富。所以，他开始怀疑，他说："上帝和人类都不得不创造，就像奔流不息的江河，坚冰也无法封锁它。而流逝的岁月使我明白，创造也会是一种暴力行为！"他去造访临死的墨索里尼，墨索里尼只是认为自己打输了，而认为胜利者的目标并不比自己强多少。所以上帝感到，只有当胜利者聚集在一起，也公开承认自己的失败时，人类的噩梦也许才会停止。上帝最后的失望是，当他变成一只蜥蜴甜甜地睡着，醒来却发现自己落在一些男孩子的手里，然后被作为游戏的仪式之一，被一把锋利的小刀切成碎块。

于是不是人们向上帝祈祷，而是上帝自己祈祷，向一个孤独的隐修士祈祷，也是向人类祈祷："对我发发慈悲吧，如果你知道我是谁的话。"你可以说这是一个无能为力的上帝，一个苦弱的上帝，但你也得说这是一个悲天悯人的、充满善意的上帝。结尾是决定离开的上帝在地球上方飞行，他从白色的棉絮般的云彩中望过去，看见茫茫无际的湛蓝在周围展开，说"抛开这样的美丽绝非易事"。同时"困惑不解的祈祷者向我走来，被交叉着的红绿灯分割着，我几乎听不清他们说了些什么"。

当然，我们得记住，虽然口吻上是采取了上帝的视角，这眼光毕竟还是一个人的眼光，这叙述也还是一个人的叙述。

精神的低吟

唐逸先生的《荣木谭》是一本颇为奇特的书，其中不仅内容的涉及面广泛，体例也多样，运用的文字除了中文，还有英文、法文、拉丁文等，而中文也不仅是白话，在古汉语上也深见功力。钱锺书之后，大概已经很少有人能写出这样的文字了。

此书可被视为作者精神世界的一个缩影，或者视为作者精神的一种袖珍百科亦可。作者有《死之冥想》一文，既欣赏西人思辨之精微、信仰之深邃和安魂曲之肃穆，又称道中国古人的安适和旷达。作者对中国古代的道家，对西方的宗教圣哲如安瑟伦、帕斯卡尔等都有心契。作者在"哲学的两难"中谈道，信仰是一种重大的抉择，这信仰使他敬畏那不可知者，这敬畏也解除了他对同类的过分自信，更不要说盲目地膜拜——无论哪一个人都没有理由为自以为好的或应该的而去强迫人、折磨人或杀人。虽然作者随后对康德"普遍立法"的批评我有些不同看法，但我确实感受到这也许是出自糅合了作者个人沉痛经验的、对于那种压制人的"普遍价值理性"的合理警惕，我也完全同意他所说的（表述或有不同）：在一个既定的多元文化的现代社会里,初级的国民道德,即保证信仰自由和多元价值的自由理想,以及由此导出的基本社会正义,乃是唯一可能的普遍道德,而目前所欠缺者,正是这基本价值的普遍认同。关键在于寻求一种多元价值的共识,并以此为基础建立一种保证多元自由的法治。

从上面的引述也可以看出,作者内心的深处虽然沉浸在一个精神的世界里,但对人间社会的事务和痛苦绝不是隔膜和冷淡的,作者尽管是世家出身,幼年受过良好的教育,50年代又在北大西语系学习,但也多年被打到底层,被视为"贱民",所以,这种精神常常是以一种贴近地面的思考和低吟表现出来。《荣木谭》的第一篇文章就是《始诸饮食》,而这篇文章写于"副食店的货架空空如也"的1974年元旦,更是发人深省。"生民食为大、伦物本于知",《反暴利税法》一文则显示出作者清明的理性和缜密分析的方法。作者偶观电影《似水流年》,觉"其文化内涵之深,与现代感之切,融为一体",而作者为此写下的感想,亦足以当之这样的评语。作者感觉到这个社会和时代的情状是无根、流逝,没有着落。经过几十年的意识形态型社会,又值商业社会的兴起,中国文化的底蕴正从识字阶层的视野中消逝。粗通文字与文字传统无甚瓜葛者,成为社会生活各个方面的负责者。组织社会经验,全赖工具性的智能,与人类智慧殊少相关。一个民族仿佛正在失去记忆,失去文化的自觉。

读这本书,给我们许多启发,但也还是有一些遗憾。此书在许多方面展现的思路均可深入开拓,但在该书中都还只能是点到为止。在其所有已出版的著作中,作者还远未尽其才,而已有"荣木念将老"之叹。我感觉唐逸先生是一个内心十分优雅的人,性格认真、温和但也坚定。而这种优雅在20世纪的50年代到70年代大概只会给自己带来不幸,作者也确实经历了许多磨难,于是只要能够活过来大概也就是幸运。然而,我们虽不敢强求,内心还是渴望继续看到唐逸先生的大作问世。

我和唐逸先生仅见过一面,那是在约两年前这本书的出版座谈会上,会后,汪丁丁、余世存和我又陪唐逸先生一起到风入松书店去和读者见面,唐逸先生和读者说了几句话,声音很低,他夫人两次提醒他后面的读者听不清,但他的声音还是无法有明显的提高。我猜想唐逸先生本不是一个大声说话的人,甚至不是一个很愿意说话的人,不是一个在大庭广众中感到很自如的人。像唐逸先生这样的声音在今天的世界上是温和而低沉的,他不会发出高声,也不会有引人注目的戏剧性举动,他只是像一个"古之人也"一样静静地生活着,思考着,那么,如果我们还想听到这样一种声音,想与闻低回沉逸之唐音古韵,也就必须静静地去倾听了。

黑夜里亮起一盏灯

在古希腊比较有名的人里面，有五个叫"赫拉克利特"的人，其中一个是抒情诗人，一个是挽歌诗人，一个撰写了马其顿的历史，一个成为乐师之后却选择了演小丑，还有一个就是著名的"晦涩哲人"赫拉克利特。

赫拉克利特有些话确实不好理解却又似含深意，比如说他有关睡醒、生死的一些话。在中文中，"睡醒"是"从睡梦中醒来"的意思，但是，人们的这种"睡醒"是不是也还是"如睡梦一般地醒着"？即他们以为自己醒着，却并不知道"他们醒时所做的事情"的意义，再深究则还有哲人的究竟是"庄生梦蝶"还是"蝶梦庄生"的问题，我们普通人有时也说："人生就像一场梦。"但那是比喻。日常生活中"梦""醒"还是好区别的，你掐一掐自己就知道了。赫拉克利特说："清醒的人们有着一个共同的世界，然而在睡梦中人人各有自己的世界。"有一些人"不知道他们醒时所做的事，就像忘了自己睡梦中所做的事一样"。这些话都还明白，而下面的一些话就不那么好懂了。他说："人在黑夜里为自己点起一盏灯。当人死了的时候，却又是活的。睡着的人眼睛看不见东西，他是由死人点燃了；醒着的人则是由睡着的人点燃了。生死、睡醒互相点燃。""死亡就是我们醒时所看见的一切，睡眠就是我们梦寐中所看到的一切。"他告诫我们"不可以像睡着的人那样行事和说话（因为在睡梦中我们也以为在行事和说话）"。但赫拉克利特又把睡着的人称作"宇宙间各种事件的工作者和协同工作者"。

这是什么意思？这里所说"睡着的人"是不是指"死者"，或者指大多数不能清醒地认识世界的人们？你无法叫醒一个装睡的人，但会不会有些人就是喜欢安睡的，你叫醒他就破坏了他的安宁？而无论在前面哪一种意义上，是不是可以说"睡着的人"都是必不可少的？在"睡者"即"死者"的意义上，我们可以说那些长眠者的智慧并没有死去而依然在照亮我们、点燃我们；在"睡者"即"蒙昧者"的意义上，我们可以说正是要由"爱智者"和"蒙昧者"合力创造世界。而在目前的这种"创世"中、在目前人类的这种状况中是否还有一种深刻的奥秘？我们在黑夜里见不到太阳，看不到全部的光明，那么，让我们也为自己点上一盏灯。我们有时走了那么远，就是为了寻找一盏灯。

赫拉克利特生活的鼎盛年约在公元前504—前501年。据《名哲言行录》的作者第欧根尼·拉尔修说，赫拉克利特从孩提时代起就与众不同；他年轻时常说自己什么也不懂，尽管长大了他宣称自己什么都懂。他不是任何人的学生，但是他声称"向自己学习"，说从自己那儿学到所有东西。

他生平的以下这两件事使他有些像中国商末的伯夷、叔齐兄弟：第一，据说他曾经把王位让给他的兄弟；第二，他后来隐居到山里去，吃草根树皮过活。但其他一些方面就不像了，比如说他赞美战争，也不曾饿死。虽然在古希腊的哲人中，他大概最接近亚里士多德所说的：那能够脱离城邦生活的，不是神祇就是野兽，但他却还不是神祇，也不想总做野兽。当这种隐居生活使他得了水肿病后，他返回了城邦，并给医生出了一个哑谜，问他们是否能在大雨之后使大地干旱。医生们弄不懂他的意思，于是他在一个牛棚里把自己埋了起来，希望牛粪的温暖能够排除他体内的有毒湿气。但即使如此也没有用。他在60岁的时候死去了。

一篇名为《论自然》的论文，被认为是赫拉克利特所作的著作，被分成了三讲，第一讲是论宇宙，第二讲是论政治，第三讲是论神学。这本书被他藏在神庙中，并且据一些人说，他故意把它写得非常晦涩，只有行家才能看得懂，他唯恐亲近会导致轻鄙。总之，他是和自己的同胞保持很大距离的，他沉默寡言，据说，当他被问及为什么保持沉默时,他回答道:"为什么?就是为了使你们喋喋不休。"

《论自然》这篇论文没有能流传到今天,以下我们所述的只是其中的一些片段。读过这本书的人有的断言这本著作不是在讨论自然,而是在讨论政府,说其中关于物理的部分仅仅是作为示例而已。还有一些人认为这本书是"行为的指南、整个世界的龙骨,对于一个人以及所有人都是如此"。

与比他稍早的毕达哥拉斯拥有众多门徒不一样,赫拉克利特是独往独来的,他内心想必是对人类更悲观、更失望,或者是更愤世嫉俗。尼采说赫拉克利特其有"帝王式的孤僻和自足"是不错的,而赫拉克利特本来也确实是可以拥有王位。他内心一定非常骄傲,所以他必须退居末位。在哲学开始自己的行程时,有这样一些人物是幸运的:我们既看到了像米利都学派那样如孩子般的好奇、单纯和明朗,又看到了像赫拉克利特这样的如帝王般孤僻、晦涩的哲人。

他的著作早就以艰涩著名,有一个讽刺诗人曾经着手将赫拉克利特的论文改写成诗文。他写了很多讽刺文,其中有一段说:"赫拉克利特就是我。为什么你们将我拖上拖下,你们不知道吗,我的辛劳并不是为了你们,而是为了那些理解我的人。在我的眼里，一个理解我的人能值三万，但无数的主人却不值一文。"又有一段说："不要太过急躁着将赫拉克利特这个爱非斯人的书读到终点：在这条路上行走非常艰难。在那里有的是阴郁，黑漆漆的全无光亮。但是如果有一个开拓者作为你的向导，这条路将比太阳更加闪亮。"

苏格拉底在谈到赫拉克利特的著作时说："他所了解的东西是深邃的，他所不了解而为他所信仰的东西，也同样是深邃的，但是，为了钻透它，就需要一个勇敢的游泳者。"尼采甚至谈到赫拉克利特的晦涩的必要性，他曾引让·保尔（Jean Paul）的话辩护说："大体而论，如果一切伟大的事物——对于少数心智有许多意义的事物，仅仅被简练地并（因而）晦涩地表达出来，使得空虚的头脑宁肯把它解释为胡言乱语，而不是翻译为他们自己的浅薄思想，那么这就对了。因为，俗人的头脑有一种可恶的技能，就是在最深刻丰富的格言中，除了他们自己的日常俗见之外，便一无所见。"但他认为，尽管如此，赫拉克利特还是没有躲过"空虚的头脑"的肤浅的解释。

看来，自古至今，很多人都提出了如何理解赫拉克利特的问题，这种理解显然构成一个不小的困难。对赫拉克利特，也许需要有一种特殊的阅读，或更正确地说，需要多种多样的解读。他的晦涩，加上他又只是留下了一些对他思想的叙述和话语的片段，使我们有些无所适从。让我们放心的是，正如苏格拉底所说，他是深刻的，甚至连他自己都可能不明白而只是相信的东西也是深刻的，是值得我们去探讨的。他的晦涩不是那种装模作样、故作高深的晦涩，也不是那种表达不清甚或没有想清的晦涩，晦涩在他那里是一种自然本色，是思想自然而然的流露。

而且，事情还有另一方面。他的有些话其实又是再明白不过的了。第欧根尼·拉尔修也写道："他在著作中表述得非常清楚明白，就是资质最鲁钝的人也能了解……他的文章的简练和丰富是无比的。"所以，在赫拉克利特那里实际有两类话，一类是非常明白、朴素的，另一类才是晦涩，甚至有点儿神秘的。好像我们在漆黑的荒野里碰到一个声音对我们说话，我们不知道谁对我们说话，听到的有些话也好像没头没脑。等到天明我们看清了说话者，这是一个和我们一样的人，一个也许和我们一样在思想的旷野上踟蹰的不眠者，我们放心了，夜里说的许多话也好理解了。黑暗有光明做担保，天才画家的一些看似胡乱涂抹的画有他的另一些画做担保，有些晦涩的话有明白的话做担保——担保这不是胡说，倒是赫拉克利特有些明白的话琢磨起来又好像弄不懂，你还是得再细想。他晦涩的话让人猜，他明白的话也让人想。解释赫拉克利特大概真得允许我们有一些猜想。

赫拉克利特的主要思想首先是一种火的学说。他认为火是构成万物的基本元素，火产生了一切，一切都复归于火。他有时候也说雷霆支配着一切，他所谓雷霆就是那永恒的火，那是否正是雷霆给了他火的学说的灵感？其次，这也是一种永恒变化以及逻各斯的思想。结合火的学说，一个最形象的比喻是：世界过去、现在和未来永远是一团永恒的活火，在一定的分寸上燃烧，在一定的分寸上熄灭。一切皆流，无物常住。永恒的事物永恒地运动着，暂时的事物暂时地运动着。变化也是转化：火生于土之死，气生于火之死，水生于气之死，土生于水之死。但根本的自然是火。

谈到变化，赫拉克利特也说到水、说到河流，例如他的名言："人不能两次踏进同一条河流。"亦即人不能在同一状况下两次接触到一件变灭的东西，因为变化是如此剧烈和迅速，甚至我们既踏进又不踏进同样的河流（等于说人一次也不能踏进同一条河流）！我们自身也是既存在又不存在。但他显然更喜欢永恒变化的火的比喻、火的象征。

喜欢火涉及他的价值和伦理观点，涉及他对于干燥灵魂的喜好。水火都是富于变化的，但显然火要更干净、更高贵。水还可能封闭，成为死水。而火永远是变化的，如果看起来好像没有变化了，那就是它已经死了，它已经燃尽了。可那也只是指它的转化，它实际是永恒不灭的。水诚然可能万古长流、万古常新，但水很容易被污染，泥沙俱下，携带污浊、混于污浊。火不会被污染，它反而有净化的功能，虽然它可能是短暂的。火也是近乎透明的。火燃烧，它是独立的，它不是映照而是照亮，那是发自它自己的光和热，那投射在地面、墙壁或别的物体上的是它自己的影子。它发出可见的光明和可感的温暖。它几乎可以燃烧一切，它燃烧过后不留下什么污浊。

赫拉克利特说：世界过去、现在和未来永远是一团永恒的活火，这是多么壮观的一幅景象！这团活火中并不是均匀的，其中有燃烧也有熄灭、有光亮也有阴暗、有炽热也有冷却。可是，它们都是活跃的、是永远不死的火的精灵。而火又还会变化，火还会变成海，这多么不可思议。海的一半是土，另一半是风，我们不再细说了，这一切变化都很神奇，重要的是变化，这是一种净化的变化而非进化的变化，重要的是那统治一切的逻各斯。

一切都服从逻各斯，这逻各斯是一种对立统一的过程。无穷的变化是转化，又是一种对立的和谐。一切都为对立的过程所宰制。一切都充满着灵魂和精灵。这种互相排斥的东西结合在一起，不同的音调造成最美的和谐；一切都是斗争所产生的。自然也追求对立的东西，它是从对立的东西产生和谐，而不是从相同的东西产生和谐。

对于人来说，这逻各斯也就表现为命运。赫拉克利特深切地感受到人作为有限的存在那悲剧性的命运以及不可避免的死亡。他说："人怎能躲得过那永远不息的东西呢？"这命运是一种偶然："时间是一个玩骰子的儿童，儿童掌握着王权！"他自己也真的和小孩子们一起玩骰子。当他隐居在狩猎女神的庙宇附近时，据说他的同胞们曾请求他为城邦立法，他不理他们，因为在他看来，城邦早已风俗陵夷了。爱非斯人挤着来看他掷骰子，他向他们说："无赖！有什么值得大惊小怪！这岂不比和你们一起搞政治更正当吗？"

赫拉克利特虽然承认和接受命运，但绝非主张清静无为，而是主张在斗争甚至战争中求平衡与和谐。他说：战争是万物之父，也是万物之王。它使一些人成为神，使一些人成为人，使一些人成为奴隶，使一些人成为自由人。一切都是斗争所产生的。神和人都崇敬战争中阵亡的人。

在赫拉克利特看来，人们并不总是能认识到这一作为世界和人类命运的逻各斯。它虽然永恒地存在着，但是人们在听人说到它以前,以及在初次听见人说到它以后,都不能了解它。虽然万物都根据这个逻各斯而产生,人们在加以体会时却显得毫无经验。逻各斯虽是人人共有的,多数人却不加理会地生活着,好像他们有一种独特的智慧似的。

许多人经常像在梦中一样不知道他们所做的——当他们做好事的时候,当他们做不好的事的时候,但尤其是当他们做不好的事的时候他们不理解,这倒常常可以减轻或豁免他们的道德责任——"他们不知道他们所做的"。他们最有理解力的时候倒是他们做不好不坏的事的时候。这些事情当然大多数是日常生活的事情,大多是技术性的事情。也就是说,无知和谬误主要是出在价值判断上。这句话的中国版本是"百姓日用而不知"。他们听人说了逻各斯以后是不是能理解?对一些人肯定是这样的,但不会是所有人都能理解,问题出在"好像他们有一种独特的智慧似的",这样他们就先骄傲了,他们就根本不屑去理会逻各斯了。

由此我们可引申出赫拉克利特有关人性和人类社会的一个重要思想,即他对人们中存在着的差别的认识,以及人们如何由这种差别而可划分为多数和少数。这种划分必须与知识、智慧以及对逻各斯的认识联系起来理解。这种划分并不直接就是道德的划分，而宁可说是知识的划分。人们做出不好的事情主要不是因为他们的道德水准不够，而是因为他们的知识水准不够，即主要不是因为邪恶，而是因为愚蠢。于是，我们也许可以说，凡强调知识、智慧者是容易走向这一划分的。后来认为"美德即知识"的苏格拉底，以及将这一观点推向政治领域、推向"哲学王"的柏拉图也都倾向于这一划分。

赫拉克利特说多数人对自己所遇到的事情不加以思索，即受到教训之后也还不了解，虽然他们自以为了解。最优秀的人宁愿取一件东西而不要其他的一切，即宁取永恒的光荣而不要变灭的事物。可是多数人却在那里像牲畜一样狼吞虎咽，他们相信街头卖唱的人，以庸众为师。因为他们不知道多数人是坏的，只有少数人是好的。在赫拉克利特看来，一个人如果是最优秀的人，就抵得上一万人。这种多数与少数之区分也表现在献祭上，献祭分为两种。第一种是，内心完全净化的人所奉献的，偶尔出现在一个个人那里的那种献祭，或者少数几个很容易数出的人那里出现的献祭，另一种则是大多数人的物质的献祭。

这种价值的差异表现于他们所追求的东西的价值差异。赫拉克利特批评多数人对幸福、快乐、纯洁、享受的理解，他说：猪在污泥中取乐，在污泥中洗澡，家禽也都在尘土和灰烬中洗澡。驴子宁愿要草料不要黄金。如果幸福在于肉体的快感，那么就应当说，牛找到草料吃的时候是幸福的。许多人向神像祷告，这正和向房子说话是一样的。他们并不知道什么是神灵和英雄。他们不知道，凡是在地上爬行的东西，都要被神的鞭子赶到牧场上去。

他批评，常常是毫不客气地批评多数人，看来是要鼓舞起人超出日常生活的动物性快乐而去追求伟大的、高出于动物的东西，他使人感到在他那里有一种让人欲罢不能的力量。他好像总在说，你愿意满足于仅仅做找到草料的牛、选择草料的驴子或在污泥中取乐的猪吗？你难道不想寻求黄金吗？你愿意只在地上爬行吗？愿意被赶到牧场上去吗？赫拉克利特似乎与多数人为敌，包括与讨好甚至接近多数人的人为敌。而在这后面似乎是量永远与质为敌。从价值目标上说，他憎厌多数是因为他渴望优秀和特异，不愿过饕餮或仅仅满足物欲的生活；从事实判断上说，是因为他认为多数人盲目自足，他们不思索、不反省自己生活的意义，尤其是不了解真理还"自以为了解"，这就阻断了通往认识逻各斯的道路。他恨愚蠢，而他最恨的一种愚蠢可能还是甘于愚蠢，甚至以愚蠢自傲。而他们本来至少应该掩盖自己的无知，"掩盖自己的无知要比公开表露无知好些"。这一种恨铁不成钢的憎厌更因他的这一看法而加强了，他认为：人人都禀受着认识自己的能力和思想的能力，思想是人人所共有的。

那致力于认识、反省和思考的是灵魂。人应当有，或者说人应当达到怎样的灵魂？赫拉克利特用了一个感性的词：干燥。他说他喜欢干燥的灵魂，说"干燥的灵魂是最智慧、最优秀的灵魂"。或者我们还要补充说：干燥而又芳香的灵魂。但灵魂看来并不是天生干燥的，它开始是湿的，"灵魂是从湿气中蒸发出来的"。上升的生命就是蒸发，蒸发到最后就是干燥的灵魂。这当然和他的有关火的始基论有关。而对于灵魂来说，死就是变成水。对于灵魂来说，潮湿是不好的事情，变湿乃是快乐或死亡。一个人喝醉了酒，就像为一个儿童所引导。他步履蹒跚，不知道自己往哪里走，因为他的灵魂是潮湿的。而如果他还好为人师就要警惕了，老师就要成为"老湿"。

可是人不能没有水，也不能不要水，人有沉重、无奈的身体，有肉体的生命，身体里必须有水，肉体的生命也总是会渴望快乐之源。灵魂进入这种生命乃是快乐。这时灵魂与身体有一种紧密的联系，正如蜘蛛坐在蛛网中央，只要一个苍蝇碰断一根蛛丝，它就立刻发觉，很快地跑过去，好像因为蛛丝被碰断而感到痛苦似的。同样，当身体的某一部分受损害时，人的灵魂就连忙跑到那里，好像它不能忍受身体的损害似的，好像它也是避苦就乐。但从根本上说，两者是可以分离甚至对立的，我们的肉体生命生于灵魂的死，而灵魂生于我们肉体生命的死。灵魂看来不仅可以脱离我们的肉体生命，而且在那之后才获得一种纯净的存在。

人在自己的一生中就应当努力去期望和寻找自己真实的生命和灵魂的意义。这是一种在尘世未有穷期的探索。因为"灵魂的边界你是找不出来的，就是你走尽了每一条大路也找不出；灵魂的根源是那么深"。但是，"如果对意外的东西不做希望，也就不会找到它"。只有绝不放弃希望，才庶几有一些意外的收获。我们必须做艰苦的努力，"找金子的人挖掘了许多土才找到一点点金子"。这句话触及了我们的一种心情，或者愿望。在这里就是劳作的愿望。这里令我们最感亲切的还不是那"一点点金子"，而是"挖掘了许多土"。最后，在你的墓志铭上也许可以写上"我寻找过我自己"。"我们也应当记着那个忘了道路通到什么地方的人"，记住那个忘路者、迷失者或者恸哭而返者，毕竟他也寻找过他自己。

但赫拉克利特似乎对他当时的同胞有一种深深的失望，虽然他还是抱有一种超越现实的人类的渴望，他说，最美丽的猴子与人类比起来也是丑陋的。而最智慧的人和神比起来，无论在智慧、美丽和其他方面，也都像一只猴子。在神看来人是幼稚的，就像在成年人看来儿童是幼稚的一样。这里已经有了一种"猴子—人类—诸神"的序列。热爱赫拉克利特的尼采会不会也从这一序列中得到过他的"超人"思想的灵感？

他却又推崇法律的统治，推崇服从，对于他这样一个似乎生活在法外的人，这乍看起来似乎是令人惊异的，但实际上并不奇怪。古希腊人相当普遍地尊崇法律，并认识到法律和自身自由的关系。赫拉克利特把法律比作"城垣"，说一个城邦应当用法律强固地武装起来。人民应当为法律而战斗，就像为自己的城垣而战斗一样。扑灭放肆急于扑灭火灾。他又说，人类的一切法律都因那唯一的神的法律而存在。赫拉克利特的这一看法实际上是含有自然法的因素。

他曾责怪自己的同胞说："可能你们不缺乏钱财，爱非斯人啊，这可要使你们放荡了。"他甚至猛烈地攻击过爱非斯人，表面上看，他简直是憎厌自己的同胞，但据德米特里（Demetrius）在一本名叫《同名人》(*Men of the Same Name*)的书中说，他并不是不爱自己的故邦，尽管雅典人给了他最高的评价，他还是有点鄙视他们；而即使爱非斯人轻视他，他也将自己的家乡放在了更优先的位置上。我们看他那样激烈地批评自己的同胞，其实他心里想必是有深爱和隐痛。

最后，我们想摘录几句赫拉克利特有些不好归类的话，其中有些明白的话，也有些晦涩的话。有些很明白且明智的话如："在变化中得到休息；服侍同样的主人是疲乏的。""如果一个人所有的愿望都得到了满足，对于这个人是不好的。""人的性格就是他的守护神。"这最后一句话特别值得我们记取。如果我们想要自己或自己所爱的人幸福，当性格尚可改造时，我们不妨去培养那种我们认为会有助于这种幸福的性格；而当我们的性格已不好改造，我们好歹得认清我们的性格，从而在遇到挫折时至少不人怨天尤人地抱怨环境和命运。

有一些晦涩的话如"灵魂在地狱里嗅着"。这是什么意思？难道说灵魂已经盲了、聋了、哑了，已经失去了一切感觉却还保留了嗅觉？或者说是地狱里太黑，它只能嗅？而它为什么要嗅呢？它一定是想寻找什么。在赫拉克利特那里类似这样的晦涩话语，是记录的误差、是经历了水火兵燹偶然保留下来却失去全意的断编残简，还是真的就是他这样说的完整的一句话？而如果真的是他所说，他说这些晦涩的话时想到了什么？难道这只是些梦中呓语？而他下面的一句话也不知是不是夫子自况。他说:"(德尔斐神庙的)女巫用狂言谵语的嘴说出一些严肃的、朴质无华的话语,但她的声音响彻千年。因为神附了她的体。"

那么,附着赫拉克利特的是哪一神灵?

一个行动中的哲学家
——从苏格拉底之死谈起

公元前399年的一天，在太阳快落山的时候，一个雅典人在监狱里面喝下了一杯毒酒，结束了自己的生命，这个人就是苏格拉底。他为什么会被处死？他有没有可能不死？我们今天的话题就是通过探讨这些问题，从他的死去透视生命。

在执行死刑的那一天，傍晚时候，看守端来一碗用毒芹草熬制的毒酒，苏格拉底想洒点酒到地上祭奠神灵，但看守说这酒刚刚够致死的量，于是苏格拉底就平静地喝下了这杯酒。看守让他四处走动，以使药性慢慢发作。当他腰部以下已经没有知觉的时候，他对一旁的朋友克里同说："我们应该还给阿斯庇俄斯（医疗之神）一只公鸡，记住这件事，千万别忘了！"克里同答应了，当问到他还有什么事的时候，他不再回答了，而此时他的身体已经冰凉了。苏格拉底就这样平静而安详地去了。

这一处死甚至可以说是人道的——如果说对死刑也可以说是人道的话。在这个过程中他被允许见到朋友和亲人，执行死刑的人非常客气，他没有受到任何侮辱，反而得到相当的尊重——法是法，人是人。也就是说，在他的死亡过程中，没有看到任何痛苦的挣扎、侮辱，以及任何让身体蒙羞的东西，他的死是很平静的。他是70岁的老人，已经接近其天年了。他的处死——从诉讼、审判到执行，这一切都符合法律的程序。而且我们知道人必有一死，学过逻辑的同学都知道有个著名的三段论：

人皆有死，

苏格拉底是人，

所以苏格拉底必然会死。

即使不被审判，不被处死，他自然而然也会死，但他的死不是天然的，而是被人为中断的，哪怕只是比他的天年稍早一点。

死亡是生命题中应有之义，处在生命的终点，但它不是在终点之外而是在终点之内，在此岸而非彼岸。"死亡"是属于人的现象，属于生命的现象，是生命的一个事件。我们说死亡是生命的一个事件，还有这样一个意思：不用等最后一刻来临，死亡早就在我们的生命中存在，每一天，我们既在生活又在死亡，我们的身体在不断吐故纳新。除此之外，还有一种观念的死亡意识活跃地在生活中起作用。

而不管我们是否意识到,我们都是在向死而生,不仅个体如此,群体亦然。动物虽然也是向死而生,但它没有这个意识,正像帕斯卡尔所说的,人唯一高于其他动物的地方就在于他知道自己必有一死。对死亡的意识还可以使我们警觉到生命、珍视生命,使我们具有一种反省精神,把一生作为一个整体来思考、谋划。所以我们说死亡是一个生命的事件。

对某些人来说,死亡还是一次政治事件、法律事件、历史事件。大多数人的死都是默默无闻的,只有少数人的死进入了历史。最后还有一种死,是极其罕见的,它是一种趋向于永恒的精神事件,那么苏格拉底的死是不是这样的一次精神事件呢?苏格拉底死了,雅典人继续走他们的路,继续照常地生活。有个学者曾经说,整个苏格拉底的死最可怕的就是雅典继续走它的路,仿佛什么也没发生。我们现在可能觉得这是个很大的事件,成为一个2000多年来的话题,但是当时的雅典人可能只是觉得一个爱在街头唠叨的老头死去了。况且他们已经目睹了太多人的死亡,当时正值长达近30年的伯罗奔尼撒战争结束之后,瘟疫、远征使大量的人死去,尤其是年富力强的人,加上战争之后又有内乱,以至于雅典人对死亡已经习以为常了,所以的确不太会为一个只在街头饶舌的老人的死亡感到悲哀。

因此，几百年之后，第欧根尼·拉尔修在《名哲言行录》中说道，雅典人后来感到后悔了，为苏格拉底修建了纪念碑，并惩罚了起诉他的人。这恐怕是无法证实的，可能只是柏拉图"学园"中的学者一厢情愿的传言。

在苏格拉底死后400多年，又有一个人被钉死在十字架上，这就是耶稣。人们到很晚才看到这是两个震动世界的死，也许正因为其影响深远，所以这种震动要很久才能被人感受到。而与耶稣同时被处死的两个小偷，就连他们都看不起耶稣，不愿跟他说话，而他的死在当时的人看来也不过是个小的宗教派别的领袖死去了，似乎很快也会一笔勾销。

只是到了近代，在西方以一种雷霆万钧之势裹挟全球，把整个世界纳入全球化体系之后，我们才看到西方文化的源头主要有两个。以城市来说，一个是雅典，一个是耶路撒冷，或者说，有两个人处在开端，一个是苏格拉底，一个是耶稣。也就是说，古希腊的理性主义的文化，和基督教的信仰启示的文化，这两者的合流构成了现在的西方文化主要的源流。

对于苏格拉底之死和耶稣之死的比较，相关文献非常之多。择要来说，这两者之间的共同点，比如都开创了一个历史系列，都是被依法处死，但与其说是死于法律不如说是死于法律背后的东西，比如民众的力量、舆论的力量等。至于不同点，苏格拉底毕竟是在朋友的簇拥下死去的，在死的过程中也没有很多痛苦，而耶稣是在屈辱中被钉在十字架上死去的等等。我们现在暂且不谈这两种死亡的比较以及苏格拉底之死的意义和影响，而是想谈他死的原因。其中主要有三个问题：第一，苏格拉底是怎样的一个人？第二，他遇到什么样的麻烦而遭到处死，这背后隐藏着什么样的冲突？第三，他有没有可能不死？

首先，苏格拉底是怎样的一个人？古希腊是个推崇德性而且是复数的德性的时期。用西方伦理学家麦金泰尔的话来说，这里所说的德性，不是狭义的，仅仅是伦理的、道德的德性，而是一种多方面的卓越、优越、优秀，或者说出众。我们现在就从人格、德性这个角度来谈谈苏格拉底是个怎样的人。

古希腊有"四主德"，即节制、勇敢、公正和智慧。首先来说节制。这里所说的节制主要是指一种日常生活中的德性，包括衣食住行这些方面，比如说苏格拉底没有衬衫，也不穿鞋袜，总是一件同样的外衣，其实就是一块大氅一样的布，白天穿着，晚上一摊开既是毯子又是床垫。他的饮食也很简单。亚西比德在《会饮篇》里回忆说，没有哪个人能像他那样忍饥挨饿，但有时候在菜肴丰富的宴会上，也没有哪个人能像他那样狼吞虎咽。他也不怎么喝酒，但如果让他喝，怎么也不会醉。至于住，也是很简陋的，亚西比德是个富裕的美少年，有一次，他想送给苏格拉底一大块地来盖房子，但苏格拉底不肯接受，他说："假如我需要一双鞋子，你却提供给我一张兽皮，这不是很可笑吗？"有时候，他在集市上看到琳琅满目的商品，便会对自己说："没有这些东西我照样生活。"而且他的生活很有规律，所以他逃过了伯罗奔尼撒战争初期的两次瘟疫。他也睡眠极少，在《会饮篇》中我们可以看到，他喝了一夜酒，当别人都睡得东倒西歪的时候，他起身去河里洗了个澡就又去找人聊天了。也就是说，他有一种独特而简单的生活方式。

当然，应该说绝大多数雅典人的生活和现代人比较起来都是很简单的，他们花在衣食住行上的时间是很少的，所以他们也才有闲暇来从事政治、艺术、戏剧等种种活动。而苏格拉底比别人又尤其简单，以至于一个智者派的哲学家安提封说，一个奴隶要是像他那样生活也会受不了，甚至会逃跑的。他这样是为了保证自己的独立，他把自己磨炼得十分清心寡欲，使他贫乏的财力能满足物质上的需求。但寡欲并非是因为他瘦弱不堪，有人说他长得看起来简直就是"欲望之神"——眼睛突出，扁鼻子，大嘴，矮胖，他自己也说，如果不是献身哲学的话，他的相貌就暴露了这些欲望的特征。但是他的生活非常节制。当时希腊盛行"男风",像亚西比德就非常俊美,人们经常开玩笑说他就是苏格拉底的爱人,而亚西比德自己也动了心,有一天晚上就故意和苏格拉底待在一间屋子里,但结果什么也没发生,就像父子一样。有人问苏格拉底应该结婚还是不结婚,他说无论你选择哪一个都会后悔。他安于贫困,但并不虚饰矫情,既知道如何安守清贫,又知道如何过富裕的生活。他对那些展示衣服上的破洞的"犬儒派"哲学家说:"我透过你衣服上的破洞看见了你的虚荣。"他很欣赏伯里克利的情人阿斯帕西娅——美貌而富有才华,但止于欣赏而已。他始终不像有些智者那样收钱来教授知识,他曾经富裕过,还自己装备了盔甲,充当"重装步兵",但是到了晚年,他一贫如洗,有时仅靠富裕的门徒,如克里同的接济来维持生活,因为他把全副精力投入一种哲学的使命上。这是第一个德性:节制。

第二个德性是勇敢。在失败中比在胜利中更见勇敢。这时他极其从容和镇定,尤其是撤退的时候,他救过亚西比德,还救过色诺芬,在追兵面前丝毫不慌乱。

谈到智慧的德性,德尔菲神庙里曾经有一道神谕说苏格拉底是世界上最聪明的人,但他自己并不这么认为,反而觉得自己是最无知的——自知其无知本身就是一种智慧,甚至可以说是一种很高的智慧。他四处探访，努力想找到比自己更聪明的人，他热爱谈话，但目的并不是要改变对方的意见而是要寻求真理。另外有两件与智慧有关的奇特的事情。一是据说他有时候会因为突然想到了什么事情而停下来不走，有一次甚至站在那儿想了24个小时；第二件奇特的事情是，他老觉得心里有个声音，或者说灵异，告诉他应该做什么，而尤其是不应该做什么。

第四种德性就是公正。公正可以作为德性的总名，但这里主要指政治生活里的一种德性。我们可以举出两个例子说明这一点。一是公元前406年，雅典海军打了一次胜仗，但是由于将军们在战斗中没有派人及时打捞死难士兵的尸体，从而激起了民愤，要求一次审判这些将军，统一定罪，但这是违反雅典法律的（根据当时的法律，应该分清每个人的责任，逐一定罪），当时议事会的其他成员都很难顶住民众的压力了，只有苏格拉底——他正巧担任议事会常委会的主席——坚持认为这是不公正的。还有一次，公元前403年，当时雅典战败，成立了一个三十人的委员会，史称"三十僭主"，他们要求苏格拉底和另外四个人去逮捕一个支持民主的富有公民莱翁，其他人都不敢违抗，只有苏格拉底拒不执行，回家去了。如果不是三十僭主制很快垮台，他很可能在那时就丧命了。可见，无论是民主统治还是僭主统治，只要是出现了不公正的事情，他都认为应该去抵制。

最后再讲讲他的幽默、大度和自制能力，以及忍耐力，包括化解矛盾和冲突的能力。他并非一个心胸狭隘、气量窄小的人，比如，阿里斯托芬写了《云》这个剧本来讽刺他，以至于在一次集会上，很多人都指指点点地议论他，可他并不气恼，反而站出来让大家看，以满足他们的好奇心。另外我们从《会饮篇》中也看到，他与阿里斯托芬的私交还是挺好的。据说他的妻子脾气不好，经常辱骂他，有一次用一盆脏水把他淋得透湿，结果他说："这很正常啊，雷霆之后必有暴雨！"有时候，一些辩论不过他的人会气急败坏地打他一耳光，而他会充满同情地说："他实在是不知道该怎么办才好了！"还有人会踢他一脚，别人让他去报复，可他却说："如果驴子踢了你一脚，你会去报复吗？"由此我们可以看出他是个幽默大度的人，这些德性本来可以使他不得罪人的，而最后他却被处死，这说明他还有些不利的因素，这些因素是什么呢？

我们可以看到，在阿里斯托芬的《云》里，苏格拉底被描写为一个胡说八道的、别出心裁的、教儿子反对父亲的、诡辩的人。又比如用亚西比德的话来说，世俗所艳羡的东西都不在他的眼里。他瞧不起财富、权力，他一生都在讥嘲世界。他的学问是很谦卑的，可内心却是骄傲的。另外他为了验证那条神谕不断找人谈话，其间得罪了许多人，而且主要是那些当时公认的有权力有智慧的人。在当时的雅典，他怎么也算不上一个成功者，人们嘲笑他整天在外谈话，却不知道自己的下顿饭从哪里来。这些都是对他不利的方面，我们可以看到围绕着他已经有许多非议了。

我们要谈的第二个问题是他究竟遇到了什么样的麻烦以至被处死，也就是说，他究竟死于什么？是民主，还是法制，抑或是他自己？这里面到底存在一种什么样的冲突？一种意见认为这是一种民主和自由的冲突，或者说是消极自由与积极自由、现代自由与古代自由之间的冲突。现代自由主要是良心、信仰、言论、人身财产这方面的自由，古代自由主要是指政治自由，也就是说他的良心、信念和城邦的法律、社会的习俗发生了冲突。还有人认为他主要死于法制，这并非民主之罪，而是雅典的公民法庭存有很大的缺陷。但是事实上，雅典的法制、公民法庭都是民主制度的集中表现。雅典的民主一方面体现在公民大会上，另一方面就体现在大小不等的公民法庭上，那么这就不仅仅是法制的问题，还是民主的问题。

也有一种意见认为，这是哲学和政治的冲突，比如列奥·施特劳斯就持这种观点：苏格拉底用死来为哲学辩护，他做了最高尚的选择。还有人认为这是个人与城邦的冲突，是一种正在苏醒的个人意志和个人信念与小范围的城邦的直接民主和法律之间的冲突，这是从主体上来说的。至于对错褒贬的问题，比如斯通在《苏格拉底的审判》一书中，更多地批评了苏格拉底，但他也反对雅典处死苏格拉底，尤其是以言论罪处死他。另外一个叫梅里亚的学者说，整个共和国或者说整个城邦对一个人展开了自卫，也就是说处死他是一个正当的行动，是正当的防卫。再比如法国的社会学家涂尔干也认为苏格拉底犯了个人主义甚至是反社会罪。这些是批评苏格拉底的观点。

也有人认为这是一场悲剧，是两种都是正确的东西的冲突——一种是个体的自我确信、主观反思、内在性的精神，另一种是城邦的、人民的精神，两者都是有价值的，但却不可避免地发生了冲突。例如黑格尔就如此认为。

在此，我还是想通过哲学与政治的关系来谈这个问题，因为这比较直接明显——苏格拉底是个哲学家，但在政治上却被判处死刑。但我想更直接、更明确的是通过我以前所说的两种人类迄今尚未逾越的奇迹来解释——一个是民主的直接性和彻底性的奇迹，另一个就是哲学的奇迹。从阿那克萨戈拉把哲学带入雅典到最后亚里士多德离开雅典这一百多年间，出现了苏格拉底、柏拉图、亚里士多德等哲学大师和诸多的哲学流派，这样一种短时间里出现的哲学的奇迹到现在也没有被逾越。然而，恰恰就在这两个令人叹为观止的奇迹之间发生了冲突，苏格拉底之死正是这种冲突的象征。

我们首先说苏格拉底的哲学的研究，或者换一个角度回到刚才的问题：苏格拉底遇到了什么样的麻烦而被处死？他因为什么样的品质、德性而被处死？会因为勇敢而被处死吗？不会，因为勇敢是捍卫城邦的。会因为节制而被处死吗？也不会。更不会因为幽默、大度而被处死。那么只可能是由于智慧，以及智慧在政治上的表现而被处死，而智慧恰恰也被古希腊人认为是最高的德性，那么这就意味着只要智慧的方向、性质不一样，其他方面的德性水平越高反而越有罪。

而苏格拉底的智慧是一种哲学的智慧，或者说是一种反省的智慧，苏格拉底在哲学方面的探索也是开始于对自然的探索。阿那克萨戈拉把哲学带到了雅典，他是个自然哲学家，主要对天上的事情感兴趣，而且和伯里克利是好朋友，尽管如此，他还是触犯了一些人，被指控不敬神，最后被驱逐出境，而苏格拉底跟他或其弟子学过哲学，但后来逐渐对自然哲学不太感兴趣了，人间的问题更多地触发了他的思考，用西塞罗的话来说就是"他把哲学从天上带到了人间"。他不喜远游，甚至也不是自然之友，他喜欢在城里、在集市上、在廊下与人谈天，从中他发展出一套卓越的辩证的技巧，一种探究真理的技巧，如著名的"助产术"等等。在这个过程中，除了参加战争，他一般来说是个比较消极的公民，因为他更关心哲学而不是政治，更关心真理而不是各种政治上的意见；他不介入党派之争，这样也往往为双方所排斥。但他后来对民主制也有了越来越多的批评。雅典的民主兴起于公元前6世纪，鼎盛于公元前5世纪，而衰落于伯罗奔尼撒战争，即公元前5世纪的末叶，而苏格拉底本人的一生恰恰经历了民主制度由盛转衰的过程，所以有人说他并不是对民主知道得太少而是太多。简单地说，这个民主是直接的民主，最高权力属于公民大会和公民法庭，所有的官员都不是终身制，甚至不是选举产生而是抽签产生，也就是说所有的公民都可能担任各种官员，只要年龄足够大，都有可能在有生之年担任一次甚至两次国家元首，只有将军或者某些财务官员等需要专门知识的职位才由选举产生，而且可以连任。这种制度就保证了几乎所有人都可以参与政治。

但是，民主的问题出在哪里？第一，民主防止不了扩张，甚至有时候内部的民主越发达，在外部反而更表现出一种扩张的趋势，雅典就是如此。另外，在失去一个有智慧的领袖之后,民主防止不了任意。雅典民主最辉煌的时期恰恰是它有一个富有远见的领袖——伯里克利——的时期,他能够用他的经验、见识和智慧劝导民众。但是当领袖变得很糟糕的时候,它就会变成一个煽动家、蛊惑家的舞台,而民众则像羊群一样随之而去。尤其让苏格拉底耿耿于怀的是,民主的统治并不是一个完全智慧的统治,而是多数的统治,但多数并不真正拥有智慧,而只是拥有意见,苏格拉底对流行的意见往往是看不起的,而他的很多谈话正是要对此作出反省和质疑,所以他从"知识即德性"的命题出发,希望在最重要的公共事务上,即政治事务上实行一种知识的统治和智慧的统治。基本的一个前提信念是:既然舵手、鞋匠等等都需要专门的知识,那为什么恰恰在最重要的事务上——政治事务上——却不需要一种专门知识呢?这是他批评民主的一个内在理由。这样,哲学,确切地说是苏格拉底反省的哲学就与雅典的民主制度发生了冲突,这种冲突也意味着哲学与行动、彻底与妥协、完善与缺陷这样一系列的冲突。哲学要反省,就意味着它对任何东西都要检查,"未经反省的人生不值得活",同样,未经反省的政治也不是有价值的政治。但政治往往需要一些紧急的行动以解决一些迫切的问题,哲学往往要求彻底和单纯,而政治却往往要求妥协和混合,哲学通常渴望"至善"，而政治通常满足于"不坏"，哲学总是要求完美，而政治总是包含缺陷。这也许是因为哲学是个人的事，而政治是众人的事，所谓众口难调，它就必须要有妥协，必然存在缺陷，尤其是一种小城邦的、没有什么距离的、直接的民主政治就更不容有多少个人的反省的空间。哲学作为一种智慧可能是人类最好的创造，而这种"最好的创造"却可能成为"好的创造"——政治的创造——的敌人。再好的社会，再好的政治比起个人来可能还是不够好，达不到极其优秀的个人所能达到的高度。正如我们说一支舰队的速度就是最慢的那只舰船的速度。

刚才我说到的两个奇迹，两个迄今没有逾越的奇迹，即民主的奇迹和哲学的奇迹，这可能是雅典提供给人类最好的东西，但恰恰是在这两个最好的东西之间发生了冲突，而苏格拉底就死于这场冲突，所以这不是一个单纯的褒贬问题，而它可以帮助我们认识这个在最高的层次上发生的悲剧，并帮助我们认识两者的性质。即使是在它们各自最好的形态中，也可能还是会发生冲突。

除此以外，我还想说，这种冲突比我们想象的还要根深蒂固，它深深地植根于人性之中，一方面人不可能不结成共同体生活，不能不建立某种政治制度，但是另一方面，人又有一些天赋的差别，尤其是志趣和追求的差别。我们拿古希腊打个比方，大多数人都从事手艺、商业，还有一部分是比较出众的人，一是政治家，像伯里克利，一是艺术家，比如剧作家和诗人，还有一种就是哲学家。那么这几种人的关系如何？其中包含几种关系？一个是少数和多数的关系，也就是大众和精英的关系，还有就是少数之间的关系，少数又可以分成两个方面，即"行动的精英"和"思想的精英"，前者主要是宗教领袖和政治领袖，后者可能就是哲学家和艺术家。在这场冲突中，可以说苏格拉底几乎是孤立无援的，我们只要看看控告他的三个"代表"人——分别是诗人、修辞家、手艺人兼民主领袖——就可以看到。可能在现代社会中艺术家会和哲学家结盟来反对政治家，而在古代雅典，艺术家却常常是站在政治家一边反对哲学家的。这也许因为那时的艺术家主要是剧作家，剧作家也是非常民主的，戏剧是所有艺术形式中最民主的，它要通过赢得观众来夺取桂冠，观众说好它便是好的，所以从这个角度说，它是民主的。因此苏格拉底批评民主，剧作家也很反感，所以，艺术家、政治家、手艺人都构成苏格拉底的对立面，可见他是很孤立的，而一个追求完善的人也注定是很孤立的。哲学家可以说是"少数中的少数"。从这里我们能看到一点：苏格拉底究竟遇到了什么样的麻烦而被处死？

第三个问题就是，苏格拉底有没有可能不死？确切地说，他有没有可能不通过那样的方式被法律处死？换句话说，我们刚才提到的哲学与民主之间的冲突能否得到化解，至少是缓解，还是说二者总是会保持某种紧张状态？哲学家的合适地位是否只有两种选择——要么像《理想国》所设想的那样为王，要么沦为阶下囚？在"为王"和"为囚"之外还有没有第三条路，比如"为隐"——做一个隐士，探究哲学，以终天年？具体到苏格拉底身上，就是他的死刑是否有可能避免？用斯通的话来说："雅典已经等了他70年！"还有人说，如果是在斯巴达而非雅典，他早就被处死了。

他确实还是有可能不死的。从苏格拉底这方面来说，第一他可以放弃哲学家的生活方式，或者至少可以思考但不要与人交谈了，这样他就不会死，甚至不会被起诉。三十僭主曾禁止他与30岁以下的人谈话，而且非常厌烦他总是拿鞋匠、铁匠的例子来说明政治上的道理，可苏格拉底就是不放弃，因为谈话恰恰就是他的表达方式、思考方式、生活方式。第二他可以在被起诉之后放弃自己的观点，甚至设法赢得人们的同情，这样他可能也不会被处死。第三个选择就是在被判有罪之后作出某种妥协，但他拒绝这样做，于是激怒了法庭上的很多人，结果使得一些本来认为他无罪的人转而投了死刑票；而即使是被判死刑，他也还有一个最后的选择就是逃跑，当时克里同已经为他安排好了,而且雅典人本来也是心不在焉的——一个老人如果要逃跑就让他逃跑好了。

那么,是不是苏格拉底自己想死?比如色诺芬就推测他是不是因为晚年的病痛而想一死了之,当然这比较肤浅一点。尼采则说:"苏格拉底知道自己在做什么,知道自己想要做什么——他想要死亡。在一次极好的机会中,他表现了他在何种程度上超越了恐惧与人类的弱点,表现了他神圣的死。"但我想情况好像并不完全是这样,我们可以读一下柏拉图记述的苏格拉底在最后的日子里的四篇对话,第一篇是《游叙弗伦篇》,发生于他在被起诉之后,从中我们可以看到一种忧虑、忧伤,甚至是惶恐不安;第二篇是《申辩篇》,在法庭上,他多少表现得有些犹豫,比如同意交纳一定的罚金,也就是说,如果有活的机会,他也不拒绝,虽然他可能已确实不在乎死,但并非一心一意要趋向死亡;但是到了第三篇,即《克里托篇》时,他变得非常坚定,绝不同意逃跑;在最后一步,即《斐多篇》所记述的,他在临死的那一天里,表现得非常宁静坦然。这样,由忧虑到犹疑,到坚定,到坦然,便构成一个四部曲。

由此我们可以看到,他确实不在乎死,但也不是要有意去死,那苏格拉底为什么不肯逃走呢?施特劳斯在《什么是政治哲学》中有一句话说,苏格拉底宁愿为了在雅典保护哲学牺牲生命，也不愿为了保全自己的生命，把哲学引进克里特（意指流亡）。为什么不逃走？逃走也可以研究哲学啊，甚至像阿那克萨戈拉一样把哲学引进另外一个城邦，为什么不呢？也许是因为他年事已高，也许是他认为如果一走了之会对雅典的哲学产生很大的威胁，也许是因为他认为只有以他的生命才能更有力地保卫哲学。另外我们说他不逃离可以说是一种对雅典的抗议，但也可以说是一种对雅典的感激，因为这毕竟是政治领域中最好的制度，虽然它有着很严重的缺陷，这毕竟是他母邦的制度，他在那里生活了70年，所以他不能不一方面在法律上服从，一方面在精神上反抗。甚至可以说这两者是一致的，即必须通过在法律上忠诚才能进行精神上的反抗——他必须对法律说"是"，才能对政治说"不"。

就雅典人这方面来说，他们也并非一定要苏格拉底死，问题在于雅典的民主自身遇到了危机，而反省的哲学却在兴起，也许，民主在它鼎盛辉煌的时候不会在意这一点，而当它岌岌可危的时候，它就会惶恐不安，很不自信，甚至产生过度反应，注意到这样一个时机也是很重要的。尤其像斯通所说的，雅典发生过三次政治上的"地震"——公元前411年，四百人委员会统治了4个月；前403年，三十僭主统治了8个月；前401年，三十僭主的余部进行了反抗。在这三次"地震"中，死伤无数，这让雅典人心有余悸。有人说，在伯里克利时代，苏格拉底绝不会死。所以正是在民主衰落的时候，苏格拉底对民主的批评和反省就被看成是莫大的威胁，但雅典人仍然不是非让他死不可——毕竟，在他之前的阿那克萨戈拉没有死，在他之后的亚里士多德也没有死——只是想让他闭嘴，而苏格拉底宁死也不愿停止言谈，哲学对于他来说是神圣的事业、奉献毕生的事业，所以矛盾无法化解。我们可以看到，在不同的社会里，政治和其他方面的安全系数是不一样的，甚至在同一个社会的不同时期，"安全阀"和"警戒线"也是不一样的。但不管怎样，苏格拉底确实可以不死，但他毕竟死了，而他的死却胜过了生所造成的影响，就像一粒麦子"死了"以后，掉进土里，才生出许许多多的麦子来。他失败了，但也成功了，他死去了，但精神是永远存在的。

总之，苏格拉底在某种意义上说是个行动的哲学家，或者说是个话语的思想家，通过语言和对话来思考，而这样一种"思想的行为艺术"的最高杰作就是他的被审判和被处死。苏格拉底死了，而雅典人还活着，时光又过去了两千多年，一代代人死去了，现在我们还活着，那么苏格拉底之死告诉了我们什么呢？我想就是：通过死能够传递许多生的讯息，死亡使我们知道生命应该是完整的，死亡使我们知道人的幸福、德性是要盖棺方能论定的，甚至盖棺还不能论定；第二，苏格拉底之死可以帮助我们选择人生的道路、职业的生涯，如果你决心成为一个政治家，你要知道政治的限制，如果你要成为一个哲学家，或者说爱智者，就要对贫困、冷清甚至是迫害有所准备。

提问：

问： 您刚才说到希腊的民主和哲学是迄今没有逾越的奇迹，有什么根据吗？

答： 我所说的"希腊民主的奇迹"是就民主的直接性、彻底性、全面性而言的，在这一点上，它的确是迄今没有被逾越的，即便是现代瑞士的直接民主也没有达到当时雅典的程度，这主要是指公民作主的程度，公民参与政治的程度；我所说的"希腊哲学的奇迹"主要是从苏格拉底到柏拉图，再到亚里士多德这"师生三人行"而言的，在这一百多年间，这样三位大师接连出现，的确是后世再未发生过的。除了德国古典哲学稍稍近之，但还是没有超过。

问： 雅典实行直接民主制，然而从理论上来说，这是一种相当费时费力的制度，那么雅典如何来保证民主的效率呢？

答： 雅典的民主还是颇有效率的，比如要进行战争，所有的人回家拿武器，一支军队就产生了，当然它还是会陷入一些很烦琐的程序里去。但值得注意的是，它的直接民主有个基本的限制，即规模的限制，在这个城邦内，大家彼此了解，至少精英人物之间互相熟悉，这样也就不易产生政治上的阴谋，而召集会议议事相对来说也就不是很困难的事情。

问：苏格拉底的哲学属于哪种哲学？

答：概括说来，苏格拉底的哲学主要是一种人生哲学，他把哲学从天上带到了人间，而这种人生哲学的核心又是政治哲学。

问：雅典这种大多数人参与的直接民主会不会导致多数人的暴政？

答：民主有很多形态，主要有直接民主和间接民主，参与式民主和代议制民主，大国的民主和小国的民主等等。古代的民主主要是直接民主，比如雅典，我认为它与多数人的暴政没有必然的关系，这涉及我们对待民主的态度问题。苏格拉底对民主当然有很多的批评，但经过一番比较之后，我们会发现，它仍然是一种最不坏的制度，我们只是要警惕它的弊病，比如多数人暴政的倾向、平庸化的倾向等等。但批评和反省并不意味着简单的否定。

（2002年4月11日在北大演讲）

悼念诺齐克

1月25日清晨，收到从哈佛发来的一份电子邮件，得知著名哲学家、哈佛大学的"大学教授"诺齐克（1938—2002）已于23日逝世。虽然我早就听说他身患癌症，但还是感到震惊。一个思想者，无论身体多么病弱，躺在床上，只要神志清醒，他就还能够思考，也抑制不住要思考。而我们也就对他还是寄予希望。而现在，一个当代哲学界最敏锐的头脑之一停止了思考。

我想，用"最锐敏"来称呼他是恰如其分的。我80年代末翻译过他的《无政府、国家与乌托邦》，这是一部几与罗尔斯《正义论》齐名的政治和道德哲学著作，我们可以从中看到思想的训练有素和刻苦执着，这是一部才华横溢之作。你从中到处可以看到思想才华的闪光，而且这是青春的才华，诺齐克写这部书时才30岁出头。在哲学领域很少有人在如此年轻的时候就释放出自己最耀眼的才华。我也一直犹疑着：是否这第一本书也是他一生写得最好的一本书？至少是他最有影响的一本书。

在思想风格方面，我曾比喻罗尔斯的《正义论》像一座精心垒就的多层宝塔，而诺齐克的《无政府、国家与乌托邦》则像一棵树，虽然你也能看到有光秃的枝丫——诺齐克主张把思想的困惑、弱点也一并交给读者，但整棵树却是浓郁、新鲜、生机勃勃地伸展的。罗尔斯一生专注于一件事——对正义理论的探讨，与诺齐克不断地变换研究领域也形成一个鲜明的对照。

诺齐克的思想敏锐犀利，他能够迅速抓住论辩对手的脆弱之点，能够在自己思想感兴趣的地方深入底蕴，同时也不乏建构思想和平衡观念的能力。在《无政府、国家与乌托邦》中，我们可以看到富于灵感的新颖例证，又能看到精巧的设计、体系化的安排和一种简明有力的逻辑。全书的主要观念其实是相当简单而明确的：国家是必要的，但只是在保障公民权利的范围内是必要的。我们不能指望国家做太多的事——例如福利国家之类，因为这势必要以侵犯个人权利为代价，所以我们只能满足于一种"最弱意义上的国家"，即一种"守夜人似的国家"。而这样的国家并不是乏味的，它仍然能够提供一个平台，满足各种"乌托邦"的追求，只是不是在国家强制的范围内，而是在个人或自愿结成的团体的范围内去满足。整本书的论证则是复杂而精巧，同时，你也可以感到一种从道德边际约束的角度来理解和捍卫个人权利的力量。

诺齐克是从一个激进左派转向这种有古典风味的自由

主义观点的，问题是这样一种类型的自由主义在二战后的美国反而显得有些"极端"了。而《无政府、国家与乌托邦》一书出版后，其理论与后来80年代美、英政府的政策及一种政治运动在客观上的联系（这并不是他很情愿的），使诺齐克的思想并不太被学界"看好"，虽然包括批评者也都欣赏他的思想才华。诺齐克后来离开了政治哲学，当然这主要不是迫于什么压力，而是由于他思想兴趣转移所致，他的思想性格中有一种强烈的不安分和好奇的特点。他后来转而探索哲学的解释，认识论、价值论、人生哲学等诸多方向，喜欢一种哲学的多元论。只是到1989年出版的《反省的人生》一书中，他才在《政治的曲折》一文中又稍稍回到政治哲学的主题。

诺齐克1994年被发现患有胃癌，然而他仍不懈思考、写作和讲课，表现出很大的勇气和忍耐力。这样一个富有才华的思想者的陨落不能不让我感到悲哀，而8年前与他在哈佛爱默森楼办公室的一次谈话又浮现眼前，恍然如昨。我不知道他那时是否知道癌细胞已潜伏在他体内，而他给我的印象是乐观、热情和亲切的。那次临走时他在赠书《无政府、国家与乌托邦》的扉页上写下了这次"相遇的快乐"，在《反省的人生》前面表示"感谢你对这本书欣赏的评价"。写至此，突然感到一种遗憾，想着也许可以在前几年将《反省的人生》翻译出来，这样，病中的他收到这一译本一定会感到某种安慰和高兴。当然，以后也许还会有人去做这件事，人们也总是可以通过读其书而感受这样一个永远在探索的人的心灵。但无论如何，斯人已去。

反省的人生

诺齐克教授逝世后,有一篇哈佛大学校报的悼念文章简要介绍了诺齐克的研究和对他去世的最初反应。

该文认为诺齐克是20世纪知识界主要的人物,在他的写作和讲课中都表现出智力宽广、风格迷人的特点。1969年,他30岁时即成为哈佛大学的教授,1998年成为"大学教授",他也是美国科学和艺术院院士。他思想的影响超越学院,尤其是他的《无政府、国家与乌托邦》,使他成为西方战后最重要的政治哲学家之一,该书获得了美国国家图书奖。

他的主要著作还有:《哲学的解释》(1981)、《反省的人生》(1989)、《理性的性质》(1995)、《苏格拉底的难题》(1997)等。他生前的最后一部著作《不变性——客观世界的结构》刚在2001年10月由哈佛大学出版社出版。

虽然身罹癌症,但他一直工作到最后一息,他在刚结束的这个学期还在开"俄国革命"的课程,并计划下学期还要开课。在他去世前一周,他还在与同事讨论和批评他们的著作。

他长期的一位朋友,法学教授 Alan Dershowitz 说:

"他的心灵一直保持睿智和敏锐到最后。"说他不断在探索，总是学习新的主题。哈佛大学校长 Lawrence H. Summers 说："哈佛与整个观念世界失去了一位杰出的富有刺激性的学者，他在哲学等领域产生了深刻的影响。"艺术和科学院院长 R.Knowles 说诺齐克去世"这一损失对哲学与哈佛都是重大的"。哲学系主任 Christine Korsgaard 认为诺齐克是一位"杰出和无畏的思想家"，"对一切都感兴趣"，"而他在患病后这些年所表现的勇气，他持续工作的不可遏止的精力，给我们所有人都留下了很深的印象"。

我想，"反省的人生"不仅是诺齐克一本书的书名，也是他一生的写照。这是作为哲学家的一生，因为哲学家的生活也就是一种反省的生活，哲学家要做的事就是反省。古希腊雅典的第一个哲学家，也是西方的第一位大哲苏格拉底已经给哲学家定位了："未经反省的人生不值得活。"这也许不是说不值得所有人活，但至少是不值得哲学家活。我如果不喜欢反省，或者没有能力反省，那我最好就去干别的。反省不是占有知识，只是占有一些知识而没有反省精神的"哲学家"不能算是哲学家。所以，"爱智者"（philosopher）才是哲学家，"智者"（sophist）反而不能算是哲学家。爱智慧就会发问，就会反复琢磨和反省。哲学不会定格不动，哲学家总是在路上。

诺齐克是十五六岁时在布鲁克林的街上通过一本平装本的柏拉图《理想国》接触到哲学的,这本书他还看不懂多少,但却感到了一种振奋,知道这是一本奇妙的书。这也就和最原原本本的哲学接上了,把他引向了哲学之路。

诺齐克反省的主题是政治生活以及哲学本身。诺齐克的第一本书是《无政府、国家与乌托邦》,主要是讲政治,第二本书是《哲学的解释》,书名已不言而喻,主要是讲哲学,而《反省的人生》一书中有哲学、有政治,也有对人生其他一些方面的反省。

在诺齐克的著作中,看来还是第一本《无政府、国家与乌托邦》的影响最大,这是西方20世纪最重要的政治哲学著作之一。政治家可以不怎么理会哲学,哲学家却似乎总摆脱不了政治——当然,这也许是由于谁都摆脱不了政治。但哲学家似乎还是首当其冲,或者他对政治有话要说,或者政治要找他的麻烦。因为哲学家要反省人生的各个方面,当然也会包括政治,这就和常人不同,就可能对政治构成一种潜在的威胁。

尽管美国是一个权力受到多重制衡的国家,是一个如果哪位诗人写了一首《总统办公室里的灯光》来赞颂领导人,马上就要断送他作为一个诗人的前程的国家,你仍旧可以感到政治权力毕竟就是政治权力。权力就是做这个的——就是要在某些重要的方面管理和支配人的，你得让它做这个，除非你更愿忍受无政府状态；但你也得对它保持警惕和小心，不要太信任它，这就是许多美国人的观点。

而政治家和哲学家毕竟各干一行，也就会有政治家话语和哲学家话语的差别，即便年轻、革新的总统如肯尼迪也说："不要问国家为你做了些什么，而要问你为国家做了些什么。"而诺齐克《无政府、国家与乌托邦》的"前言"的第一段话却是这样写的："个人拥有权利。有些事情是任何他人或团体都不能对他们做的，做了就要侵犯到他们的权利。这些权利如此强有力和广泛，以致引出了国家及其他官员能做些什么事情的问题（如果能做些事情的话）。个人权利为国家留下了多大活动余地，国家的性质，它的合法功能（如果有这种功能的话）及其证明就构成本书的中心内容。"这里判断的标准是权利而不是权力，是问个人权利为国家权力留下了多少活动余地，而不是问国家为个人留下了多少活动余地，两种问法发展开去会有天壤之别。

按这样一种思路，我们设想哲学家诺齐克大概会如此回答政治家肯尼迪："我会为国家做我该做的，比如平时纳税以支持它，战时去捍卫它，以使国家履行保护我们的功能。但除了保护我的基本权利，我并不需要国家为我做得更多，因为做得更多反而很可能侵犯到我的权利，所以，我为国家不能做得太多正如国家不能为我做得太多一样。关键是在多少,而不在谁为谁做,我们完全可以在非政治权力的领域内大有可为……"

罗尔斯在《正义论》的开首也说:"每个人都拥有一种基于正义的不可侵犯性,这种不可侵犯性即使以社会整体利益之名也不能逾越。因此,正义否认为了一些人分享更大利益而剥夺另一些人的自由是正当的,不承认许多人享受的较大利益能绰绰有余地补偿强加于少数人的牺牲。所以,在一个正义的社会里,平等的公民自由是确定不移的,由正义所保障的权利决不受制于政治的交易或社会利益的权衡。"

德沃金则直接批评美国副总统阿格纽所说的"对权利的关心是国家这艘航船的顶头风",在《认真对待权利》这篇文章的结尾,他写道:"如果政府不认真地对待权利,它也就不能够认真地对待法。"

当然,他们都是自由主义者,且为这个营垒里的三巨擘。在保障所有人的基本权利这一点上,他们是一致的,但他们的理论也有许多分歧。1994年在哈佛的一次学术会议上,他们三个人恰好都到了,躬逢其盛,可以感受到他们之间论辩的友好和平常心。

在"权利(rights)对权力(power)"的论争中,哲学家看来大都站在权利一边，而捍卫所有人的权利也就是捍卫他们的同样权利，捍卫他们的生活方式。诺齐克尤其是权利的一个热烈的捍卫者。权力就是权力，权力是强有力的，权力就是力量，而且，与社会名望、经济财富的影响力比较起来，政治权力是人类社会中最强大的力量。而权利看来是无力的，有时它除了印在纸面上，其他什么也不是。如果它要变得有力，我们想一想，它的力量是来自何方？

在后来《反省的人生》一书中，诺齐克试图反省他的生活与实在的联系，他认为哲学有关生活的沉思是呈现了一幅画像而不是一个理论，这幅画像可能是由理论因素构成的，例如包含种种问题、区分与解释，但这些理论的要素还是构成了一幅生动的图画。这本书考察了死亡、创造、上帝的性质与信仰的性质、神学、日常生活的神圣性、父母与孩子、性、爱的纽带、情感、幸福、如何生活得更真实、自私、价值与意义、黑暗与光明、大屠杀、启蒙、各得其所、理想与现实、政治的曲折、哲学的生活、什么是智慧以及哲学家为什么如此爱智慧等诸多题目。

诺齐克解释他写这本书的初衷说："我想思考生活以及什么是生活中重要的东西，以澄清自己的思想与生活。我们——包括我自己——都倾向于像自动机一样生活。按照我们早先确定的目标和对自己的观念行进，只做微小的调整。无疑这有些好处：以相对无修正的方式多少不加以思索地追求先前的目标，能在实现抱负和效率方面有所得。但这也会有所失：就这样按照青少年时期形成的并不完全成熟的世界观生活。"

所以，反省也就是曲折，或者说是在所有人都匆匆往前赶的大路上，却自己有意放慢步伐甚至停下来想些事情。头脑复杂和多面的人们有时多么羡慕头脑单纯的人们，他们确定了一个目标就勇往直前，不耽误一点工夫，但有时又会有点可怜他们，他们的视野中有盲点，有些东西永远在他们的视线之外。

对政治当然也需要反省，所以政治也会有曲折，会走"之"字形（zigzag），英语中"zigzag"这个词很有趣，无论看起来还是念起来都颇有"曲折"的味道。在诺齐克看来，美国两党交替的选举政治就有点像这种曲折。隔几个总统任期，差不多就要换一次班，这并不一定就是因为在台上的政党犯了大错，而是它执政久了，就可能自然而然地往一个倾向上走得过远，而人性、人群的要求其实是多方面的，比如，民主党往福利国家的方向上走远了一些，民众就可能想通过再让共和党上来在政策上做一些调整，而如果共和党执政久了，民众可能又嫌它在有些方面过于保守。这样，长远看来，政治就不是一条直线的通衢大道，而倒像是曲曲弯弯的一条小路，当然，这两个党并没有根本性质上的不同，所以没有大转向，没有大曲折，不是完全的改弦更张，更不必诉诸暴力流血，而只是一些小曲折，而总是有一些小曲折可能也正好预防了大曲折。

一位反省者已经走到了他尘世生命的终点，大概他也会感到苏格拉底被判死刑后的心情："分手的时候到了。我去死，你们活下来，至于哪条路更好，只有神才知道。"

我爱读的几种西方典籍

西潮东渐以前，中国有的学者曾有"读尽天下可读书"的抱负，现在我们大概则只能选择自己最想读或必须读的书来读了，"弱水三千只取一瓢饮"。但究竟哪些书是自己读过之后感觉最爱读的，却不是一个容易回答的问题。我想还是就人来说书，回想一下我的读书生活，除去有专著或专文谈过的帕斯卡尔、陀思妥耶夫斯基、梭罗等人之外，近十年来我最爱读、学术上也颇得力的西方典籍大概有以下三个人的书：

托克维尔的两本书。这两本书，一本是托克维尔的《论美国的民主》，一本是《旧制度与大革命》——以下我们简称两书为《民主》和《革命》，而读者马上会看到，这正是我们时代的两个关键词。托克维尔是现代性的一个深刻的把握者和预见者，他指出平等和民主的潮流势不可当，是世界进入现代社会的一个基本标志，而革命也常常是在所难免。有时是民主先行，革命后进，民主走慢了，革命就超越它，有时则是革命直接代替民主。平等的观念已经深入人心，这一观念是近代留给西方，也是20世纪留给中国的巨大遗产，它也许会陪伴或引领人类走到历史的终点，走到自身的终结。而托克维尔的过人之处是他能够深刻地同时察觉和分析民主的优越和弊病、民主的灿烂和暧昧。也能够同时感受到旧制度和大革命的各自意义，以及两者之间一种深藏的相互联系。

托克维尔的方法和风格也颇使我喜欢，他的两大卷《民主》是建立在对美国的实地走访基础上的——虽然只有9个来月！而薄薄的《革命》一书则"翻阅"了大量的原始档案，这都是道地的为现代学人所推崇的方法，然而，书中却不见大量的引证和专门概念。是一种洋洋洒洒、生动有力的风格，好读，且充溢着深刻的睿智乃至热烈的感情。

康德的伦理学著作。康德的书不是很好读，却很耐读。但只要用心，应该说康德的伦理学著作比起他的纯哲学著作，还是相对比较容易进入的，而且，作为一种弥补，我们特别需要关注康德的这一面。康德这方面的著作除了著名的《实践理性批判》《道德形而上学基础》这些具有哲学基础意味的著作之外，还有他的包含了法学的《道德形而上学》，包含了史学的、可以名之为《历史理性批判文集》的一组文章，其中很著名的一篇是《永久和平论》，以及他早年的《伦理学讲演录》等。眼光宽泛一点，还可以包括其中含有许多对人性的精辟分析和观察的《实用人类学》和探讨人类根本恶和内心斗争的宗教哲学著作。

无论是赞成还是反对，近代以来的伦理学和认识论、美学一样，看来怎么也都绕不过康德。思想史上有两种富有意味的思想，一种是较偏向批判性的，一种是更具有建树性的，康德的思想却同时兼具两者。康德试图为"脱魅"的现代社会的道德和政治提供一种普遍主义的理性基础。既然"神圣已去"，我们还留下什么？我们还可以指望什么？伦理学到了康德这里有了一个重大的转折，即从以人格、德性、幸福、善为中心转向以原则、规范、义务为中心。自此，康德式的伦理学和功利主义的伦理学互相争论、更迭消长，成为现代社会伦理学的两种主要的建构性形态。

柏拉图的对话。这是我目前正在读的书。对话这种形式今人已经不大喜用，也不大能用了，而柏拉图的著作几乎全部都是对话。列在柏拉图名下流传至今的对话有35篇，估计全部译成中文有一百多万字。我最感兴趣的有以下几组：一组是有关苏格拉底最后生活的，即展示苏格拉底在被起诉后的《游叙弗伦篇》，在法庭上的《申辩篇》、在狱中的《克里托篇》和就死之日的《斐多篇》；一组是直接有关伦理学论题的，如讨论政治道德的《高尔吉亚篇》、讨论节制的《查密迪斯篇》、讨论勇敢的《拉黑斯篇》、讨论德性的《曼诺篇》等；另一组是柏拉图形式上最富戏剧性、内容也最深邃和宽广的一组对话，有探讨什么是正义、什么是最好的国家的《理想国》，探讨美与爱的《会饮篇》和《斐德若篇》等。后来柏拉图的著作就转向一种比较冷峻的智慧了，例如《法律篇》。为什么要读柏拉图？我还不能充分有把握地回答这些问题，我只能说，我深深被其吸引，我正在努力读他。

再看一下上面列出的自己爱读的这些书，如果说有什么共同点的话，一个是它们都是属于过去的、19世纪以前的经典。二是它们的领域都是宽广的：托克维尔把政治和历史结合在一起；康德的伦理学不仅横向地与法学、政治学紧密联系在一起，还纵向以及垂直地与历史、宗教联系在一起；柏拉图的著作则更是如其名字一样宽广（"柏拉图"在古希腊语中的意思就是"宽广"），其对话不仅包含了哲学本体论、认识论、逻辑学、伦理学、美学，还有政治学、经济学、法学、教育学、修辞学、心理学、社会学、历史以及神话等。他们都不是仅仅一个领域里的专家，所以其著作也应该可以为许多不同领域里的读者阅读。

最后还想说一点，我想这些书都体现出一种非凡的文学或文字的表现力，甚至在常被认为是艰深晦涩的康德那里也是如此，我甚至认为这种文学的表达力是所有大师都在某种程度上具备的能力，虽然表现风格可能很不一样。我们有时因为缺乏其他专业领域的知识，不好判断作者专业能力的高下,那么,一种文字乃至文学的表现力也许可以成为一个判断的标准。而重要的还在于,作为一个读者来读这些书,我们不仅可以有一种思想和知识的训练,还能获得一种美的愉悦。

罗尔斯的思想遗产

11月末,我刚到达美国西海岸的一个谷地里蛰居不久,一天下午,去当地市镇的图书馆,为校一份译稿,想找罗尔斯的《正义论》,却没有这本书,在1997年版的《美国百科全书》上也没有找到"Rawls"的词条。回来在电脑上用谷歌搜索,却意外地得知罗尔斯已在数天前逝世。

虽然早就有预感,但还是觉得有些吃惊,并悲从中来。哲人其萎,20世纪总的说并不是一个哲学兴盛的世纪,而是一个行动远多于沉思的世纪,其哲学成果不但难与19世纪相比,且其下半叶又逊于上半叶。但唯独政治和道德哲学在20世纪的最后数十年里有所复兴,1971年罗尔斯《正义论》的出版就是这种复兴的一个明显标志。

在不到一年的时间里,哈佛大学连失诺齐克、罗尔斯两位思想大师,而由于他们的思想地位,这又不仅是哈佛的,也是欧美学术界的重大损失。两人都是在20世纪90年代中期染病,诺齐克罹癌症,罗尔斯也一直身体不好,前几年国内曾有过他去世的讹传。但两人又毕竟顽强地生活着,进入了21世纪,似乎预示着他们的思想要在新的世纪继续发挥——用一位评论者的话来说——不是"以十年计",而是"以百年计"的影响。

我也许可以先说一说我与罗尔斯思想接触的个人经验。1986年夏,我和两位朋友一起翻译罗尔斯的《正义论》,译稿告讫后,我给罗尔斯写过一封信,希望他方便的话,为中文译本写一篇序,大概过了相当一段时间,收到他手写的一封信,抱歉说他以为已经写好寄出,却发现还是没有寄。我最后也仍然没有收到他的序,如其自承,他是相当"心不在焉的"。1994年春夏我在哈佛听了大概是他最后一次的开课,那时他就身体不太好了,有时因病停课,上课时声音也不大,偶尔还有点口吃,让人感觉他有些腼腆,甚至害羞,当然也清高自持。他是一个不喜欢直接介入政治事务的政治哲学家,他甚至不喜欢交往,他主要是通过他的书与人们打交道,通过一种退后到更深层次的思想来间接地但也是长久地影响世界。

所以,我想,纪念一位思想者,尤其是这样一位思想者的最好方式,应当是重视和仔细清点他的思想遗产,思其所思,包括从各个角度对其思想提出认真和仔细的分析评论,以至批评和质疑。我个人是有理由深深感谢罗尔斯的,在某种意义上,正是他的思想医治或至少转移了我的悲观失望,也修正了我过分关注个人的诗意浪漫和救赎渴望的偏颇。但是,在这篇文章里,我想说的更多的还不是罗尔斯告诉了我们什么，而是，作为中国学者，我们能够对罗尔斯的思想遗产说些什么。这也是一种更大范围里的"反省的平衡"（reflective equilibrium），当然使用的依然主要还是罗尔斯的概念。

罗尔斯精心构建和论证了一种社会正义的理论——"公平的正义"（justice as fairness）（《正义论》，1971），又努力使之成为一个在价值合理多元的社会里政治上的"重叠共识"（overlapping consenses）（《政治自由主义》，1993），并试图将其从国内社会移用于国际法（《万民法》，1999）。罗尔斯的两个应用于社会基本结构的正义原则，第一是要求所有人都应有平等的基本自由，第二是要求所有人都应有公正的机会平等。并只允许那些最有利于最不利者的差别存在——即著名的"差别原则"（difference principle）。如果说第一个原则的要义是保障自由——保障所有人的良心、信仰、言论自由和政治参与的自由；第二个原则的要义则是希望平等和尽可能范围内的均富。但是，第一原则是优先于第二原则的，只有在充分满足了前者之后才能满足第二原则。在这两个正义原则之间不允许存在利益的交易，比如以大多数人的利益为名侵犯少数人的基本自由，而在"差别原则"中，亦使最不利的群体也得到一种"最大最小值"的利益保障。

罗尔斯认为他的正义理论是相当抽象和一般的，是应用于一种理想的、"秩序良好的社会"的，亦即人们一旦选择或同意了社会的正义原则，就都会遵循它们。而他所提出的两个正义原则实际上反映了当今美国或西方社会"所推重的判断"，或者说，是在与这些判断的反复平衡中得到自己的论证的。但今天的欧美社会也是一个历史发展的结果。如果我们将这一两个正义原则的序列核之于西方近代以来社会制度以及政治理论发展的历史，也核之于当今的整个世界，尤其是非西方文明的现实世界（比如中国）而全面地考虑正义原则的系列，我们也许就不得不在这两个正义原则之前再加上一个正义原则，即保存生命，或者说谋求人的基本生存的原则。当然也可以说罗尔斯的两个正义原则是在某种不言而喻，甚至更高的层次上包括了保存生命的原则。但是，我们要考虑到保存生命的原则在某些特殊情况下会与利益平等乃至基本自由的平等的原则相冲突，这时就不得不衡量孰先孰后，就有必要独立地提出保存生命的原则，并且使其处在最优先的地位。从而，如果我们兼顾理想与现实，兼顾西方与非西方文明，就可以发现另一种正义原则的序列，一种不是两个，而是三个原则的序列：生存——自由——平等。当然，提出"生存原则"并不是要满足于此，而是要指出一个更为基本的出发点。

其次，即便在罗尔斯提出的两个正义原则的序列中，更值得中国学者深致意焉的也还不是西方学者更为关注的第二原则，而是第一个有关平等的基本自由的原则，其中争取平等的良心自由也许又优先于争取平等的政治参与自由。同样，在第二原则中，更值得我们关注的也许又还不是差别原则，而是机会平等的原则，甚至是机会的形式平等的原则。这种优先次序自然本来就符合罗尔斯的本意，但由于西方学者在第一原则上几乎意见相同，争论就比较集中于差别原则上。而这一争论在自由主义的内部，实际上是自由主义的底线共识或者最小范围究竟划在哪里的问题。诺齐克、哈耶克等可能是主张把范围划小一点，而罗尔斯则主张把范围划大一点，即把最惠顾最少受惠者也纳入制度的正义原则范围之内。然而，在还要争取基本的自由权利，争取基本的公民待遇、国民待遇的社会里，第一正义原则理应得到更为优先的关注和更为仔细的讨论。

即便是差别原则，我们也应当考虑到它在另一种文明里的另一种可能用法——这种用法是罗尔斯未曾料到的。他提出差别原则的本意是为了缩小差别，但在一个相当平均主义而又"患寡"（均穷）的社会里，这一原则却有可能用来为扩大差别辩护，即如果有给未来的最不利者也带来最大好处的差别，为什么不允许这种差别出现呢？这就有点像中国在20世纪80年代中期提出"让一部分人先富起来"的政策，虽然在究竟让哪一部分人先富起来，怎样富和富的程度上还会有许多争议或暧昧不明之处。

我们也要注意罗尔斯差别原则的一个理由：与其说是穷困者"应得"（deserve）一种补偿利益，"应得"国家的最大惠顾，不如说是富裕者或国家应当给出这样一种利益。罗尔斯分配正义论甚至基本上是排斥"应得"这样一个在亚里士多德等传统思想家那里占据中心地位的概念的。同样，那些因其天赋较高处于竞争的优势地位的人，对他们的天赋也不是应得的，所以，他们应当把自己所得的一部分利益拿出来，给予那些在竞争中处于劣势的群体，而且这不是一个自愿或慈善的问题，他们应当接受国家通过高额累进税、福利国家等政策来实行一种利益的再分配。之所以应当这样做，还因为社会是一个合作体系，如果没有别的阶层的合作，优越者也不可能创造更大的利益，甚至整个社会都会趋于动荡甚至解体。

对国家应当最惠顾哪些最不利者，人们也许还可以再补充另一些理由。比方说，从经济上考虑，国家保障富有者的成本实际要远远高于保护穷困者的成本；从道德上考虑，所有人都是同类，相互间具有某种同胞情谊。而且，在某种意义上，不仅一个我们所属的政治社会，甚至整个地球也越来越休戚相关，变成一个诞生即进入、死亡方可退出的联合体，强者与弱者都无可逃逸地要生活在同一个世界里。

罗尔斯尽管主张社会制度应最关怀最不利者，但他强调的理由是"应给"与"合作"，与强调"应得"与"斗争"的理论相比，其区别还是很大的。如果认为社会底层本就"应得"社会的主要利益，因为正是他们创造了财富，创造了世界，而他们现实的穷困只是因为被剥夺，那么，就不管使用什么手段，包括使用暴力的手段来"剥夺剥夺者"就都是允许的，甚至是最正义的了，因为这只不过是"物归原主"而已。但如果缩小差别的理由是富者或社会"应给"，那么，谋求均富的目标，尤其是手段就会受到限制，至少暴力的手段会在被排除之列。

全面地看来，并不只是差别原则在谋求平等，平等的基本自由原则和机会的公正原则都是在谋求平等。在信念和政治行为的领域里，自由就意味着平等，而平等也意味着自由。而机会的公正平等原则要进一步消除那些来自社会环境和家庭出身的差别，这样，留给差别原则所要调节的不平等，就只是出自天赋差别而产生的不平等。

是不是对这种来自天赋差别的不平等也必须通过国家来调节？正是这一点容易引起争论，而对前两个原则所要调节的不平等则较易达成一种"重叠的共识"。罗尔斯对这一问题的肯定回答似乎还来自他对正义概念的理解,他认为正义就在于消除偶然和任意的因素,但这是否意味着要消除一切偶然和任意的因素?而在某种意义上任何个人的诞生和死亡也都是一种偶然。不过,一个不得不考虑的现实因素是:即便是纯然出自天赋差别的利益不平等也是足够巨大的,而一种社会的"马太效应"更倾向于扩大这种不平等,甚至在这一贫富分化的过程不涉及暴力和欺诈的不义的情况下也是这样,于是,面对这样一种虽然是自然而然产生的悬殊,人们可能仍很难拒绝国家对这种状态的适度干预。

以上的讨论使我们追溯到罗尔斯的社会观与人性观,虽然这些观念在罗尔斯那里隐而不显。罗尔斯理解社会应当是一个合作体系,而在对人的理解上,"原初状态"(original position)中的各方,自然是"理性人",甚至是经济学意义上的自利的理性人,他们相互冷淡,会冷静权衡和计算利害得失。一些批评者认为罗尔斯甚至预设了他们的某种气质,即一种相对保守,力求确保一种"最大的最小值"而非争取"最大值"的气质,在这方面与经济学中谋求"利益最大化"的理性人又有差别。一些批评者可能会觉得罗尔斯对社会的理解过于天真,而他对人性的理解，在一些谙熟人性的人看来也过于理性化，甚至偏于保守的理性。因为人也可能会更倾向于冒险以求最大利益，甚至为此丧失自己本可保守的基本利益也在所不惜。但罗尔斯也许会争辩说，社会制度，尤其是社会基本结构的设计，必须立足于人的理性，而社会正义的主旨也就在于为每个人防止最坏情况而并非争取最好状态，在基本结构的正义之外，还将留有个人激情、灵感和思想施展的广阔空间。

总之，罗尔斯给我们留下了一份重要的思想遗产。罗尔斯思想的重要意义在于：他推动了使西方哲学、伦理学转向实质性问题的潮流，他相当成功地在正义理论的领域做出了一种使义务论取代目的论、取代功利主义而更占优势的尝试，他后来日益深刻地意识到了现代社会的价值分歧而仍然不懈地寻求一种正义共识。概括地说，他最重要的贡献就是：他为自由主义的政治与道德哲学提供了一个迄今最精致的理性设计的范本，在某种意义上，他也可以说是美国社会居主流的价值和正义观念的一位忠实的代言人。

自由主义政治哲学在当今西方的进展自然还得益于诸如哈耶克、诺齐克、伯林、波普尔等许多思想者，也包括来自左和右的方面的批评者的贡献。这一次"哲学的猫头鹰"起飞得似乎要早一些。在二十世纪六七十年代，上述思想者就开始推出了他们的主要著作，而到了八九十年代，历史似乎在印证他们的主要观点：自由民主的潮流开始在世界范围里大行其道。而这种印证的鲜明揭示还可以见之于福山源自黑格尔、科耶夫的"历史终结论"，人类似乎找到了最适合自己的政治结合方式，这种政治结合方式与其说是最好的，不如说是最不坏的：它使利益和地位的竞争以及政治斗争至少处在一个非暴力和血腥的水平上；它限制权力的僭越，使任何人，无论他处于多么弱势或少数的地位，都不至于处境太坏或完全哀矜无告。

但这种"历史的终结"又是和"最后的人"（尼采所说的"末人"，或托克维尔所说的"中不溜儿的人"）联系在一起。不仅哲学，人类或许也要进入"黄昏"。人类或许要进入长久的"安睡"。没有了白日的躁动，但也没有了白日的灿烂。自由民主作为一种"长治久安"之制，看来还相当符合人类的基本道德。那么，还会不会有新的国际歌使人"热泪盈眶""热血沸腾"？还会不会再有其变化"一天等于二十年"的盛大的、革命的节日的狂欢（即便在这之后又要进入"二十年等于一天"的时期）？除了在运动场和竞技场，人类的斗争、战胜和追求卓越的激情，还能否在其他方面充分展现？人类中一种与追求平等同样根深蒂固的追求卓越的激情将如何安置？如果说以往历史上人类对卓越的追求曾以牺牲平等为代价，那么，现在人类对平等的追求是否要以牺牲卓越为代价？人们的精神文化生活会不会变得枯燥乏味？人们的物欲或贫富分化的状况会不会变得不可收拾，甚至酿成在生命意义上终结人类的大灾难？

这些问题，当然又绝不止这些问题，不断引发出对于自由主义的批评。自由主义的理论和制度实践在某种意义上"不战而胜"，但它因此也成为最值得认真对待和施以攻击的主要靶子。它越来越扮演起"公共平台"的角色，但也因此成为"众矢之的"。我们依然有必要对未来新的政治结合形式保持敏感和开放，但目前确实看不到有可能真正替代它的有力竞争者。因为，批评者除非同时也提出正面的、建设性的其他制度选择（alternative），否则，对自由主义的批评常常只不过是使之得到修正、更新和完善。在这一点上，自由主义甚至比中国历史上的儒家思想更具有吸纳和包容能力。所以，只要自由民主的制度实践继续在世界上保持主导的活力甚至只是稳态，我们就可以说，在新的世纪里，我们依然绕不过提供了一份相当完整的自由主义政治哲学范本的罗尔斯。

2002年12月5日于核桃市（Walnut）

三足鼎
——读《名哲言行录》笔记

一

第欧根尼·拉尔修的《名哲言行录》记录了从公元前6世纪到公元3世纪古希腊约82位哲人的言行。英译者罗伯特·希克斯（Robert Hicks）怀疑这本书是不是当时同类书中最好的，又认为拉尔修对哲学家生活乃至奇闻逸事的兴趣超过对哲学理论的兴趣，因而这本书更多地属于文学而不是哲学。但较深入的阅读经验不难使我们相信，如果我们想了解古希腊哲人的生活，了解他们的追求、困苦和希望，他们和社会、国家、家庭的关系，他们对自身的认识和期许，以及他们相互之间的关系，它可能正是最好的一个途径。而我们只要读一下该书讨论哲学的起源和性质的"序"，就会感到作者的哲学品味也还是不俗。

《名哲言行录》给我们提供了一个哲学家群体的形象。这样，柏拉图和色诺芬笔下的苏格拉底的形象就不再是单独和突兀的高峰了，而他们自己的形象也得到了丰满——我们只要想想柏拉图在他的对话录中是多么吝啬地写到自己。在一百年间雅典出现的苏格拉底、柏拉图和亚里士多德这样的哲学奇迹也就不是完全无由（虽然还是使我们感到无比惊奇），而我们也由此知道了他们激起了多么远的波澜。这本书相当重视哲学家的个人"传承"或"师承"而不仅仅是思想"派别"。这一传承源远流长，尤其是在柏拉图以后，这一传承还有了制度的保证——各种学园的延续。

总之，它描述了这样一些人，"除了极少几个杰出的例外，他笔下的哲学家不像普卢塔克（Plutarch）笔下的英雄，从表面看来他们只是普通的凡人，这些凡人生活平淡，老死孤床。他们的斗争和胜利、他们的发现和所激起的革命，都只属于文字和观念的世界"。

于是，我们要考察作为生活方式的西方古典哲学，想知道在古人自己的眼里"何为哲学"和"哲人何为"，想知道这一类"观念的人"在一个无可逃避的政治社会中能够有何种作为或者说如何安身立命，这是再合适不过的一本导论和资料汇集。让我们就从"三足鼎"（tripod）的故事说起。

二

在《名哲言行录》的开首一卷，讲述了一个有关一件礼物在"最有智慧的人"中间传递的故事，这个故事有多种讲法，从拉尔修的记述我们可以辨认出六个版本：

1. 一些伊奥尼亚年轻人从米利都渔夫那里买下了他们的捕鱼器，但就那个构成捕鱼器一部分的三足鼎应当给谁却争论不休。最后，米利都人把这个问题诉到了德尔斐的阿波罗神庙，而神给出了这样的谕示：应当给"最有智慧的那个人"。于是他们把它送给了泰勒斯，而泰勒斯又给了另一个人，如此直到它转到了梭伦手上，而梭伦认为神是最有智慧的，于是又把它送回了德尔斐。

2. 阿卡狄亚人巴绪克勒（Bathycles）死的时候留下了一个碗，碗里有这样一句训谕："应当把它送给那个通过其智慧行善最多的人。"因此人们把它送给了泰勒斯，然后又传送给了所有贤者，最后又回到了泰勒斯手上。而泰勒斯在狄狄马又把它献祭给了阿波罗。

3. 克娄苏国王的一个朋友从国王那里得到了一个金质酒杯，以把它赠给希腊人中最有智慧者；这个人把它送给了泰勒斯，然后泰勒斯把它送给了其他人，后来又传到了喀隆手里。喀隆则在彼提亚人的阿波罗神庙前问了这样的问题："谁比我更有智慧？"神答道："密松。"从他那里这个碗又开始在"智慧者"中间传递。

比天空更广阔的

4. 阿戈斯人提供了一个三足鼎，要把它作为对德性的奖励奖给希腊人中最有智慧者；斯巴达的阿里司托得姆（Aristodemus）被判定为胜利者，但他却让给了喀隆。

5. 佩里安德送了一艘满载货物的船给米利都的僭主塞拉绪布罗，而这艘船在科斯海失事，后来某些渔夫找到了那个三足鼎。不过斐洛狄库（Phanodicus）认为，它是在雅典人的海域找到的，一些渔夫发现了那个刻有"送给智慧之人"字样的三足鼎，人们召开了一个集会，据说彼亚斯的养女们走进集会，述说了她们的不平常经历，并宣告彼亚斯有智慧。于是那个三足鼎就分派给了他。但彼亚斯看见它时，却宣称阿波罗是有智慧的，从而拒绝接受。

6. 最后一个说法是说这个三足鼎由赫费司托神制作，然后把它当作礼物在珀罗普斯（Pelops）的婚礼上赠送给了他。后来它被送给了美涅拉俄（Menelaus），而后又连同海伦（Helen）一起被帕里斯（Paris）夺走，而海伦把它扔进了科斯海，因为她说它会引起争斗。此后，一些勒柏杜斯人（Lebedus）在附近买了一个捕鱼器，得到了这个三足鼎；他们跟渔夫就它争论不休，还把它诉到了科斯，但他们仍旧不能解决争端，于是他们把这件事报送到了他们的母邦米利都。米利都人向科斯派出了使节,但使节遭到了蔑视,于是米利都人向科斯发动了战争;很多人做了战争的两面派,神谕则宣称,应当把这个三足鼎送给最有智慧的人;而后争端的两边都采纳了泰勒斯的意见。它被传遍了每一个贤者,后来泰勒斯把它献祭给了阿卡狄亚的阿波罗神庙。

这些故事在讲述这件东西的来历,它究竟是什么,究竟是谁先得到它,它传给了谁、最后怎样等方面都存在差异,但是,我们当然还是可以看到一些共同点:例如它们都是说应将这一珍贵的东西献给"最有智慧的人";而这些被认为是这样的"智慧者"的人谁都没有接受而推让给别人;最后把它献祭给了神。所以,它们仍是同一个性质和寓意的故事,不同的说法可以用来互相印证和补充。

这些说法各有典据,拉尔修都照实直录。这种著述风格在一般情况下可以看作是史著的一个缺点,因为作者不做判断,不根据批判性的考察作出取舍。但有时候这也是一个优点,尤其是对久远的故事,又尤其是对这样一个有关智慧和哲学的故事。一个故事可以有很多种讲法,就是同一个故事也可以有很多种解释。我们得容忍历史,当我们自己也参与了历史,当我们读到了我们熟悉的人的回忆,以及哪一天当我们自己也撰写回忆录，我们就知道历史是多么难以做到像兰克所说的"如实直书"，而我们知道这其中许多叙事将被后人视为信史。如果哪一天你听到你自己的故事，而且也有不少版本，你听着它就像听别人的故事，你就更对历史不敢掉以轻心。拉尔修的书一开始就记录了一个故事的几种版本，也许有助于使我们知道不要轻信故事的唯一性。我们在后面还会不断读到一件事情的多种说法，这提醒我们要认真对待历史，同时，对个人身后的历史评价倒也许不必太在意。

所以，即便作为一个史家，在年代久远、材料不足而无法判断究竟哪一个更真实的情况下，有时这样处理也还是恰当或可取的。而它们显然本来就还有传说乃至神话的成分。拉尔修可能也还做了一些取舍，所以他说"关于这个故事我们就讲这么多"。他也许还是省去了一些他认为不重要的说法，但毕竟又保留了一些不同的说法。而这一多元化的处理还可以看作是有哲学意味的。

引述这些故事是帮助我们思考智慧，尤其是哲学的智慧以及智慧者的性质。这样的故事出现在这里，出现在一部哲学史的开端看来不会是偶然的。它反映了最早的哲学家对于智慧以及自身的认识。在好几个故事中，被认为是"第一个哲学家"的泰勒斯都是主角：他第一个得到三足鼎，最后这三足鼎又回到了他的手里，最后他将它献祭给神。

这里有一个珍贵的东西——其中四个故事说是三足鼎，一个故事说是一只碗，还有一个故事说是一只金杯。据说一个铜制的三足鼎就可以换12头公牛，所以说其物质的价值也还不菲，当然，它更是荣誉和优秀、卓越的象征。这样的三足鼎并不是唯一的，类似的三足鼎也奖给在体能和诗歌戏剧的竞技方面的优胜者。据说赫西俄德就曾得到过奖给诗人的三足鼎。在希罗多德的《历史》中，也记载了一个三足鼎的故事，说是在古代为阿波罗举行的运动会中，他们给予优胜者的奖品是青铜的三足鼎，但开始时规定这些三足鼎不能拿出圣堂之外，后来有个叫阿假西里克斯的男子在比赛获胜后却把它带回了自己的家里而沿袭成例。

问题在于，作为一个珍贵的奖品的"三足鼎"在奖给运动员，甚至奖给诗人时都不仅会被坦然接受，甚至还要努力竞争。当获得它时，那也是真正的荣誉。而如果它作为智慧的象征奖给一个人时会发生什么情况？智慧和其他才华、德性究竟有何不同？尤其是它作为最高的一种智慧——哲学——的时候。

我们还可以将它和另一个故事进行比较。在佩琉斯和忒提斯的婚礼上，未被邀请参加的女神埃里斯想报复众神，引起争端，偷偷到宴席上丢了一只金苹果，上写"送给最美丽的女神",结果,宙斯的妻子赫拉、女战神雅典娜和爱与美女神阿芙罗狄忒三个立即发生了争执,后找特洛伊王子帕里斯,裁决给阿芙罗狄忒,最终导致了漫长的毁灭特洛伊的战争。这种对"最美丽者"的竞争也与对"最智慧者"的推让形成对照。看来,对何为智慧、谁拥有智慧也远比对美丽的形体、身体的技能甚至艺术的才华更难以判断,那可能需要一种更高的智慧。

这自然与古希腊人对智慧的性质,尤其是最高智慧的性质的理解有关,据拉尔修说,第一个使用哲学这个术语并称自己为"哲学家"或"智慧的爱好者"的毕达哥拉斯说:"除神之外,没有人是智慧的。"所以,哲学只是"对智慧的追求",而不是对它的占有,后来自称拥有智慧,并试图用它来挣钱的"智者"(sophists)就反而不是"哲学家",而"爱智者"(philosophers)才是"哲学家"。

所以,我们很可以想见,如果哪个人把这个"三足鼎"留下,他在这一点上马上就显得不智了,无论他本来有多么睿智,甚至他本来确实是最有智慧的人,但他一旦接受它,就不再是"最有智慧的人"了,其原因就在他接受"最有智慧的人"的礼物的这一刻,他的行为表明他并没有认识智慧本身的性质,没有认识智慧在自身乃至人那里的限度。

智慧是谦卑的,智慧必须是谦卑的。智慧不能够僭越自己的范围。作为人的智慧所不及的领域，我们或者把它归之于神，或者只是径直承认自己的界限。不管那一面是什么，我们这一边的界限却是清楚的。我们得承认我们的认识能力有一个面临黑暗或我们所不能见的"光明"的边界。

谁将拥有这个三足鼎？没有谁能拥有，没有谁敢拥有，甚至当它似乎是众望所归的时候也是如此。这就是哲学最早告诉我们的，你只能去爱智慧，你不能占有智慧，就像你不能去占有那个三足鼎，一旦占有，甚至只是试图占有，它的象征意义就离你而去，你只能去爱它所代表的，有时是痛苦地去爱，有时是快乐地去爱。

但是，像泰勒斯这样的哲人拒绝"三足鼎"是不是还有另外考虑？

三

除了泰勒斯，还有一位哲人也曾被认为是"最有智慧的人"，这就是苏格拉底。当时德尔斐神庙女巫解释的神谕是："在所有活着的人中苏格拉底最有智慧。"拉尔修说，因为这句话，苏格拉底遭受了最多的嫉妒，尤其是因为，他经常喜欢为难那些自视甚高的人，证明他们自己的无知。他试图去寻找比自己更有智慧的人，但是，他失望了。他意识到他们和他一样并不拥有智慧，而不同的是，他意识到自己的这种无知,而他们却意识不到。这样,也许恰恰只是在"自知其无知"这一点上,他比他们更聪明,据说,泰勒斯的箴言是"认识你自己",并认为这是最难的事,而苏格拉底致力于"认识自己"的结果就是认识到自己的无知,乃至人类的知识也有某种限度。所以,他在法庭上的自我辩护词中也说"真正的智慧只属于神"。这样,他就得罪了许多人,当各种原因凑到一起的时候,他就被告上了法庭。在三个原告中,阿尼图斯代表工匠和政治家;吕孔代表修辞学家;美勒托代表诗人。所有这三个阶层的人都曾遭到过苏格拉底的讽刺。在某种意义上,甚至可以说他们就代表着当时的城邦社会。

按照古希腊四主德的标准,苏格拉底在智慧、勇敢、节制和公正方面都是非常出色的,而后三种德性不会给他带来祸害,因为它们都是对城邦有好处的。那么,使苏格拉底得罪众人和城邦的看来就只能是"智慧"了,但智慧不是谦卑的吗?苏格拉底不是"自认其无知"吗?为什么他还会得罪人?但也许,智慧正因其谦卑,正因其不敢自满和盲信而容易得罪人。因为这种不自信,智慧就需要反省一切,反省一切现象、反省一切意见和知识,"未经反省的人生不值得活",未经反省的政治也不值得拥戴甚或从事。当然,哲学与其说是要对一切事物说"不",不如说只是要对一切未经反省的事物打上问号。然而，即便只是对常识、法律、制度的这种质疑而非完全否定，也仍然容易给公民对城邦的信仰和服从带来危险。

我们还可以仔细辨别"自知其无知"的几层含义，像蒙田所说的"我知道什么呢？"，这是较个人化的，也肯定了还可能知道些什么；孔子的"知之为知之，不知为不知，是知也"，也同样有肯定；但如果只是说"我一无所知，但你们也是一样"，则不仅是相当具有挑衅性的，可能也还无法避免相对主义。

苏格拉底的态度看来是较具挑战性的，但并不是否定性的。施特劳斯说苏格拉底与政治、与众人采取了一种不妥协的姿态，而后来柏拉图则试图通过驯服像色拉叙马霍斯这样的政治家而在这两者之间作出某种和解。苏格拉底第一次凸显了哲学和政治、智慧和意见的冲突。苏格拉底之死的一个意义也许就在于告诉后来的哲人：即便是最好的政治制度（民主）和最好的智慧（哲学）之间也会发生冲突，政治和智慧之间有一种永恒的距离。最好的生活在古希腊哲学家看来是一种沉思的生活，而这是再好的制度也不可能在社会的层面使每个人都达到的。如果追求智慧的人不在自己与城邦之间作出某种和解或妥协，"爱智"就很可能给城邦带来危险，从而也给"爱智者"带来危险。

拉尔修概括古希腊哲人对哲学内容的看法说，哲学可以分为三个部分：物理学、伦理学、辩证法或逻辑。物理学讨论宇宙及其所包含的所有事物；伦理学讨论生活以及与我们相关的所有事物；而这两者所使用的推理过程则构成了辩证法的领域。物理学从泰勒斯开始，到阿凯劳斯的时代达至鼎盛；伦理学开始于苏格拉底；而辩证法最远可追溯到爱利亚的芝诺。与希腊悲剧的演出单位由一个增加到两个，再增加到三个而臻完善一样，哲学也是如此：在早期它的主题只有一个，即物理学，然后苏格拉底引入了第二个主题，即伦理学，而柏拉图引入了第三个，即辩证法，这样哲学就臻于完善。亚里士多德的分法稍有不同，他认为哲学可以分成两大部分：一是理论的，一是实践的，理论的部分是物理学和逻辑，实践的部分是伦理学和政治学（包括国家和家政理论）。斯多亚派仍将哲学分为三部分：物理学、伦理学和逻辑学。他们对这三部分的关系做了一些有趣的比喻，他们说哲学就像一只动物，逻辑学对应骨骼和肌腱，伦理学对应血肉部分，物理学对应灵魂。他们使用的另一个比方是鸡蛋：外壳是逻辑学，其次的蛋白是伦理学，而处于中心的蛋黄是物理学。他们还把哲学比作肥沃的土地：逻辑学是环绕周围的篱笆，伦理学是庄稼，物理学是土壤或树木。此外，他们还把哲学比作一座城邦，这座城邦为理性所牢固守护，并受其统治。伊壁鸠鲁的哲学则被分成三部分：准则学（Canonic）、物理学和伦理学。其中准则学是研究标准、本原和哲学最基本部分的学问；物理学是研究生成、灭亡以及自然的学问；而伦理学研究应追求什么、回避什么，研究人生及终极目的。

古希腊哲学的发展也就可以大致分成这样的三个阶段：物理学或自然哲学时期（前苏格拉底）；人生哲学以及体系化哲学时期（苏格拉底到亚里士多德）；比较单纯的伦理学，尤其是个人伦理学时期（小苏格拉底派及其以后）。或者用三个中心词简单概括一下，就是：天空、人间和心灵。

泰勒斯被讥笑说只知看天，不知看地，阿那克萨戈拉说"天空"才是他的祖国。《理想国》中哲学家被讥笑为"看星迷"。虽遭讥笑，尤其是人们不知道他们究竟要什么，看星星有什么用，但总的说，对天空以及宇宙的反省和猜测毕竟离时政较远。比较麻烦的是天上也是神的居所或活动场所，如果天空不再神圣，一切都可以解释清楚，那么信仰就容易被动摇，所以，他们有时会受到"怀疑"甚或"亵渎"神灵，或者"怀疑旧神、引入新神"的指控。阿那克萨戈拉尽管只看天，不问人，仍然遭到放逐。

苏格拉底把哲学"从天上带到人间"，但在他那里仍然保留有一种"天空"（宇宙论、本体论）的视野。尤其是到了柏拉图和亚里士多德,更有一种综合性的体系化的努力。这就是西方古典哲学与中国古典哲学大不同的地方,甚至可以说,始终在"大地"者也许还难说是"哲人",而只是"贤人"。哲学开始反省人间的事情当然会给哲学带来更大的风险。苏格拉底被处死就是一个明证。比起被嫉妒来,哲学家可能是更容易被猜疑的。他们也不拥有像政治家压制嫉妒那样压制猜疑的权力地位。他们甚至首先被政治家猜疑,被视为"潜在的夺权者"。他们很容易被视作"另类"。他们不一定主动介入政治,但却容易被卷入政治。

哲学家看来无论从智慧自身的性质,还是从社会政治的原因都要拒绝外在的三足鼎,因为接受者不仅要增加猜疑,还要引起嫉妒。那么,问题也许可以变成:有没有一种内在的三足鼎,哲学家依靠它不仅能够安身立命,而且能享受到一种真正的哲学家配享的快乐和荣誉?

四

我们首先来区分两种具有较大影响力的少数人:一种人主要是在行动领域内具有影响力——这种影响力一般表现为权力,像政治家、军事家、宗教领袖乃至现代社会的企业家,他们直接投入行动,引导或作用于大众,建立起可见的"功业";第二种人则主要是在广义的观念领域内具有影响力的人,像艺术家(诗人)、哲学家、宗教先知或神学家,乃至现代社会的科学家。他们不直接投入具体行动,通常与社会和民众保持一定的距离,他们思考、想象、表达,他们的工作主要是立言——言说或写作,他们多是在一个较狭小的圈子里活动,如果对更广大的人群发挥影响则往往要通过前一种人作为中介。

这种"观念的少数"和"行动的少数"的区分,有时不亚于属于这一种信仰和意识形态的人和另一种信仰和意识形态的人的区分。这样,马克思、尼采、海德格尔、哈耶克、施特劳斯、鲁迅就都属于同一类人——"观念的人";而列宁、希特勒、罗斯福、丘吉尔、斯大林等就都属于另一类人——"行动的人"。这两种人的区别乃至冲突有必要引起我们的注意。他们好像属于不同的"家族",有着近似的命运,而这些同异却往往被意识形态的冲突所掩盖。当然,有的人可能"一身而兼二任",既是"领袖",又是"导师",或试图同时成为这两者,这种尝试甚至是现代社会一种特别突出的现象,但是,我们还是可以根据其主导倾向对大多数有较大影响力的人作出这样的区分。

哲人作为"观念的人"中的一种,似乎只能是"少数中的少数",或者延伸到思想者或知识分子、"观念的人",他们可以说是"统治阶层的被统治者""精英中的无权者",

或者说他们处在"中心的边缘"。哲学家们必须处理好三种关系才能安身立命：第一是和多数、和民众的关系；第二是和其他少数，如诗人、政治家的关系；第三是和其他哲人的关系。他们多是通过政治家、艺术家而影响民众，但有时也能较直接地影响民众，近代启蒙的方案更是有意在这个方向上努力。但是，他们有时也可能遭到全社会的猜疑——"他们究竟要做什么"？乃至遭到全社会联合一致的反对。

"观念的人"内部也是竞争的，观念或信念的冲突甚至常常比利益的冲突更激烈、更难以化解。他们对他们的歧异也更加敏感，更加细致入微地强调各自的分歧。比方说，我们在《名哲言行录》中读到，苏格拉底遭到了利姆诺的一个叫安提罗科斯（Antilochus）的人和占卜家安提封（Antiphon）的尖刻批评，正如毕达哥拉斯遭到了克罗顿的库隆的批评一样，或如荷马生前遭西阿格鲁（Syagrus）攻击，死后还遭科罗封的塞诺芬尼批评一样。此外，赫西俄德生前遭色科普（Cercops）批评，死后遭上述的塞诺芬尼批评；品达（Pindar）遭科斯的安菲美尼（Amphimenes）批评；泰勒斯遭斐瑞居德批评；彼亚斯遭普里耶涅的萨拉鲁（Salarus）批评；庇塔库斯遭安提美尼达斯（Antimenidas）和阿尔开乌批评；阿那克萨戈拉遭索西比乌批评；以及西蒙尼德遭提谟克勒翁（Timocreon）

批评；等等。同为苏格拉底的弟子，柏拉图和色诺芬、阿里斯提波关系却都不好，他与德谟克利特更是敌对。就连苏格拉底、柏拉图和亚里士多德师生三人，苏格拉底也说到过柏拉图杜撰了很多他没说过的话，而柏拉图也说："亚里士多德踢开我，就像小雄驹踢开生养它的母亲一样。"

不过，我们这里主要是考察哲学家和政治的关系，这可能也是以上三种关系的轴心。在这方面，他们可能有两种主要的选择：

第一种选择是直接地介入政治：为王者师。本来在这之上，还有一种可能是直接"为王"，柏拉图在《理想国》中也曾设想过这样一种"哲学家王"。但这基本上只是一种理想。在现实中也许唯一的例证是古罗马的马可·奥勒留皇帝，他同时也是一个真正的斯多亚派的哲学家。但即便在他那里，在哲学家和君王两个角色之间似乎也并没有什么联系，他基本上是分开处理这两种角色的。他并不想通过皇帝的权力来在社会普遍地实现他的哲学，并不打算通过政治变革来使所有人都过一种斯多亚派的生活，而即便他有这种想法，似乎也没有这种可能。他甚至经常觉得皇帝的责任是他不得不承受的一个负担。在哲学家中，赫拉克利特和恩培多克勒都拒绝为王。所以，哲学家这方面较可能也较现实的一个选择只是"为王者师"，做一个"素王","精神领袖",或者说做一个立法者,有时甚至还做不了当时的立法者,而只能"为后世立法"。亚里士多德的确做过亚历山大的老师,但在他总结城邦政治的理论和亚历山大开创世界帝国的实践之间并没有多少联系,看来他对这位学生并没有太多的影响。柏拉图也曾几次想去西西里尝试通过指导那里的僭主实现自己的政治理想,但均以失败告终,倒是他的著作对后世产生了长远的影响,他创办的学园也延续了几百年。但"为王者师"的机会还是有的,只是危险也是大的,很有可能"为师不成反为囚",或者被"僭主"们利用操纵,玩弄于股掌之间。

第二种选择是脱离直接的政治活动,甚至尽可能地远离政治。这也就是"为隐"——尤其是一种"学隐"。积极者可能还想通过教授子弟、撰述论著而间接地影响政治;消极者则只想退隐心灵,以不批评和反省政治换取一种过沉思的小团体或个人生活的平安。这也就是亚里士多德以后各家学园,直到斯多亚派、神秘主义的一个基本路向。他们只要求或更重视少数人的"承认"(recognition)和尊重,而不要求多数人的认可或社会的荣誉。我们应当很熟悉这种生活方式,此处不多言。

还有一种次要,但可能的选择是"为优",我这里是借用"俳优"的说法,即以一种相对滑稽但也引人注目,甚至有表演性质的方式保全自己。这种"俳优"可以分为两种，一种是比较喜欢待在王官和富人家的快乐主义者，比如说昔勒尼派；一种是比较喜欢待在街上、野地甚或木桶里的犬儒派。如果说前者是"御犬"，后者就是"野犬"了。他们已经不是很在意实现某种社会政治理想，而更重视的是保持自己心灵的独立和自由。前者的一个很好例子是阿里斯提波，他尽管侧身王官，不拒绝声色，但黑格尔说他实际有一种高度的精神教养。但总的说来，快乐主义的"御犬"要比"野犬"更难持久和更容易产生流弊，当后者渐渐褪去那种表演和引人注目的因素而变得比较文静和深沉的时候，就发展为斯多亚派。

现代哲人的处境又有了什么样的变化？他们如何处理上述三方面的关系？他们是否能够成功地向多数人"启蒙"和传达他们所认识到的真理？能否与他们打成一片，甚至心心相契地结合到一起？他们与其他少数，尤其是和政治家能否和平共处？与其他哲人能否友好竞争？什么样的政体和社会比较适合他们？这些都还继续成为问题。然而，除了理智的不足定论，哲人心里还可能有一种隐隐的不安：如果说在最好的情况下，哲学沉思的生活都可能是与社会不搭界、不相干——且不说敌对，那么，哲人们过分执着于这些问题是否也有一点自恋？

第二辑

历史凝视

古希腊墓道墙上的壁画

约公元前520－前510年

追求卓越的希腊人

古希腊文化对我们永远是一个令人神往的谜。比方说，在雅典这样一个仅二十余万人的小城里，不到一百年间，就产生过如哲学家苏格拉底、柏拉图，政治家伯里克利，悲剧作家索福克利及喜剧作家阿里斯托芬这样的天才人物，这是怎么一回事？为什么古希腊有这样一个后人几乎不可企及的奇迹？英国著名古典学者基托的《希腊人》将带我们进入这样一个迷人的世界。作者终生研究古希腊文化，而此书又非一本面向专家的纯学术著作，而是以其特有的英国散文的韵味，向我们展示了古希腊人生活的方方面面。

我特别感兴趣于基托分析"希腊精神"的一节。他指出：希腊人不认为自己仅是处于某种固定环境中的存在物，而是从最广泛的角度来设想自己作为人的种种可能性。他们的理想不是一种特殊的骑士式的理想，就像骑士信条或爱情那样的东西。他们称他们的理想为阿瑞忒（Arete），英语中将它翻译为"德性"，结果是丧失了原有的希腊风味。因为，在现代英语中，"德性"完全是一个道德方面的词语。而在古希腊，"阿瑞忒"这个词被普遍地运用于所有领域中，其含义简单说来就是"卓越"。它的用法可以由其特定的上下文限定。如一匹赛马的"阿瑞忒"在于它的速度，一匹拉车的马的"阿瑞忒"在于其力量。如果这个词用在人身上，在一般的语境中，它意味着人所能有的所有方面的优点，包括道德、心智、肉体、实践各个方面。

"追求卓越"确实是希腊人的一个基本精神，而且，这种对卓越的追求在古希腊人那里，不是单面的、一元的，比方说，不是追求那种仅仅以一个政治伟人君临于所有人之上的卓越，或仅仅是一个领域，例如仅政治、军事或经济领域内的卓越，这样一种单面的卓越无疑将会压制其他领域的卓越。古希腊人像一些孩子，他们不断尝试，不断鼓励自己向各个方向攀登的可能性，而且尽可能地攀得高。古希腊人的社会体制也是一种奥林匹亚赛会似的体制，它鼓励优秀，赞美各种超群出众的才能。

我认为这恰好反映了传统社会与现代社会在价值追求上的一个基本分野，我这里不是指个人的价值追求，而是指社会上占主导地位的价值观念。一些个人几乎总是要不可遏止地追求卓越的，但他们能得到什么样的资源和鼓励却是社会的事情。这样，如果说"追求卓越"的价值观念在传统社会中占据主导地位，在现代社会中则可说是另一种价值观念占据上风，即一种对于平等的追求——不仅是所有人的权利平等，而且包括某种结果平等、实质平等，这种价值观念甚至倾向于认为所有特性都是同等重要的，没有优劣或高下之别，各种观念及其作品也是完全平等多元的。如果确有必要对某些问题进行裁决，那就由多数人的意见和趣味来决定。不仅在政治领域是这样，在思想与艺术领域甚至也是这样。然而，不仅卓越者总是人群中的一个少数，乃至有志追求卓越者也是一个少数。

从传统到现代的这一价值观念的转变无疑有一种值得赞赏的东西，体现了一种所有人都应平等地生活在一个互相关心和帮助的合作体系中的理念。但是，它是否会遏制一种对于卓越的追求，从而就此限制住人类在各个方面的最高成就呢？在一个大众支配的社会里，是否还有可能产生例如古希腊人那样的天才和英雄呢？托克维尔确实表达过这样一种忧虑，他谈到在未来的社会里，知识将日益普及，天才却越来越少，作品的数量将会大增，但杰作却不会太多，民情温和，但精神失去力量。几乎所有最高的东西都会逐渐下降，为中等的东西所取代，人群中既无多少超群者，也没多少落后者。他说他接受乃至努力理解这一也许是上帝的安排，但却还是感到有一点遗憾和悲怆。

喜欢希腊人的尼采对这种社会变迁的反应是激烈的、极端的，他攻击现代人的价值追求，渴望人类不断超越自己，说人类必须不断地工作以产生一些伟大的人类个体，除此之外没有别的任务，因为问题在于人的生命怎样才能保持最高的价值和最深刻的意义。而同样醉心于古希腊人的海德格尔则可能要温和一些，在他那里，我们可以听到一种隐蔽的召唤，一种试图遁入"林中空地"，个人"诗意地栖居"的声音。这样一些人将是生活在现代社会中的"古人"。

壮丽的日落

最近出版的吉本著《罗马帝国衰亡史》中译本是一节编本，却仍然是一部上下两册，一千多页、近百万字的大厚书。原著是按六卷、分三次于1776年至1788年出版，节编者 D.M.Low 删繁就简，去枝存干，虽然现在的篇幅仅及原书的三分之一，但我们从阅读中可以看出，这种删略是认真和谨慎的，所删部分已注明，而确实需要交代的内容概述则换一种字体排出，可以说，节编本仍保留了原书的基本思路和观念，以及作者博学多才和文字极其简洁有力、典雅的风格特点。

吉本写这部巨著的缘起可参见戴子钦先生翻译的《吉本自传》，1764年吉本27岁，10月15日当他坐在罗马朱庇特神堂遗址上沉思默想的时候，天神庙里赤脚的修道士们正在歌唱晚祷曲，这时他心里开始萌生了撰写这个城市衰亡史的念头，但最初的计划还只限于写罗马城的衰败，后来才扩充到整个罗马帝国，为此他工作了近二十年。

面对以往的历史，有什么能比观察一个大帝国的衰亡更让人的心情久久不能平静的呢？这就像观赏一次壮丽而悠长的日落。而且，这一帝国的衰亡又可说正处在古代世界与现代世界相衔接的关键时刻。直接伴随着罗马帝国的灭亡的，是蛮族和基督教的胜利，以及一种价值观念和生活方式的根本转换：人类对自身卓越的追求似乎已走到尽头，人类对欢乐的榨取似乎也到了极处，人不能不把头转向上天，同时，一种在道德、信仰、人格上人人平等的观念也渐渐广被社会接受，并深入人心。这一观念在日后近代的工业与政治革命中将发生强劲的影响。

吉本的历史叙述是有一种精神和感情上的投入的，他就像一位置身于其中的元老，然而，他并没有让哲学的理论和观念左右他的叙述，他极擅组织和把握历史材料，他从公元2世纪两安东尼治下的黄金时代讲起，一直叙述到15世纪君士坦丁堡陷落、东罗马帝国覆灭为止，这一对罗马帝国衰亡史的叙述范围穿越了一千二百多年。吉本认为，在两安东尼的治下，人类可以说过着最为幸福繁荣的生活，那时广袤的罗马帝国按照仁政和明智的原则完全处于专制权力的统治之下，统治者尊重人们的自由生活，坚决而温和地控制着所有的军队。然而，这种幸福又毕竟太依赖于一个皇帝的性格，后来也确实出现了一系列的暴君，他们重用近卫军长官，这些长官遂屡屡把持朝政，乃至废立篡弑，近卫军的暴乱是罗马帝国衰落的最初信号和原因。而贵族元老院的权力却不断被削弱，无法制约任意专制的皇权乃至更为赤裸裸的武力的肆虐，再加上蛮族的不断进逼，以及发自内部的基督教力量，来自外部的伊斯兰教力量兴起，罗马帝国遂不能不渐渐走向灭亡。吉本分析导致罗马帝国衰亡的四大因素是：第一，时间与自然的侵蚀；第二，外族与基督教的外侵与内扰；第三，物质生活的穷奢极欲；第四，罗马人的内讧。

我们读这本书，也许重要的还不是获得一种世界史的知识，而是尽可在这一阅读过程中不时陷入沉思，思考一个帝国、一个民族乃至整个人类的命运，正如原编者所言："那些在今天感到自己正生活于一种迅速崩溃的文明之中的人，可以从罗马帝国的衰亡过程中找到许多共同的东西。"它是否也能给我们观察国家的衰亡带来一些启发呢？以及，现代看来更为辉煌、更为踌躇满志，极意狂欢的工业文明，是否也会到达一个由盛转衰的临界点呢？而如果这一衰落过程真的出现，人类是否还能重新凤凰涅槃或者此伏彼起？

读《风俗论》

伏尔泰是一个高产的作家，也是一个多面手，他写哲学，也写小说和历史。他是一个启蒙者，是他那个时代一个最伟大的启蒙者，是一个自由主义者，一个知识视野广阔，心灵兼容并包的人，他也是一个风格流畅、平易的作家。他的心灵从其所写的小说《天真汉》《老实人》看，实际上是有些趋于保守的，他感觉人们再努力、再折腾这世界，这世界和人性也不会变得你所想象的那样美好，所以重要的还是去种"自己的园地"。但他有时也会作狮子吼，为了一个受冤屈者而不惜牺牲自己平静和安逸的生活，也不计成败得失，因为这时此事已无涉效果，为了正义你必须挺身而出。

在历史方面，他的主要著作有《路易十四时代》和《论各民族的精神与风俗》(简称《风俗论》)。被翻成中文的、洋洋三大册的《风俗论》独特的地方在于，这本历时16年才完成的书并不是为公众写的，而是为他的一个富有才华却天生有些讨厌历史的女友写的。在他因秘密出版《哲学通信》遭巴黎高等法院下令逮捕之后，他避居在一个边境小城——女友夏特莱夫人家，并于1740年开始撰写此书，直至1756年才完成。当然，这本书并不因此就丧失对公众的价值，倒是因此更增添了本书一种亲切的特点，能这样从容地、给如此个性化的对象写作，倒也是相当有趣的一件事情，虽然在结构和行文上，有些地方不免就有点散漫。

《风俗论》所关注的是各民族的风俗，同时也研究这些风俗后面隐藏的民族精神与心态，所以，这本史学著作就不是单纯的王朝史、政治史或事件史，在某种意义上，它甚至可以被看作是当代法国年鉴学派的先驱，我们可以在其中发现许多日后社会科学方法的萌芽。伏尔泰在书中明确地说："我的主要想法是尽可能地了解各民族的风俗和研究人类的精神。我把历代国王继承的顺序视为撰写历史的指导线索而不是目的。"法律、艺术、风尚是这本书的主要研究对象。因而，它就不是一部严格的编年史和世系录，作为一种比较个人化的教学方式，他甚至没有特意去参考大量书籍以弄清细节，而是试图为世界提供一个轮廓的认识。

《风俗论》的作者还表现出对于非西方文明的一种强烈兴趣和平等态度，他用相当的篇幅，而且往往以称赞的口吻谈到非西方世界的文化，尤其是在介绍中国时表现出很大的热情。他谈到在别的国家，法律用以治罪，而在中国，其作用更大，用以褒奖善行。他指出在遥远的古代，中国人便已相当先进，但他也提出这样一个问题：为什么中国又一直停留在这个阶段呢？为什么在中国，天文学如此古老，而其成就却又如此有限，为什么在音乐方面他们还不知道半音？在他看来，这些与西方人迥然不同的人，似乎大自然赋予他们的器官可以轻而易举地发现他们所需的一切，却无法有所前进。我们则相反，获得知识很晚，但却迅速使一切臻于完善。他推测其中可能有两个原因：一是中国人对祖先留传下来的东西有一种不可思议的崇敬心，认为一切古老的东西都尽善尽美；另一原因在于他们的语言的性质。

谈到日后学术界对于《风俗论》的批评，莫罗阿认为"可说是毁誉参半"。书中史实有误的地方还是不少，有些作者是难辞其咎的，有些则是无可避免的，因为事情的真相在那时还未大白。孟德斯鸠说伏尔泰写作历史的用意是显耀他自己的宗派，即宣传他非宗教的宗教。伏尔泰想证明鲍舒哀以上帝的意志解释世界的历史是错误的，认为历史不当用原始缘由解释，而当用许多小原因的盲目游戏来说明。他否认一切超自然的现象，应该说，划清这一界限对于史学的独立发展是很有意义的，但他有时相信人类过去的历史是罪恶与苦难的延续，不久即可由理智来澄清混乱的局面则又未免对过去过于悲观，而对未来又过于乐观。不过，无论如何，我们是可以引用这本书的一句话来说这本书的，那就是："用心思考的人，总是会启发他人思考的。"

举步维艰的自由史

阿克顿（1834—1902）的名言"权力使人腐蚀，绝对的权力绝对使人腐蚀"早已为我们所熟知，但他的著作不知何故很少被翻译。他开创的剑桥史的事业倒是我们很熟悉的，延续至今，仅其中的一套剑桥中国史就使我们获益匪浅。阿克顿博学而又极有见识，但却写得很少。他去世以后，人们发现他遗下的成千上万卷书几乎都被他读过，页边都写有注释，还有无数的木格子，其中装着各种资料和索引卡片。有学者曾经随意翻阅过几个格子，其中一个记的是自从荷马史诗中尤利西斯的老犬开始，人们对动物的同情心的许多古老事例；另一格是专门收集各民族所有出版物中对继母的苛刻语言的。

最近偶然重新翻到我在1991年读他的《自由史及其他论文》（*The History of Freedom and Other Essay*）所做的笔记，不禁感慨系之。阿克顿写道："在每一个时代，自由的进步都被它的自然的敌人——无知与迷信、征服欲与爱安逸、强人对权力的渴望和穷人对食物的渴望——围困着而举步维艰。……在所有时代，自由的真诚的友人都是很稀少的，它的取胜一直要归功于少数人，是由这少数人联合其他一些目标常常和他们并不一致的人而取得的,这种总是潜存危险的联合给敌手提供的恰恰反对自己的基地,以及在成功时腐化引起的争端,有时竟至是灾难性的。"

而有关自由的错误的观念,也许比利益的冲突对自由所造成的损害还要大。自由的进步于是要对应于知识的提高和法律的改善。阿克顿所理解的自由是:确保每个人在做他相信是他的义务的事情时,可以不管权威、多数、风俗、意见的影响而得到保护。他说:"我们判断一个国家是否真正自由的最可靠标准就是少数所能享受的保护范围。自由在此就可定义为宗教的基本条件和保障。"亦即自由首先是良心和信仰的自由,或者说,是贡斯当所指称的"现代自由"。

但在强调参政权的"古代自由"的发展中,未曾就没有与"现代自由"一致的东西,这尤其体现在法律的改善和权力的分散上。阿克顿认为,梭伦立法的意义在于:上层阶级过去一直掌握着立法与司法权,他仍然让他们掌管,只是把(上层阶级的标准)由不变的血统变成了可变的财富。而穷人也有了从上层阶级中选举行政官的权利。此前,人们知道的反对政治无序(无政府)的唯一资源只是权力的集中,梭伦却承担起通过权力分散而达到同样效果的任务,他说民主的本质就是不服从任何统治者而只服从法律。

任一少数或者多数都不应当独揽大权。正是后来雅典人中人数最多的一个阶层把司法、立法以及部分的行政权力统一到一起，使立法者凌驾于法律之上，从而使雅典走向了衰落。而古罗马的自由也经历了与雅典大致同样的兴衰。

另外，在阿克顿看来，在有关自由的古典文献中，尚缺少下面的因素——代议制政府、摆脱奴隶制和良心的自由。那些诉诸更高的权威给政府划定了一条形而上界限的人，却不知如何使之成为现实。故苏格拉底对变质了的民主暴政的抗议，所能做的只是为其信念赴死；斯多亚派只能劝导智慧者避开政治，把未写下的法律放在自己心里；直到基督说"让恺撒的归恺撒，上帝的归上帝"，才构成对绝对主义的否定和自由的新一轮就位。

在阿克顿看来，现代自由实在与基督教有不解之缘，宗教自由是公民自由的启动原则，公民自由是宗教自由的必要条件的观念，是保留到17世纪的一个发现。但后来对平等的过度渴望却可能使"对自由的希望成为泡影"。未来不容乐观，但阿克顿又告诉我们，如果有理由对过去骄傲，那么也有理由对将来的时代抱有希望，"因为将来的故事是藏在过去之中的，那一直存在的与将要出现的是一回事"。

必要的反省

保罗·约翰逊的《知识分子》一书的中译本甫出，即引起相当的注意。但据我读到的报刊上的书评，有些似倾向于把它笼统看作对知识分子或人文知识分子整个阶层的否定和批评，而对作者为什么提出这一批评的历史背景、理解和区分亦分析不够。所以，我想也许我们还有细细阅读这本书的必要。

《知识分子》初版于1988年。为什么作者恰在这个时刻提出对知识分子的批评？作者这样写道：从世俗的知识分子开始取代旧式的神职人员，成为人类新的"引路人"和"导师"，至今大约是两百年。对于那些力图教导人类的知识分子，我们有必要查看他们当中的一些个案，考察他们是否具有完成这一任务的道德的和判断力的资格，特别是考察他们对待真理的态度；他们寻找证据和评价证据的方式；他们对待特定的人，而不是对待人类整体的态度；他们对待朋友、同事、仆人，首先是他们对待家人的方式，同时，也涉及按照他们的劝告会带来的社会的、政治的后果。

也就是说，作者这本书所要着力考察和批评的，并非是知识分子的全部，而主要是现代知识分子中的一种类型——即一种导师型的知识分子，且尤其是试图将自己的思想观念付诸实践，力图影响社会、彻底和大规模地改造社会、创造新人的这样一些激进导师型的知识分子，当然，这样一种类型的知识分子在现代也最具特色、最有影响。

总之，这是一种历史清理，也是一种自我清理。这也是时候了。被思想观念激荡了近二百年的社会已经相对来说尘埃落定，而且从纪年上说又即将面临千年一遇的世纪，可以说是一个恰当地进行自我反省和清理的时刻。

作者选择了十来位知识分子进行剖析，这些知识分子大多数都是鼎鼎大名，例如卢梭、雪莱、托尔斯泰、布莱希特、萨特等，他们不仅对西方社会产生过巨大影响，也对中国的知识分子乃至通过他们对中国社会产生过重大影响。中国的知识分子已经相当熟悉他们的思想言论。

以卢梭为例，作者认为他是现代知识分子的第一人，是他们的原型，在许多方面也是他们中最有影响力的。卢梭相信他对人类有一种无与伦比的爱，并富有超卓的天分和领悟力来增加人类的福祉，相信自己没有卑劣的情感。在知识分子中，卢梭第一个反复宣称自己是"人类的朋友"。然而，卢梭对他五个孩子的命运没有表现出任何兴趣，往往一生下来就送出去了，以后完全不管，他甚至从未记住过他们的出生日期。他还总是要求别人帮助他，并以这样一个理由来支持这个原则：因为他是世上无与伦比的，所以任何帮助他的人，实际上都是在为自己谋利。他意识到自己的天才，认为他有权利得到别人的帮助。而另一方面，也许是出于同样的理由，他可以不承担任何社会义务，因为"我的幸福观是……决不做任何自己不乐意做的事"。

雪莱也有同样的问题。在追求自己的理想时，雪莱的专心致志令人吃惊，但他又冷酷无情甚至是野蛮地清除那些阻挡他道路的人。同卢梭一样，总的说来他爱人类，但对特定的人他常常是残酷无情的。强烈的爱使他燃烧，但这是一种抽象的火焰，可怜的几人靠近时常常会被烤焦。他总共有七个孩子，他们有三个不同的母亲，但他甚至从来没有使用过法庭允许的那种看孩子的权利。他到处借钱，向各种各样的人借钱，对其中多数人从来没有还过。他把观念放在人之上。和拜伦一样，他总是以为对于性行为的通常道德规范，自己永远有一种豁免权。雪莱的爱情是深沉、诚挚、热烈甚至是持久的——但他的爱情总是变换对象。他是那种崇高的利己主义者，有一种强烈的道德化的倾向，他认为对于他的决定，别人不但有义务服从，而且要欢呼，别人没有这样做时，他立即就表示气愤。他有许多孩子气的特点，其中之一就是能把最伤人的辱骂同要求得到恩惠结合在一起。雪莱是个极其敏感的人,他对别人的感情却似乎十分迟钝,除了自己的观点,他缺乏看到别人的观点的能力,也许他能够想象性地同情整个阶级、能够抽象地感受整个人类的苦难,然而,却难以通过想象深入到同他每日交往的那些人的头脑和心灵之中。同样,托尔斯泰对自己的非婚生子女也并无怜悯之心,从不考虑他们的各种权利,与此形成对照的是,温和的屠格涅夫不仅承认自己的私生女,而且想方设法地以恰当的方式把她教养成人。

作者据此向知识分子提出了一个尖锐问题。究竟是爱抽象的理想、理念——比如说人的理念,还是爱具体的人?是仅仅爱远方的、抽象的人类或人群,还是就从自己身边的人,包括从自己的亲人开始?这也是全书批判性考察的一条主线。

所以,在我看来,这本书并不是一本泄愤的书、一本只是揭露黑幕的书、一本因为对某些人或某些现象不满,因而必欲诋之而后快的书。虽然它在某些地方对某些人物确实还不够公正,还存在偏颇和苛刻之处,看不到如雪莱、卢梭的另外感人的一面,也低估了理想主义的意义,但它基本上还是一本认真思考的书。作者也是知识分子营垒中的人,他所作的批评亦可视作一种自我反省。这种批评是一种内在的批评而不是一种外在的批评。它不是一种来自社会其他阶层（例如政治家或社会其他阶层）的反智论的批评；它也不是一种虚无主义的、非道德主义的批评，而是一种意欲知识分子更认真地审视自己的道德观点、确认和践行某些基本道德规范和做人起码准则的书。我想，仔细地阅读这本书并不会使我们得出整个怀疑和否定知识分子，怀疑和否定清明理性和健全道德的结论；相反，它可以鼓励知识分子更清楚地认识社会和我们自己，更负责地承担起对自己和对社会所应做之事。

青春与理想

五四运动80年了。回顾这80年，包括五四时的年轻一代，在我们面前差不多已经走过了五代青年。

第一代青年当然是五四的一代，我们也许可以把他们称之为"启蒙的一代"。他们一般都是青年知识分子，如饥似渴地吸收西方的知识、思想和文化，却有意识地与自己的上一代断沟；他们是反叛的一代，厌恶既成势力，厌恶庸俗，开始的时候甚至也厌恶任何权力政治；他们充满激情和理想，常常是"身无分文、心忧天下"，动辄以"改造中国和世界"为己任，主张个性独立、思想解放，反对一切束缚，喜欢结成相当纯洁的青年人的团体，"指点江山，激扬文字"。当然，他们不久也就趋于分化了。

第二代可以说是"抗战的一代"，他们活跃在三四十年代，不仅以笔舌发言，也将热血洒在疆场。这是在有理想和献身精神的意义上所包含的社会阶层最为广泛的一代，面对民族的危亡，原先的意识形态分歧也一度趋于弥合。

第三代则是"建设的一代"，其最动人的描述可以参见50年代的小说，例如王蒙的《青春万岁》，他们也是思想最单纯、心灵完全敞开地接受塑造的一代，而到了60年代，阶级斗争的声音就越来越压倒建设的旋律了。

第四代是"文革的一代",这大概是命运最为跌宕起伏的一代,开始作为"毛主席的红卫兵",他们就像是天之骄子,颐指气使,到处串联、批判、斗争,然而不久上山下乡,他们的理想就慢慢地在严峻的现实生活中经受考验了,许多人心里的火焰变冷甚至熄灭了,但也有一些人在这一过程中开始有了真正属于自己的思想,有了新的希望和理想,所以,我们也可以在最好的意义上称这一代人是"反省的一代",也正是从他们这一代起,理想不再是单一和直线行进的了。

而现在的青年朋友大概就是属于"新时期的一代"了,相比于前面的几代人来,他们所生活的时代是相对宁静与平和的,他们所生活的世界也是相当开放和变化、充满各种选择机会的,他们也有着接受良好的连续教育以及个性和价值追求充分展开和分化的条件,在此意义上,我们也许可以称他们是"多样化的一代",但他们也有自己许多新的苦恼和困惑,其中亦包括理想信念和精神安顿的苦恼。

以上主要是从价值和理想追求的角度来略微回顾一下几代人青春的历程。而我自己,大致是属于"文革的一代",从我自己的切身经历中,我固然知道理想的可贵,但也在自己的周围看到了许多人心中理想的幻灭。我们这一代人甚至可能更多地感受到了集体理想的负面作用。思考这些年生活给我的教训是：首先，对任何理想的追求，都应在方式和手段上受到一些基本的道德底线的约束，即不能用伤害和强制他人的方式去追求自己的理想；其次，你必须自己去寻找、自己去选择理想，必须自己在生活的实践中反复验证乃至修正它，你才能全身心地想追求它，使一种精神性的理想化为你的血肉。没有上面这两条，看起来最崇高的理想却有可能带来最大的灾难，并在理想的狂潮之后紧接着长久的退潮，使我们心灵的河床久久干涸。

在今天的世界上，我们可能尤其要学会在世事嚣嚣、众声喧哗中仍然坚持自己心中一种静静的、精神的理想，学会在年龄渐长时仍然保持自己心灵的年轻。一个德国人，1952年诺贝尔和平奖获得者史怀哲说过这样的话："我本能地防止自己成为人们通常所理解的'成熟的人'。"即努力保持一种理想主义的热忱，做一个试图在其思想和感受中都保持年轻的人，而"伟大的奥秘也就在于，作为充满活力的人度过一生"。史怀哲自己就是这样做的，他于30岁已经在学术和艺术上取得辉煌成就的时候，却决心实践自己年轻时就怀抱的一个理想，即实际地为人们做一些事情，提供一些直接的服务，于是他开始改学医，在取得医学博士学位以后，到非洲去开办医院，为当地的黑人治病，直至临终，他生命的大部分时间都是在那里度过的。他提出了一种"敬畏生命"，包括敬畏自然界的生命的哲学。作为一个朴素的理想主义者，他在点燃自己生命的同时，也点燃了许多其他人的心头之火。

今天的"五四"是作为一个青年节来庆祝和纪念的，而青春总是与理想联系在一起。我以为五四精神最可贵之处也就在于它的一种明澈、热烈和富于生命与青春气息的理想主义追求，我们的生命中都会有一段青春，但又不可能永远保有这一青春，而保有这种追求却将使我们的生命总是年轻。

回顾20世纪

怎样看待即将过去的20世纪？英国著名左派史学家霍布斯鲍姆在他回顾20世纪历史的著作《极端的年代》中，首先引述了12位著名文艺和学术界人士的看法。不知是否符合大多数普通人的想法，这些人大多对20世纪做出了负面的并不乐观的评价，他们把这个世纪描述为"可怕""恐怖""血腥""战乱不停""人口繁殖的可怕速度"等等，而具有代表性的一句话可能是英国著名音乐家梅纽因说的，他称20世纪"为人类兴起了所能想象的最大希望，但是同时却也摧毁了所有的幻想与理想"。

作者看来也属于这并不乐观的一派。他称从1914年到1989年这样一个"小20世纪"为"极端的年代"，指出那种将一个人的当代经验与前代的经验相连的社会机制已经完全毁灭不存，19世纪建立起来的那种西方文明已趋崩溃，社会陷入了深刻的道德和精神危机，在这个世纪，世界发生了巨变，这一巨变至少可以从三个方面去述说：第一个方面是这个世界再也不以欧洲为中心；第二个方面是世界已经逐渐演变为一个单一的单位，即已经全球化，尤其是在经济上。第三个方面是旧有人际社会关系模式的解体。

在19世纪，在有记录可循规模最大的一场国际战争即1870—1871年的普法战争中，大约死亡了15万人。而在第一次世界大战中，仅凡尔登一仗死伤即达100万人。一战中的总死亡人数是1000万，二战更达到约5400万：一战使英国几乎失去了整整一代人——50万名30岁以下的男子在大战中身亡；而经过二战，苏联、波兰和南斯拉夫三国分别损失了当时本国全部人口的10%—20%，中国及德、日、意等国则分别损失了4%—6%的人口。在二战以后，每天因局部战争还是死亡1200人。

我们也许可以总结出20世纪战争发展的以下几个特点：第一是战争的武器变得无比犀利、杀伤巨大，第二是战争的规模也为以前所不能及，甚至不能想象；第三是战争渐渐成为一种总体战争，立体战争，几无前方后方，军人平民之分；第四是战争本身的人道规则、道德规则也遭到严重破坏。战争也随着科技如此"进步"，真是值得人类深长思之。

虽然这套上、下两册的巨著主要是讲述世界并且主要是从西方的角度观察世界，但阅读它也将有助于我们来回顾和反省中国20世纪的历史。一个人不有所回顾和反省就不会有进步，一个民族亦然，何况中国在这一百年同样发生了天翻地覆的变化，值得我们细细打量和思索。

新世纪的问题

平时多待在书斋里，不知天下大势，5月下旬到周口店参加了一天"探索基因工程的人文立场"的学术研讨会，在会上听了约翰·奈斯比的发言，又读到他与他的女儿娜娜等新近推出的《高科技·高思维》一书的中译本，约略对世界科技的新潮流及可能给人类带来的问题增加了一点了解。

奈斯比以未来学家著称，80年代就以《大趋势》在中国风靡一时。现在《高科技·高思维》这本书是一本研究社会潮流或者说趋势的书，又是一本提醒和预警的书，简要地说，正如题目所示，它指出社会向"高科技"（high tech）发展的大趋势，又试图提出一条解除科技之弊的"高思维"（high touch）的补救之道。也有人把"high touch"译为"高感性""高智慧"或"高灵性"，总之，它是指人们应当保留或恢复一种高度敏感、颖悟乃至具有某种灵性的人的特性。

作者立足于对美国情况的调查和分析，区分出今天与明天的问题。今天的问题主要是消费科技产生的问题。作者首先指出高科技正越来越以"神奇"的面貌出现，而人们也越来越对科技上瘾，人们正生活在一个"科技上瘾区"

内,这就是美国的今天、美国的现实。人们一方面崇拜科技,一方面又恐惧科技,现在美国最大的两个市场一个是"消费科技",另一个恰恰相反,就是"逃离消费科技"。人发展科技似乎不仅是为享受,也是为了逃离。而且,随着科技越来越高级,逃离也变得越来越昂贵。你原来自然就有的东西,现在也要通过高科技才能得到,人自然也就越来越离不开科技。就像前些时候读到广东一个科技人员说他十年来工资翻了两番,但支出也翻了两番,上下班还是花同样多的时间,所不同的是原来骑自行车,现在是打车了,不打还不行。

现在的美国人每天乘汽车,用电脑,家里挤满了省力电器装置,到处都连着线,很少在家里自己做饭,生活中一切力求简单、方便。但承诺为人们节省时间的,反倒花掉人们更多的时间,因为消费科技需要人排列优先顺序,选择品牌、购买、安装、维修,还要不断升级。于是,逃离科技消费的"消费"也同样兴旺,如周末三天的旅行安排,探险旅游和野外生活,以及像玛莎·史都华(Martha Stewart)古色古香的《生活》(*living*)和网站等事业,努力唤醒人们过缓慢宁静生活的愿望,这些当然也都要借助高科技的手段,且同样变成商业行为,要从你口袋里掏钱。而无论是享受还是逃离,"科技"都成了我们这个时代的中心词，成了我们这个时代的货币。今天美国的另一个大问题则是暴力与任天堂游戏机对孩子的影响，暂且不论。

在奈斯比看来，明天的问题则主要是刚萌芽的基因科技的问题，包括胚胎工程、复制、基因移植和生物工程等。我们对基因工程的发展前景和给社会、人类，乃至全球生命可能带来的极大影响也许还没有充分的估计，在作者采访的许多科学家看来，在新的世纪，基因科技将压倒包括电脑网络、信息科技在内的所有科技，基因的研究目前正处在一个哥伦布——亦即一个大发现的时代，但这不是一种外在地理上的大发现，而是内在生命的大发现。

如果说今天的问题还是事关生活和娱乐，那么明天的问题还事关生存和生命，我们将会是什么样的人，甚至还会是人吗？我们是否会成为一种新的存在？我们愿不愿意成为这样一种存在？写过《历史的终结》的福山大概又要写一本《后人类时代》了，里面是不是要谈到人类的终结？取代"人类"的将是尼采所说的"超人"还是"末人"？

作者希望我们通过时间和游戏，来认识我们今天消费科技的问题；通过宗教和艺术，来了解明天基因科技的问题。作者承认自己的态度是温和的，他并不是反科技的，只是要提出问题，预先提醒。我想发展的中国大概也要遇到这些问题，有人提个醒总是好事。

雅典的兴衰
——读《伯罗奔尼撒战争史》笔记

在环绕地中海生活的人类世界里，公元前5世纪几可说是"雅典的世纪"。其时的雅典贸易发达、经济繁荣，在制度和文化上是"希腊的学校"，政治军事上不仅是海上的霸主，并以提洛同盟为基础，营造了一个俨然是一个"雅典帝国"的政治经济和军事联合体。而这一切都是在雅典和其他城邦及国家的关系中展开的，其兴衰与其他邦国的关系紧密交织在一起。这篇笔记即欲从这种邦国之间的关系来观察雅典的兴盛与衰落，而尤其是衰落。

雅典的兴盛

雅典最鼎盛的时期可以说是在两次战争之间：一次是公元前5世纪之初的希腊与波斯之间的战争；另一次是公元前431年开始的伯罗奔尼撒战争，这场战争差不多一直持续了30年，到那个世纪末才结束。

在第一次希波战争中，对希腊人来说，战争的性质是反侵略，当时希腊的诸城邦相当团结、同仇敌忾，包括雅典和斯巴达这两个当时最强，后来成为宿敌的城邦也是紧密合作、联手作战、接受共同的指挥。在这场战争中，雅典应该说是起了积极主导的作用，它不惜自己的城邦被占领和蹂躏，以弱抵强，终于使希腊人取得了对波斯人的胜利，而战争的结果则使雅典的实力和影响力大大扩张，奠定了日后"雅典帝国"的基础。而第二场战争伯罗奔尼撒战争的性质却可以说是一场希腊世界的内战，很难说战争的双方——雅典联盟和伯罗奔尼撒同盟，哪一方是正义的，是被侵犯的，战火烧遍了几乎整个希腊世界，不仅各城邦之间互相进行战争，许多城邦内部也发生了内乱，它的持续时间也相当漫长，最后的结果是雅典的失败，而胜利者也差不多精疲力尽。简单地说，雅典是崛起于世纪初的第一场战争，而衰落于世纪末的第二场战争。

雅典不仅在两次战争中唱主角，而且在两次战争之间的数十年间，在经济文化和社会政治各方面都达到了一个最高峰，展现了辉煌的成就。这种成就表之于物质和外观上的，如迄今都让人叹为观止的帕特农等神殿，以及其他各种优美的建筑和雕像，卫城的建筑师姆奈西克里（Mnesicles）和伊克蒂诺（Ictinus）、雕塑家菲狄亚斯（Phidias）和普拉克西特利斯（Praxiteles）等因此而永垂不朽。后世尤其近代以来出现过比它们远为宏大的建筑，但问题在于它们常常只是建筑或者艺术的仿效，而在雅典这里则是首创。

不过，雅典更重要的可能还是那些似乎并没有留下什么可见遗迹的人的成就，是那些在精神和人格、制度和文化上深深影响了后世的人的成就。比起物的成就来，更应受到重视的是人。那些最值得推崇的物的成就，也正是因为它们是人的精神的表征。我们可以看看雅典造就了什么样的人，在这一百年间，仅仅在雅典人中间，在哲学方面，就有苏格拉底和柏拉图；政治家、军事家中有伯里克利、地米斯托克利（Themistocles）、阿利斯提德（Aristeides）、福尔米翁（Phormio）；戏剧方面有三大悲剧作家埃斯库罗斯、索福克勒斯、欧里庇得斯以及喜剧作家阿里斯托芬；历史学家有修昔底德、色诺芬等。

另外还有一些外邦人，他们虽然不是雅典人，但他们是在雅典取得他们的主要成就的，是雅典吸引了他们，给了他们某种精神和文化氛围，给了他们以培养和展现自己才华的条件，他们也正是在雅典才能充分发挥他们的影响力，在这些意义上，我们可以说也是雅典造就了他们。这些外邦人恰恰是在雅典展现他们的才华和取得他们的成就，也许比雅典本地人取得成就还更能说明雅典的兴盛：雅典能够以其作为文化中心的地位和优越的条件，吸引全希腊乃至希腊以外许多最优秀的人才到它这里来。这些外邦人中有：思想家、哲学家阿那克萨戈拉、普罗塔哥拉、特拉叙马库斯、高尔吉亚、希庇阿斯、芝诺（以及后来在柏拉图学园中学习的亚里士多德）；诗人伊翁（Ion）；医学家希波克拉底；历史学家希罗多德等。

如果我们再放长眼光到公元前5世纪前后的两个世纪，则雅典人中还有著名的政治家梭伦、克利斯提尼；演说家德谟斯梯尼、伊索克拉底；哲学家伊壁鸠鲁等。如果我们再考虑到雅典人口的数量，它在最盛期包括农村地区也只有30多万人，还不如我们现在的一个中等县份，就不能不同意罗素所言："无论在此以前或是自此而后，从来没有任何有同样比例的居民的地区曾经表现出来过任何事物足以和雅典这种高度完美的作品媲美。"在上述列举的人名中，有些是仅仅只要有一个在其故乡的上空闪耀，人类就应该对这块土地记忆犹深和深深感激了，而我们在雅典目睹的却是灿烂的群星。

雅典的兴盛可以追溯到这样一些过程和原因：雅典人所居住的阿提卡地区原先散居的各部落的统一，使雅典成为一个规模适度的大城邦；公元前594年梭伦的立法和改革不仅缓和了当时趋于激烈的社会矛盾，避免了社会动乱，而且为后来的经济繁荣和民主改革奠定了基础；前6世纪中期雅典僭主庇西特拉图依靠其权威和强力即保持了社会稳定，又贯彻执行了梭伦改革的方针；而前508年左右的克利斯提尼的改革和宪法基本上确立了后一世纪雅典的全面和彻底的民主制格局；到公元前5世纪雅典又一直不乏明智而坚强有力的领袖，尤其是伯里克利富有远见的领导。

这里特别值得注意的是：雅典在这一二百年间是经历了由贵族寡头（少数统治）、僭主（用不合法手段达到的君主制或一人统治）到民主制（多数统治）这样一个变化和发展过程的。而在这样一个制度巨变的过程中，却竟然没有什么剧烈的社会动荡和流血，这就保存了这个社会的元气和活力，使之能够一心谋求城邦内部的发展，有难时则全力对外，包括打赢对波斯人的战争。这可能是有赖于雅典的改革者在一开始就有一种平衡和节制感，一种不走极端、力求中道的精神。

从社会力量上说，在近一个世纪里，民主制最大限度地释放了富有天才的雅典人的活力，使所有公民都能够充分参与政治及公共事务，获得一种尊严和荣誉感，就自己的所长展现自己的才华。希腊人又有一种在各方面都追求卓越德性（arete）的精神。雅典的辉煌成就就是在这种"各尽所能"中创造的。而这不仅要归功于多数民众，也要归功于少数贵族。正是这少数人顺应时势，主动促成了向民主制的改革，并成为民主制的领袖。民主是需要领袖的，不仅它的建立需要领袖，它的维持也需要领袖。而对于转变中的雅典来说，一种健全、繁荣和持久的民主制所需要的领袖，与其说最好来自民众之中、由暴力和阴谋权术来产生，不如说最好从能够传承优秀文化，保持一种基本的德性、责任感和荣誉感，同时又不乏同情心的贵族的和平竞争中产生。雅典民主的实际历史也正好就是这样，初始缔造、推进、捍卫和领导民主的，从梭伦、克利斯提尼到伯里克利，大多数是贵族世家出身。

这一切又发生得恰如其分、适逢其时，即发生在贵族尚未腐朽，而大众又尚未骄纵的时候。正如基托所言："从历史的角度说，一种高级的文化必定起源于一个贵族阶级，因为只有这个阶级才有时间和精力去创造它。假如它固守贵族特性，且时间过长，那么它会先是很精致，后又很脆弱，正如在政治史上，假如贵族阶级在完成了其社会功能之后仍不肯退出历史舞台，它就会成为祸害。在政治领域，雅典占主导的共同意识，接近梭伦、庇西特拉图和克利斯提尼的天才使得雅典的贵族——大体上说——全身心地融入民主政体，而其本质特性却依然充满活力；以后两代雅典的优秀政治家中，大部分出自最上流的家族——伯里克利便是个突出的例子。"

但不仅是这些领袖很优秀，而且是雅典人在整体上也足够优秀。这不是个别人或少数人的兴起，而是整个民族的兴起。同时，一种具有世界历史意义的兴盛——而不仅仅是强盛——必然也是精神的兴起。亦如基托所言，伯里克利时代肇始时期的精神可回溯到永恒的荷马，是他教给人们以心灵的习性，这是一种在任何一个社会阶层的人身上都能发现的不可或缺的贵族气质，它要求将质置于量之上，高贵的斗争高于单纯的目的达成，荣誉先于财富。

雅典人的精神生活丰富、政治体制相当严密和完善，堪称人类天才所能创造的最民主、最有活力的制度，他们的经济、军事实力也非常强大，问题是：为什么雅典还是没有打赢伯罗奔尼撒战争？为什么人才济济的雅典这么快就走向衰落？这是制度出了问题还是另有原因？

战争的起因

在这一节中，我们首先遇到的问题是：雅典人与伯罗奔尼撒人的战争是必然要发生的吗？它是不是国家体制的冲突？或者只是国家利益的冲突？责任更多地在哪一方？是在雅典还是在斯巴达一方？究竟哪一方更具有扩张性？是实行混合寡头政制的斯巴达还是实行民主制的雅典？

从战争的直接起因来看，雅典人比斯巴达人更不想要战争，可是，这可能是因为他们可以通过和平的方式来实现自己的目的，即和平地通过提洛同盟的方式来更好地追求自己国家的利益。但我们稍稍从长远和深层的观点来观察伯罗奔尼撒战争的起因，就会发现雅典人可能要负有更多的责任。战前数十年，雅典人一直在取一种咄咄逼人的进攻态势，而斯巴达人是处于守势。伯罗奔尼撒战争前，希腊各城邦间的战争确实是规模相当小。而波斯的威胁还保持了希腊人的某种团结，雅典人的帝国主义和扩张倾向渐渐把希腊城邦引向了一场大战。

这种情况连雅典人自己也不讳言。伯里克利在推进雅典帝国时已经预感到与斯巴达必将有一战。他在战争爆发后坦率地对有些动摇的雅典人说："对政治漠不关心的人真的认为放弃这个帝国是一种好的和高尚的事，但是你们已经不可能放弃这个帝国了。事实上你们是靠暴力来维持这个帝国的，过去取得这个帝国可能是错误的，但是现在放弃这个帝国一定是危险的。"修昔底德说："使战争不可避免的真正原因是雅典势力的增长和因而引起斯巴达的恐惧。"对于雅典的敌人则更有一些"诛心之论"，例如叙拉古人赫摩克拉底说："在反抗波斯的时候，雅典就不是为了希腊的自由而争战，希腊人也不是为了他们自己的自由而争战；雅典所希望的是以雅典帝国来代替波斯帝国，而其他希腊人作战的结果不过是换了新的主人。"

这一起因得追溯到公元前478年,雅典在希波战争结束后,为了防范波斯人,组织了一个海军同盟,其总部设在提洛岛(Delos)。几乎所有爱琴海沿海城邦都加入了该同盟,它们要贡献一定数额的船只和人员,或者用同等价值的金钱来替代。这一共同防卫的同盟的性质后来却发生了一些变化,雅典使之渐渐成为一个有利于自己的帝国,它把同盟的总部和金库从提洛迁移到了雅典,而商业上发生的争执也都是提交雅典的法庭解决。它开始不是为了共同防卫的目的而是为了自己的城邦而动用同盟的金库。而且,它开始强迫一些城邦加入,并不准已加入的城邦退出同盟,为此它进行了若干次武力干涉。这样,雅典的迅速崛起,同盟向帝国的转化,招致了越来越多的恐惧、猜疑和怨恨。希腊世界出现了分裂:一边是人们公开称之为一种"暴政"的雅典帝国;另一边是由斯巴达和一些支持斯巴达的城邦组成的伯罗奔尼撒同盟。雅典帝国在海上称霸,而伯罗奔尼撒同盟则称雄陆地。前者主要由爱奥尼亚人组成,后者为多里安人的集团;雅典人爱好在其同盟内部实行的民主制,伯罗奔尼撒同盟则偏爱贵族寡头政体,或至多能容忍那种有限的民主制度。当时在希腊存在着一种普遍的看法,雅典对其名义上的同盟者的自治权进行了难以容忍的限制;也正是这种看法使斯巴达出来充当希腊诸邦的"解放者"。

总之,雅典人势力的扩张最终引发了伯罗奔尼撒战争,这虽然不是他们所情愿的,但他们还是对此有准备的。但除了这种战前的扩张,在战争期间,雅典人还冒险地又做了一次致命的扩张尝试:向西西里大举派遣远征军。正是这一远征严重斫伤了雅典的元气。

一个现代人,尤其是民主政治的拥护者观察伯罗奔尼撒战争的历史,会容易产生这样的问题:一个国家内部的民主是否能阻止对外的扩张?内部民主与外部扩张是矛盾的,还是可以并行不悖?换言之,一个"民主的帝国"是不是逻辑矛盾?一个"民主的帝国"是否可能?或者民主如何扩展?

民主扩展也许有两条途径,或者说两个选择:或者是接受一种平等的邦际民主,这很可能意味着要尊重和接受其他城邦政体的现状;或者是在其他城邦里建立类似于雅典那样的民主制度,而这可能意味着干预其他城邦的内政。这两种选择是难以兼得的。但是,民主如何扩展看来不会是雅典人考虑的问题。雅典尤其不会选择前者,而它推进其他城邦的民主看来也主要是为了自己的利益,是要壮大自己的力量。希腊各城邦内部的特别紧密,无论是雅典那种民主政治的紧密,还是斯巴达人那种平等生活的紧密,看来都并不有助于希腊城邦的团结而建立一个希腊大家庭，反而容易加剧各个城邦的分裂。

至于内部民主，尤其是像雅典所实行的那种非常彻底的直接参与制的民主，是否能阻止对外扩张和帝国主义政策——哪怕仅仅是出于明智而非道德的考虑，这就要看它内部的人民是怎样的人民了，因为决定权确实是在人民的手里。如果它没有富有远见的引导，如果它没有所有人和民族平等的观念，由内部民主焕发出来的活力看来不仅无法阻挡其扩张，反而会加强这种趋势，何况雅典民族本来就是一个最有活力的民族。热烈主张远征西西里的亚西比德在雅典的公民大会上说："我认为一个本性是活动的城邦，如果改变它的本性而变为闲散的话，会很快地毁灭它自己的。"而大多数人的这种过度热忱的结果使少数实际上反对远征的人害怕别人说他们不爱国，因此也就不作声了。

这样也就民主地铸成了导致雅典失败的大错——侵犯遥远的西西里岛上的另一个民主国家叙拉古，雅典自此开始在规模大致相等的两条战线上作战，而雅典也正是首先被这个民主国家叙拉古给打败了。实际上，在和雅典进行战争的城市中，也唯有叙拉古与自己性质最相似，民主的叙拉古也领土广大，其公民的性格也颇似雅典人：勇敢、进取、能迅速抓住战机和扩大战果，当然最重要的是，他们就在自己的家门口作战，是保家卫国（虽然他们对邻近的城邦也多有威胁和扩张），所以他们和雅典人作战也最为成功。

战争初期本来是雅典最强盛的时候。一个国家在它最强盛的时候，往往却是它最危险的时候，因为这也是它最骄傲的时候，而骄傲使人盲目。它开始想满足自己对于遥远的土地的梦想。而直接民主制判断遥远地方的事情远不如它判断近处的事情。结果民主没能制止战争，战争则反而很可能摧毁民主。在雅典我们实际上就看到了这种情况。战争后期，在内部开始有相当多的雅典人自己对民主不满，结果他们发动了建立四百人僭政和五千人会议统治的政变。从苏格拉底、柏拉图、色诺芬到《伯罗奔尼撒战争史》的作者修昔底德，都对民主或者说极端形式的民主有某种程度的批评或否定。

民主政治如果有其富有远见的领袖可能会避免许多灾难。但不幸的是，雅典人刚刚开始他们与伯罗奔尼撒人的战争不久，他们就失去了他们的领袖。伯里克利在战争开始后两年半即染瘟疫而死。伯里克利曾说过，如果雅典人善于等待时机、保持他们海军的强大，不在战争中去扩张帝国的领土，注意不使雅典城市的内部发生危险（诸如内讧），雅典就一定能够取得胜利。但后来雅典人却几乎犯了上述的所有错误。伯里克利能够不逢迎群众,他"能够尊重他们的自由,同时又能够控制他们。是他领导他们,而不是他们领导他"。他能够提出反对他们的意见。"所以虽然雅典在名义上是民主政治,但事实上权力是在第一公民手中。"而他的后继者如大众民主派领袖克利昂演说言词极具煽动性也不乏勇气,却缺乏远见而一味狂热主战,包括主张杀死投降的所有密提林成年男性;亚西比德富有野心和才华却缺乏操守,结果多变而得不到信任;尼西阿斯有操守却又失之于过分谨慎乃至懦弱。结果他们都丧失了对于公众事务的富有远见的领导权。民众变得骄纵了,他们的意见容易受他们的直接印象所控制,容易受直接向他们演说的人的言词和感情所支配,于是时而会表现得反复无常。雅典人在决定是否与科西拉人结盟,是否杀死所有投降的密提林人时,都是紧接着就推翻了先前的决议。他们也日益失去对领袖、将军们的信任,对他们产生疑惧,这种疑惧和不信任虽然自有其必要,但超过一定限度也会是苛刻和不公平的。他们不再能容忍失败和失误——哪怕是暂时和偶然的失败,甚至胜利中的失误。他们很可能会出尔反尔——正是这一点导致尼西阿斯在最后反而不肯顺从大多数士兵的意志从西西里撤军而造成人员的重大损失。

但即便雅典有杰出的领袖,民主有合理的运作,雅典政治的逻辑是否仍然会使雅典走向衰落——即便不是在伯罗奔尼撒战争中，也会在下一两场战争中走向衰落？这里的关键是希腊城邦之间的殊死战争是否不可避免？雅典内部的直接民主是否并不能使自己免于一种对外部的扩张主义和帝国主义，甚至还将加强这种走向霸权的倾向？雅典在自己的内部保障所有成年公民平等地参与政治和决策的权利，但是它并不会在外部保证希腊所有城邦平等参与整个希腊世界国际事务的决策权，它甚至不尊重其他城邦的独立和自由权。这里的政策是明显"内外有别"，甚至还有一种"内内有别"的——不仅奴隶，无论在本地居住多久的外邦人和妇女都是没有公民权的。

所以，要回答在当时的古代希腊的世界里有没有建立一种平等的国际新秩序的可能的问题，答案看来会是否定的。甚至这个问题是否会出现在当时政治家的脑海里都是疑问。所有人平等以及所有民族平等的观念大概得到一种后基督教的文化中才有可能。当时的雅典人确实还没有一种所有人的，不论出身、男女和种族差别的，普遍的平等观念。然而，即使是有了一种"内部无差别"的民主制，是否还是会有一种"内外有别"的政策，即在国内充分实行民主和平等，在国外和在国际间却实行某种不是平等对待的霸权主义政策，也还是一个疑问。民主的道德基础是什么？民主是否仍然是"自私的",仍然具有某种封闭性？甚至内部的凝聚更可能导致对外的拒斥,导致某种孤立主义或扩张主义？它能确保公正的外交政策吗？抑或这里主要是一个可行性的问题,是一个政治发展程度的问题,即原因主要是无法建立一个国际的仲裁和执行机构。而推动向这一方向的努力是否也需要一种从民主中吸取资源的道德力量？以及所有这些问题的解决是否还涉及一个人性可能性的问题？这诸多问题还都需要进一步深入和仔细地探讨。我们也许对任何制度都不能有一种制度拜物教的崇拜,或者,我们必须对人类或各民族未来的制度选择保持一种敏感和开放的态度。人类并不总是能去选择道德上最优,或者说最公平、最平等的制度,而只能综合各方面的因素有一种具有远见而又因时因地的制宜。

行动的理由

战争是由一系列行动构成的,这些行动包括:如何对待平民、对待投降者和俘虏,如何对待中立者、同盟者等等。这些行动涉及战争本身的规则,也反映出道德和文明的水准。当时希腊人有一些共同承认的战争规则,如侵入他国不得侵犯那个国家的神庙;一场战斗之后应根据休战条约让敌方取回阵亡者的尸体等等。

我们现在就来看雅典人在战争中的一些行动，尤其是注意他们作为行动者提出的理由。幸运的是，希腊人给我们展示了一些可供分析的理由。这首先得归功于当时希腊人的制度和惯例，在采取行动之前，即便是敌方，他们也允许其发言陈述自己的观点；其次，我们当然要感谢《伯罗奔尼撒战争史》一书的作者，他给我们留下了一些相当宝贵的演讲词，虽然其中有的是设身处地地揣摩的结果。我们下面主要分析两个例子。

1. 是否屠城杀降？

密提林原是雅典同盟的一个贵族政体的独立属国，后来倒向伯罗奔尼撒同盟，据密提林人说，他们倒向的理由是因为雅典人建立提洛同盟后，对波斯的敌视越来越少，而关心奴役自己的同盟者却越来越多，于是他们感到恐惧，对雅典的领导不再信任。他们的陈词还涉及同盟的两个基础：第一是认为同盟需要有诚实的信念和友谊、要有共同的心理状态，这样行动才会一致；第二是在平等的基础上互相有所畏惧，保持某种力量的均势才有安全。

后来雅典人攻打密提林人，密提林人粮食吃完，人民反对贵族当局而主张向雅典投降，生死任由雅典人处置。在雅典就发生了一场如何处置他们的辩论。开始雅典人在愤怒的情绪下，决定把密提林全体成年男子都处死刑，而把妇女和未成年的男女都变为奴隶。但是第二天，雅典人的情绪有了突然的改变，他们开始想到这样的一个决议是多么残酷和史无前例的——不仅杀戮有罪的人，而且屠杀一个国家的全部人民，于是重开辩论。

克里昂仍坚持他提出的处死密提林人的原有议案。他发言说：有怜悯之感；迷恋于巧妙的辩论因而误入迷途；宽大为怀，不念旧恶——这三件事情对于一个统治的帝国都是十分有害的。他甚至认为这正是使民主政治不能进行有效的帝国统治的弊病。惩罚罪犯最好和最适当的办法是马上毫不留情地报复。

戴奥多都斯则激烈地反对处死密提林人的建议。他开始也提到了民主政治的弊病，即提出提案的个人往往要承担很大的责任和危险，而做出决议的群众却不负责任，如改变决定也是只迁怒于原先的提议人，这样使得提议者和发言人为了做好事常常不得不对大众说谎，使用欺骗的手腕。有了这样一个开头，我们就怀疑戴奥多都斯后面提出不滥杀密提林人民的理由是不是完全真实的了，或至少他所提出的名义上的理由并不是他主要的理由。他心里还有更深的理由——这种理由可能是道德的理由。而他可能为了要最有效地使大家能投票通过宽容的决议，却没有诉诸这种理由，而是主要提出功利的理由。他说我们要考虑的不是密提林人是不是有罪的问题，而是我们的决议对于我们自己是不是正确的问题。确实可以证明他们是有罪的；但还是不能因此就主张把他们处死，除非那样做对雅典有利。而事实上赦免他们对于国家才是最有利的。如果采纳克利昂的办法，那么以后每个城邦不但在叛变时将做更充分的准备，而且在被围攻的时候将抵抗到底而绝不投降。我们不应当剥夺叛逆者悔过的可能和他们尽快赎罪的机会，不应当使他们陷于绝境。

戴奥多都斯反复说他不考虑什么是适当的和公平的，而只考虑怎样做对于雅典最为有利。他甚至说报复他们是正义的，但在这一情况中正义和利益不能一致，所以应当更考虑利益。尽管如此，当他说到下面一些话时，还是具有道德的含义。他说城邦和个人一样，都是天性易于犯错误的。这实际上就为宽容打开了通路。他还说，我们不应当过于相信死刑的效力。我们应当认识到，正当的安全基础在于善良的管理，而不在于刑罚的恐怖。对待一个自由民族的正当方法不是要在他们叛变之后处以严重的惩罚，而应当在他们叛变之前予以防范。如果我们不得不用武力的话，我们也应当只归咎于尽量少数的人。对于保全雅典帝国最有利的是宁可让人家对我们不住，也不要把那些活着对我们有利的人处死。所以他主张只是从容地审判那些被认为有罪送到雅典来的人,而让其余的人在他们自己的城市中生活着。

举手表决时,戴奥多都斯的建议只以微弱的多数得到通过。于是雅典人马上另派一条战舰去追赶一昼夜前出发去传达杀戮命令的战舰,第二条船上的水手拼命划桨,没有休息,而负有那一可怕使命的第一条战舰则一直从容地航行,结果,它只是早到一点,当那里的雅典司令官刚准备执行命令,第二条战舰就进了港口,阻止了这次屠杀。

这件事也许反映了民主政治的某种尴尬和无奈,面对大众,尤其是在某些紧迫的问题上,要使正确的提议通过常常得使用某些技巧,有时不可能说出全部的理由或者真相,甚至于不排除说谎。但比较起来,民主制看来还是更有可能和平地纠正自己的错误,雅典人在这件事情上也还是做得比斯巴达人有文明的教养和高尚,紧接着修昔底德就写道:斯巴达人为了讨好底比斯人,不留情地杀死了投降的普拉提亚人。而色雷斯人不仅杀死密卡利苏斯城内的成年平民,甚至杀死儿童学校的儿童。

2. 是否武力胁迫中立者?

弥罗斯岛是斯巴达移民建立的城邦。他们一直不愿意隶属于雅典帝国,保持中立态度,后来雅典人带军队来到弥罗斯的领土,要求他们加入到自己一边,否则就将诉诸武力，在这样做之前，他们派遣代表和弥罗斯交涉。雅典人和弥罗斯人的辩论是一次开诚布公的、强者和弱者有关生死存亡的辩论，这一辩论的场景也许不是完全真实的，但是其中的理由看来还是反映了各自的观点。

弥罗斯人让雅典人在少数统治者面前发言。雅典代表首先坦白地说，他们不想说诸如因为雅典人打败了波斯人，所以有维持帝国的权力；或者说雅典人现在和弥罗斯人作战，是因为弥罗斯人损害了雅典人——说这套话都是大家所不相信的。他首先亮出讨论的前提原则，说："正义的标准是以同等的强迫力量为基础的；同时也知道，强者能够做他们有权力做的一切，弱者只能接受他们必须接受的一切。"这个原则实际上就是"强权即公理"，他建议弥罗斯只在这个前提下争取他们所能够争取的。而弥罗斯人则试图让雅典人设身处地，说这个原则影响到你们也和影响到任何其他人一样，如果你们自己到了倾危的一日，就会受到可怕的报复。

雅典人不以为意，也许他们觉得帝国的末日还很遥远。他们只是敦促对方在武力威胁面前考虑怎样做对自己才有利，说："我们使你们加入我们这个帝国，不是我们想自找麻烦，而是为着你们的利益，同时也为着我们自己的利益，想保全你们。"弥罗斯人针锋相对地说："我们做奴隶，而你们做主人,怎么会有同等的利益呢?"他们问雅典人为什么不赞成他们保持中立,不做任何一边的盟邦。雅典人说:"因为你们对我们的敌视对我们的损害少,而我们和你们的友好对我们的损害多。"即他们是想在实力的基础上寻求最大的利益,他们也是在这种实力对比悬殊的情况下不在乎弥罗斯人的敌视。弥罗斯人又试图提请雅典人注意历史,注意他们与其他雅典属国的不同,他们毕竟已经享有了七百年的自由。而雅典人认为这没有什么差别,哪个国家有力量,它就可以保持独立,他们不去攻击它是因为他们有所畏惧。言外之意是弱小的弥罗斯人是他们毫不足惧的。弥罗斯人的问题就仅在于怎样保全自己的生命,不去无望地反抗过分强大的对方。这里的逻辑仍然是赤裸裸、不加掩饰的功利和强权逻辑,完全是实力在说话,而再没有其他的考虑。

弥罗斯人也开始试图运用这一逻辑来说服对方,说在战争中,人数众多的有时也不一定胜利。而且,"假使我们屈服,那么,我们的一切希望都丧失了;反过来说,只要我们继续斗争,我们还是有希望站立起来的"。雅典人要弥罗斯人放弃任何希望,说"希望如果有结实可恃的资源,你们不妨沉醉在希望中"。但是按性质说,希望是一个要付出很高代价的商品。弥罗斯人又说到神祇的保佑,因为他们是代表公理而反对不义；而同族的斯巴达人也会因为荣誉的缘故援助他们。雅典人回答说："我们和你们都有神祇的庇佑，我们的目的和行动完全合于人们对于神祇的信仰，也适合于指导人们自己行动的原则。我们对于神祇的意念和对人们的认识都使我们相信自然界的普遍和必要的规律，就是在可能范围以内扩张统治的势力，这不是我们制造出来的规律；这个规律制造出来之后，我们也不是最早使用这个规律的人。我们发现这个规律老早就存在，我们将让它在后代永远存在。我们不过照这个规律行事，我们知道，无论是你们，或者别人，只要有了我们现有的力量，也会一模一样地行事。"在此，一种"任何国家只要有可能都会进行扩张"的原则上升到了"自然界的普遍和必要的规律"的地位，强者照此行事，弱者自认倒霉，关键的是你要争取做强者而不是谈论道德和怜悯。弥罗斯人希望雅典人从弱者的地位设身处地，而雅典人却要弥罗斯人从强者的地位设身处地。意思是如果强弱易位，他弥罗斯人也会这样做。而斯巴达人也是这样做的，他们不会为着保持荣誉的关系来援救你们，斯巴达人最显著的特点就是他们认为他们所爱做的就是光荣的，合乎他们利益的就是正义的。

雅典人最后对弥罗斯人说，"你们的资源很少，不能使你们应付你们目前所对抗的力量而获得生存的机会"。所以，以独立的态度对待地位相等的人，以恭顺的态度对待地位较高的人，以温和的态度对待地位较低的人——这是安全的常规。弥罗斯人最终不愿意抛弃自他们的城邦建立以来享受了七百年的自由，决定抵抗。围攻战进行得很激烈，因为城内有叛变者，弥罗斯人最后无条件地向雅典人投降了。凡适合于兵役年龄而被俘虏的人们都被雅典人杀了；妇女及孩童则出卖为奴隶。雅典人把弥罗斯作为自己的领土，后来派了五百移民移居在那里。

整个辩论中，雅典人的态度都表现得相当无所谓。大概他们认为由于雅典的实力太强大，而弥罗斯的力量太弱小，雅典人完全可以不在乎弥罗斯人的态度，而这场辩论对弥罗斯人却是生死攸关的。但这一对弥罗斯人生死攸关的事情在雅典人那里似乎是轻飘飘的，弥罗斯人试图诉诸雅典人的同情心，却完全不起作用，而对功利逻辑的运用，也无法使雅典人改变决定。雅典人极其冷静和清醒地只考虑一种逻辑，这就是功利的逻辑、实力的逻辑、强权的逻辑。如果在国际关系中只有这一种逻辑，那人类的处境确实是永远不会让人乐观。自然，不仅任何强弱都是相对的，最强的也可能有一天强弱易位，无论如何，雅典代表的发言是很难得的一篇坦率的为强权辩护的辩词，其揭示的人类处境值得人类深长思之。

后来雅典人又为他们远征西西里辩护说："当一个人或者一个城邦行使绝对权力的时候，合乎逻辑的方针就是对自己有利的方针，种族上的联系只有在他们靠得住的时候才存在；一个人依照每个时期的特殊情况而决定他的朋友和敌人。"这些话类似近代"没有永久的敌友，只有永久的利益"的现实主义的国际政治观。这可能真的是人类过去历史的基本事实，但如果这也就是人类固定不变的未来，那将令人悲哀。雅典人还为自己的扩张行为辩护说："在希腊，我们统治了一些城市，使我们自己不受别人的统治；在西西里，我们是来解放一些城市，使我们不受西西里人的侵害。"这样说就太过分了，他们派遣强大的舰队来进攻西西里人竟然是因为害怕遥远的西西里人会侵害他们。雅典人又说："我们不得不干涉各方面的事务，只是因为我们不得不在各方面防范我们的敌人……我们的干涉政策和我们的国格令誉全都合于你们的利益。"这种为追求一种自身绝对安全的干涉理由也是很难让人信服的。

在这场战争中，我们几乎到处都只听见功利的声音。正义的声音几乎可以说是喑哑的。偶尔听到谈论，谈论它的只是弱者，强者甚至已不屑于掩盖自己，认为完全可以免谈，这样他自然也就完全不受正义的约束，哪怕仅仅是在名义上。弱者的这种谈论对强者来说也不起作用，雅典人甚至要弥罗斯人完全不谈正义,而只是计算他们放弃自由独立和不放弃自由独立的利弊。而人类如果真的要趋近一种持久的和平,结束国际的无政府状态,是有必要超越这样一种纯粹功利和强权的逻辑的。

战争的后果

确实有使参与者精神焕发、斗志昂扬的战争,人们的精神在这样一种战争中仿佛受到了一次精神的洗浴,道德的基本标准未遭到破坏,精神反得提升。例如,希波战争对于希腊人来说就是这样一场战争,而伯罗奔尼撒战争却不是这样的一场战争,它对希腊人不仅造成生命和财产的巨大损失,而且也深深地损害到他们的精神与道德。

对精神和基本道德的冲击首先是来自战时的自然祸患。当斯巴达人战争初期进逼到雅典城外大肆抢掠、破坏雅典农民在阿提卡的家园时,伯里克利欲避其锋而不许出战,人们都躲避到雅典城里而十分拥挤,这时瘟疫突然发生了。它来势凶猛,染病者就像羊群一样死亡着,强者和弱者一样染病死亡,那些能得到最好的医疗照顾的人也是一样,人们完全猝不及防,也无法防范,实际上医生死得最多。任何医疗技术都毫无办法,求神问卜也无济于事。人们根本不知什么时候会得这种病,也不知道谁能挨过去，以及是怎样挨过去的。在这种完全无力和莫名恐惧的情况下，由于人们不知道原因结果、不知道下一刻会发生什么，许多人对宗教和法律的规则也就不关心了，雅典开始有了空前违法乱纪的情况，人们公开地放纵，决定迅速地花掉他们的金钱以追求快乐，对神的畏惧和人为的法律都没有拘束的力量了，他们不再害怕神，因为他们看见敬神的人和不敬神的人、好人和坏人一样死亡。人们害怕去看护病人，许多家庭即因无人照顾而全部死亡，常常连尸体也无人掩埋。当然其中也还是有英雄主义的事迹，但更浓重地弥漫的是绝望和放纵的情绪。当生存遇到莫大也是莫名其妙的危险，几乎任何人都可能在一时间动摇自己的道德信念。

但是，应该说自然造成的祸患还是暂时的，我们其实也很快就看到雅典人在精神和斗志上恢复过来。他们在瘟疫、在历次失败后的自我恢复能力甚至使人吃惊。但是，对精神和道德更致命和持久的伤害还是来自人自身的行为，来自人所发动的这一场旷日持久的伯罗奔尼撒战争。不仅战争的性质是否正义变得毫无意义，战争本身的规则也被破坏了。而且这还不仅是一场外战，也是一场内战。在许多城邦的内部，贵族党和民主党之间也都开始发生了激烈的动荡和流血。那些原来比邻而居的人厮杀起来比对外敌还更凶狠、更残忍。修昔底德描述了发生在希腊许多城邦,尤其是科西拉的内乱和革命,并在第三卷第五章中发表了也许是全书最长的一段笔调冷静而又不无忧伤的作者评论。他写道:科西拉民主党人继续屠杀他们自己的公民中他们所认为是敌人的人。被他们杀害的人都被控以阴谋推翻民主政治的罪名;但是事实上,有些是因为个人的私仇而被杀害的,或者因为债务关系而被债务人杀害的。他也写到了麦加拉的贵族党人如何背信弃义地杀害民主党人及与他们有私仇的人(第四卷第六章)。

修昔底德评论科西拉的内乱说:这次革命是这样残酷;因为这是第一批革命中间的一个,所以显得更加残酷些。当然,后来事实上整个希腊世界都受到波动,因为每一个国家都有敌对的党派——民主党的领袖们设法求助于雅典人,而贵族党的领袖们则设法求助于斯巴达人。凡是想要改变政府的人都会求助于外国。

我们还看到,雅典和斯巴达这两个超级大邦也是积极干预各国的内政,他们这样做与其说是出于他们对于自己国家实行的政体的道德信念,不如说更多的是出自赤裸裸地追求自己国家的利益,即他们并不是为了他们所支持的城邦人们的利益和愿望而这样做,而是为了他们自己的利益而这样做,他们所采取的是一种机会主义的态度,是为了加强自身及联盟的力量。

这些内乱还不仅是戕害生命，它还是对底线伦理或者说基本道德的侵犯（修昔底德称之为"人类的普遍法则"）。正是这种侵犯会使对生命的戕害持续不断。如果规则尚未破坏，仅仅是出于自卫（哪怕是先发制人的自卫）而杀人，那么，一次杀戮可能就是一次杀戮，或者，杀戮迟早会受到评判和追究，但如果规则被破坏了，甚至正邪观念完全被倒置过来了，那么杀戮就将持续不断，甚至成为一种光荣。在修昔底德的笔下，我们看到，在科西拉等城邦的第一次革命引起了连锁反应，而在暴力手段上则是变本加厉。在那些革命发生较迟的地方，因为知道了别处以前所发生的事情，引起许多激烈的新暴行，表现于夺取政权方法上的处心积虑和前所未闻的残酷报复上。为了适合事物的改变，常用词句的意义也改变了。过去被看作"侵略"的行为，现在被看作党派对于它的成员所要求的"勇敢"；明智的"远见"被看作"懦夫"的别名；"中庸"则只是"软弱"的外衣；凡是主张激烈的人总是被信任；凡是反对他们的人总是受到猜疑。阴谋也成了智慧的表示。总之，先发制人，无论是制恶还是制善，都同样地受到鼓励。家族关系不如党派关系强固，因为党人更愿意为着任何理由，趋于极端而不辞。这些党派组织的目的不是为了享受现行法律的利益，而是推翻现行制度以夺取政权；这些党派的成员彼此信任，不是因为他们是同一个宗教团体的教友关系，而是因为他们是犯罪和流血的伙伴。至于抱着温和观点的公民，他们受到两个极端党派的摧残，不是因为他们没有参加斗争，就是因为被嫉妒可能逃脱灾难而生存下去。

修昔底德指出，结果，这些内乱和革命使整个希腊世界的品性普遍地堕落了。互相敌对的情绪在社会上广泛流行，每一方面都以猜疑的态度对待对方。没有哪个保证是可以信赖的，没有哪个誓言是人们不敢破坏的。人人都得到这样一个结论，认为希望得到一个永久的解决是不可能的。所以他们对于别人不能信任，只尽自己的力量以免受到别人的伤害。而通常那些最没有智慧的人，这时却表现得最有生存的力量，因为他们害怕在辩论中失败，或者在阴谋诡计中为机警的敌人所战胜，他们大胆地直接开始行动；而他们的敌人过于相信自己能够预料事情的发生，认为没有必要来以暴力夺取那些他们能够利用政策获得的东西，因而他们更易于被杀害。破坏法律和秩序最早的例子发生于科西拉。在那里，有过去被傲慢地压迫而不是被贤明智慧地统治的人，一旦胜利了的时候，就实行报复；有那些特别为灾难所迫，希望避免他们惯常的贫困而贪求邻人财产的人所采取的邪恶决议；有野蛮而残酷无情的行动，人们参加这种行动，不是图利，而是因为不可抑制的强烈情感驱使他们参加互相残杀的斗争。

　　修昔底德分析了产生这些罪恶的原因。他认为，贪欲和个人野心所引起的统治欲，是所有这些罪恶产生的原因。许多城邦的党派领袖假装为公众利益服务，但是事实上是为他们自己谋得利益。而一旦党派斗争爆发的时候，激烈的疯狂情绪发生作用，这也是原因之一。最深的原因是植根于人性，在修昔底德看来，就是在有法律的地方，人性也总是易于犯法的。但是，在和平与繁荣的时候，城邦和个人较容易遵守比较道德的标准，因为他们没有为形势所迫而不得不去做那些他们不愿意去做的事。而战争是一个严厉的教师；战争使他们不易得到他们的日常需要，因此使大多数人的心志降低到他们实际环境的水平之下。战时文明生活的通常习惯都在混乱中，人性就更傲慢地现出它的本色，成为一种不可控制的情欲，不受正义的支配，敌视一切胜过它本身的东西。这种嫉妒使人们重视复仇而轻视宗教，重视利益而轻视正义。在对他人复仇的时候，人们开始预先取消那些人类的普遍法则——而这些法则本来是使所有受痛苦的人有得救的希望的。因此之故，修昔底德对未来也不是太乐观，他倾向于认为，只要人性不变，这种种灾殃现在发生了，将来也会发生的，尽管残酷的程度或有不同；依照不同的情况，而有大同小异之分。

总之，雅典在这场战争中战败了。虽然后来还有一些英勇地试图复兴的努力，但雅典还是无可挽回地衰落了。它的精神逐渐凝结为历史。而这也可以说是整个希腊世界的衰落，是希腊人所无比珍视的城邦制度和生活方式的衰落。甚至还可以说是人类精神和道德的一次滑入波谷，是人性旋律的一次趋于低沉。当然，在这些衰败的景象之下，还是保留了新的富有生命力的种子，还是会有新的东西生长。人类有把握说，他还能达到新的辉煌。事实上我们后来也见到了这一点，但那已经是另一种辉煌。

心忧天下

古代人生活在一些相对隔绝的世界里,他们自成一体,自为"天下"。

古代中国人也是如此,"天下"密不可分地和"中国"(中央之国)联系在一起,"天下"以中国人自身的生活世界为中心延伸开去,其各个部分的亲疏和熟悉程度大致与它们和中心的距离成正比,其最外缘处在一种若即若离,乃至若明若暗的状态里。

事实上,那时的世界上有好些个这样的"天下"。

然而,近代以来,这种状况急剧地改变了。随着哥伦布、麦哲伦等开启地理大发现,"天下"的概念大大地扩展了,同时也变得明确、单纯了,"天下"现在只有一个,不论肤色、种族、宗教信仰和各自的文明传承,我们现在都是生活在同一个"天下"。

当然,像中国这样的民族同时也就发现了自己地位的尴尬:中国并不处在"天下"中心的位置,而倒是处在相当边缘的位置,并且无可逃避地要待在这"世界之中"。

这还意味着,"天下"常常不只是一个空间、地域的概念,它还意味着一种秩序:一种社会的秩序,或者比较一般的政治秩序。就像顾亭林所说，保一家一族、一姓一朝之国，"其君其臣、肉食者谋之"，而"保天下者，匹夫之贱，与有责焉耳矣"。这就是"天下兴亡，匹夫有责"的来历。而在当时士人的心里，这"天下"就是孔孟衣冠、周公礼制的社会秩序。

那么，请看"今日之域中，竟是谁家之天下"呢？或者说，今天的"天下"究竟是以一种什么样的秩序为动力和主导呢？

在古代世界的历史中，也曾有过一些大帝国，但没有一个达到过今天这样单一的"天下"，而这一用刀剑没有完成的事情，却由一种似乎最不起眼的东西——商品——和平地、静悄悄地完成了。

从孟德斯鸠、亚当·斯密、康德、马克思到哈贝马斯等都论述过商品、贸易、市场的这种"自然秩序"的巨大扩展力量，当然，这一过程在世界史上相当多面，也相当复杂。

无论如何，我们现在是处在这样一种市场经济居主导的"天下"之中，或者说是处在一个商品社会之中了。我们只需看看中国最近的二十多年，就能发现，强劲的商品之梭是多么迅速和紧密地把中国和世界织为一体；或者我们再往前看看中国的近一百多年的经常是血与火的曲折，就会发现，这样一种力量又是多么让人难以抗拒。

伴随着这种经济上的世界一体化，或者说全球化的过程，同时又存在着另一种强劲的趋势，即"道术将为天下裂"的趋势，不仅原有的人们的精神信仰、价值观念的差异显得更为突出，自由经济所带来的自由意识，以及市场社会的主导思想——自由主义——更倾向于刺激、鼓励或至少容忍价值追求的多元分化。

于是，一方面，世界上的人们是如此紧密地联系在一起；另一方面，人们的价值观念和追求却日益松动、分解，变得歧异乃至对抗。

世界贸易大厦在9·11事件中的倒塌还告诉我们，人类已经取得的、看来壮观的文明成就其实还相当脆弱。

今天的中国人在这样一种秩序中何以与人相处和自处？我们也许不论身处何地，都还会"情系中国"，但是，当今即便只是要把中国的事情办好，也已经不可能只是考虑和关注中国了，何况中国迅速地进入世界还意味着我们要开始学会承担康德所说的"世界公民"的责任。

所以，我们不能不"心忧天下"，而这"天下"所须忧虑的事情也正多多：环境状况的恶化；贫富差距的悬殊；新技术在给人类带来福利的同时也带来严重的威胁；不同种族、民族和宗教信仰之间时常爆发的流血冲突，以及挥之不去的恐怖主义阴影等等。

我们不能不努力寻求一种能够使所有民族、所有人共同生存和发展的共识，即便这种共识的范围将不得不缩小到那些最基本的行为规范和国际准则。我们还不能不努力培养起一种对世界公共事务的责任感和建设性的态度，考虑各种切实可行的方案，承担各种可能的义务。

过去的理想主义者曾经是"身无分文、心忧天下"，现在中国至少有一部分人已经富裕起来了，腰缠万贯者似更有理由"心忧天下"，有必要摒除一种短视的眼光，摒除一种"逃票乘客"和即便发生灾难自己或许也可幸免的侥幸心理，不仅为自己，也为世界做点什么。

在《诗经》的时代，在中国现在的版图范围内，小国林立，犬牙交错，但我们却可以在许多不朽的诗篇中看到一种超越国界、超越部族的悲天悯人之心。虽然还有远近亲疏之别，但是，"天下一家"，"和而不同"，这的确曾经是中国人的梦想，是中国人的温情。

那遥远、遥远的地方发生的事情，并不是与我们完全无关，现在是别人那里发生的灾难，日后也有可能在我们这里发生，如果我们坐视不管，日后别人也完全有理由不予援手。

世界可能的确不能再像过去在一种文明的内部那样价

值观念和精神信仰趋于一体化了，尤其是不可能，也不应当强制地实行一体化，我们确实要考虑人性、考虑人的差异，考虑实现我们自己的理想的手段，但却不要丢掉一种悯心和善愿。我们也不应当忘记在人类的大家庭里我们已经得到的和我们应当付出的。

过去有一种比较，比方说别人用了多少年发展到人造卫星上天，或者说从这一技术阶段到那一技术发展阶段别人用了多少年，而我们用了多少年，意思是我们的发展速度更快，成就更大。但是，这样一种比较可能忘了时间的先后，忘了首创者和追随者的差别，即便是核心的技术机密被封锁，但是技术大致的走向和步骤，甚至仅仅在某一方向和途径的成功本身，也能给后来者带来最重要的启发和信心。

所以说，我们拥有一种后发的优势，可以避免走许多弯路，在许多技术和制度方面可以迎头赶上。但如果不善加反省，这也可能成为一种后发的劣势，我们如果亦步亦趋，将可能因此丧失一种首创的精神。我们也有必要意识到，我们今天的经济发展，尤其是在技术和制度等方面，客观上多得先行者之赐，而我们也应当发挥一种首创精神，争取对人类作出自己较大的贡献。

我们过去总是说我们的民族"勤劳、勇敢……"，实践可能已经证明我们的民族是足够勤劳、节俭,还有顽强、忍耐,也绝不缺乏聪明才智,但我们是不是非常勇敢和富于首创性,是不是拥有一种大智慧,是不是能比较广泛地拥有一种超越的精神,却还有待于新的实践证明。中国也许能在世界民族之林中努力试探走出一条自己的新路,既得市场经济之利,又防市场经济之弊,把人们对物质的欲望和竞争处理得恰如其分。如此则中国幸甚、世界幸甚。而这可能不仅需要我们有一种世界的眼光,还需要有一种对于天下的忧思和愿心。

何谓"人文"

在西方语言中习用的"人文"一词来自拉丁语"humanitas",这个词既有"文化""教化""教养""文雅"的意思,又有"人性""人格""人情""仁爱"的意思。但自两千多年前西塞罗在《论演说家》中用这个词指一种独特的教育大纲起,后来使用拉丁语的人们就越来越多地在前一种意义上使用这个词,亦即主要是将希腊语中的"paideia"(指为了培养自由公民而实行的一种全面的文科教育)的意思赋予这个词,而不是将希腊人称之为"philanthropiad"(指人们之间一种友谊、友爱的精神)的意思赋予这个词。

这样,我们也许可以通过"人道""人文"和"人性"三个概念来做一些区分(这也是大致符合这三个词的中文意思的):"人道"是指关心别人,尤其是指关心弱势者,例如救死扶伤,甚至不虐待俘虏亦曾被列入一种"革命的人道主义",当然,"人道"根本上应当是指一种普遍的同情、仁爱,以合乎人的身份和尊严的态度来对待每一个人。而"人文"则主要是指一种文化、教育、教化,以及个人通过这种教化所达到的一种自我实现和完善。"人道"是指真心关怀他人，是体现一种同胞之情；而"人文"是努力实现自己的各种才华和德性（当然也包括道德的德性），同时也是展现人类各方面的最高优越性和独特性，在自然界留下自己的痕迹（"纹路"）。

而"人道"和"人文"这两个方面当然都是符合"人性"的，符合既不同于"动物性"，又不同于"神性"的"人性"，它们恰好展示了人性的两个基本方面：一是发展自己，一是关怀别人；一是致力于最高，一是垂怜于最低。古人更多地考虑前者，而今人可能更多的是考虑后者。所以，现代社会在最低的，尤其是物质生活的水准有所提高的同时，最高的、精神文化生活的水准却可能有所下降。

那么，从历史的形态看，这种追求人类各种最高的可能性的"人文"究竟包含一些什么内容呢？它旨在培养出什么样的人呢？在西方，"人文"是与古代希腊，尤其是雅典分不开的。伯里克利曾自豪地说"雅典是希腊的学校"，而"希腊"迄今也是西方人的学校，是人类的学校。古希腊人的人文教育是面向所有公民的教育，当然又是自我承担的教育，并不是说有一种国家出钱的全民义务免费教育，而毋宁说有这样一种气氛：一个人要成为合格的公民、成为体现人性之卓越的人，应当从幼年起就接受这样一种教育，甚至在这件事上不惜气力、不吝钱财。每个公民都可以进入这种教育，但其天赋和决心的程度、付出的代价和努力的程度自然会影响最后达到的成就的高下。

这种教育的内容也许可分为初级阶段和高级阶段，在初级阶段主要是训练两个方面的内容：一是广义的音乐，包括诗歌、戏剧等艺术形式；二是体育，这里追求的不是片面的体能、记录，而是身体全面的均衡和优美。比较高级的是学习语言文法、修辞逻辑、数学几何等较抽象的技艺，而最高的则是学习辩证法、哲学。当然，达到甚至愿意走到这一步的人就比较稀少了。

中国历史上也是"人文"或者说"人文教育"的富国。古代贵族子弟学习的主要内容是"六艺"：礼、乐、射、御、书、数。它们的重要性也大致是按此次序排列的，最前面的最为重要。但学习的次序倒可能是相反。如果说"书""数"是学认字、写字和算数的初级教育；"射"箭和"御"车则主要是锻炼体能和武艺；而"礼""乐"则是整个教育的核心，其中"礼"主要是有关伦理、政治、历史等方面的教育，而"乐"则包括音乐、舞蹈、诗歌等文学艺术方面的内容。

重要的是：学习这些技艺并不是为了用作谋生的"一技之长"或者挣钱发达的手段，而是就以人本身的完善为目的。所以，在各种技艺中要保持某种平衡，要分清主导的技艺和次要的技艺，对于那些次要的技艺，甚至不能过分地去追求完善——尤其是当它影响到其他方面的完善的时候。例如，亚里士多德就对过分精通长笛不以为然。只是对某一乐器娴熟而并不能完整地欣赏音乐以至文化，那只能是"雕虫小技"。古代奥林匹克赛会对"专业运动员"也是闻所未闻，那时所有的竞技都是业余的（amateur，爱美的）。不仅体育竞技是业余者参加的，诗歌、悲剧的竞赛也是业余的，甚至竞争的各种官职也基本都是业余的，而集各种业余于一身则是全面。"人文"教育所追求的理想是博大、优雅和完整，因为人是完整的，世界是完整的。人不能片面地割裂自己，不能物化，"君子不器"。

所以，我们也可以说所有的学习和训练内容都是为了培养德性，都是为了人的博雅、卓越和完美。古希腊人的德性（arete）不是庸常的德性，也不是仅指道德的德性，而是表征各种各样的卓越。他们推崇的四种主要德性是智慧、勇敢、节制（或者说中道、平衡）和公正。

我们这里也许要特别说一下勇敢。因为"人文"似乎有时给人以"文弱"的印象，似乎总是在书斋里和书本打交道。但是，"人文"并不是"文人"。我们从上面古人的训练内容也都可以看到，其中绝不缺少训练身体和意志的内容。苏格拉底不仅智慧，而且绝对勇敢。而且不只是战场上、身体的勇敢，还是"虽千万人吾往矣"、在任何时候都坚持真理和正义的勇敢。中国的"人文"传统发展到后来的确是有点过于文弱了，它埋在书卷里的时候也许是太长了，所以，我们会希望它注入一点野性，注入一点生命的活力和勇敢，让我们的孩子，尤其是男孩子都"蛮"一点（当然也不失内心的优雅甚至某种温柔）。

我写下这一段还因为：当我刚答应为《中国研究生》创刊号写这篇稿子的时候，却得知了北京大学登山队五名同学在攀登西藏希夏邦马峰时遇雪崩罹难的消息。我心里很疼惜，也很矛盾。我赞美冒险精神，也珍爱生命，尤其是如此年轻、有活力的生命。我在网上看到了许多痛惜和哀悼的文字，但也有另一种理解，例如说"登什么山？有本领就登科学高峰"。有的则认为这是"虚荣心的悲剧"。

学生当然是要以学为主，做其他探险的事情的时候也要头脑极其冷静和小心。但是，世界上是没有绝对安全的事情的，我们面对的世界总是有不可预测、不可抗拒的因素。那为什么还要冒险登山？一位伟大的英国探险家乔治·马洛里简单地说，就因为"**山在那里**"。但我们也许还要补充一句，还因为"**人在这里**"。或更正确地说，是有一种人在这里，是像马洛里一类的人会这样说话。这些人看到了山就会莫名地激动。我倒不认为这是要去征服自然，自然是征服不了的，甚至就保留有的山的原貌，如梅里雪峰，不让它印上人类的足迹也挺好。在我看来，这种攀登和冒险毋宁说是要不计功利、不畏艰险和牺牲地追求人类自身的卓越。而这种追求卓越正是人文精神的真谛。

这些孩子永远地长眠在喜马拉雅山了。但是，我希望在北大校园里能竖立起他们的铜像。我也曾在网上读到有的同学数月苦苦准备考 G 或 T，偶从新东方学校出来看到万家灯火、种种与自己久违了的人间消遣和快乐的复杂心情，我能体会这种心情，其中虽有遗憾，但也不乏坚毅、勇敢甚至某种欢乐，但是，我们还得判断我们所做的事情具有何种重要性，以及这种重要性是否与付出的代价相称。如果这种考试随着大家都如此准备因而水涨船高越来越耗费时间，甚至考了好成绩得到全额奖学金也常遭拒签，那么，我们就要考虑，在中国最好的大学里把自己在校的几年宝贵时间的主要精力都放到这上面是否值得。我们好歹得注意使自己人格的其他重要方面不致萎缩，注意使自己对人类卓越文化的主要方面不致闻所未闻。我们当然知道，要想有任何卓越的成就，在每个时期里都必须专注，必须限制自己，将自己的精力投入到一个方向，但是，这里所说的是教养、是素质、是文化的格调和品位，这种教养和素质最好在年轻的时候，尤其在大学的时候就基本养成，而只有具备建立在这教养之上并纳入人类的卓越文化传承的专业，成就才有望可久可大，个体的生命也才不致片面和枯燥。

今天大学里的学科划分一般分为"自然科学""社会科学"和"人文学科"。"人文学科"的主干就可以现成地用我们常说的"文、史、哲"来指称，或者再加上艺术。较广义的"人文学科"则还可以包括诸如现代语言和古典语言、语言学、考古学等。作为专业的人文学科也许并不需要多少人去从事，但是，在某种知识线以上的各行各业的工作者最好能对人文有一种基本的了解，或至少有某种感觉。

但也许我还是没有深入接触到这个问题：亦即"人文"教育虽然并不许诺给我们任何实惠，为什么我们还是要承担它？在此，我想引施特劳斯的《什么是自由教育？》一文结尾的一段话，并推荐"逻各斯"网站上有关"什么是教化"的一组文章。这段话是：

> 自由（人文）教育，作为与最伟大心灵的不断交流，是一种最高形式的温顺（modesty）——且不说谦卑（humility）——的试验。它同时是一次勇敢的冒险：它要求我们完全冲破智识者的浮华世界，它和他们的敌人的世界完全相同，冲破它的喧嚣、它的浮

躁、它的无思考和它的廉价。它要求我们勇敢，并意味着决心将所接受的观点都仅仅当成意见，或者把普通意见当成至少与最陌生和最不流行的意见一样可能出错的极端意见。自由教育是从庸俗中的解放。希腊人对庸俗有一个绝妙的词；他们称之为apeirokalia，形容其缺乏对美好事物的经验。而自由教育将赠予我们这样的经验：在美好之中。

的确，真正进入了这种教育，我们将获得一种珍贵和美好的经验，这是和人类曾经有过的最好的心灵交流的经验，一般来说，我们将不愿把这种经验和任何东西交换。当然，这种进入是任何其他人都强迫不了你，也代替不了你的，甚至进入者很难清楚地把这种经验告诉你。最重要的是自己去阅读，去阅读那些伟大的经典，去细心体会和感悟，去和那些伟大的心灵对话。我们需要有某种行动和体悟，去读那些无字之书，但人文教育的主要途径也还是阅读那些人文经典。在经典里面，不仅凝集了那些伟大心灵的思考，也凝结了他们的行事。重要的还在于，他们已经不在了，我们只能通过经典来达到他们。经典就是我们穿行于各个高峰之间的索道，它也给我们提供一种评判自身和社会生活的标准。只有那些有过好几种经验的人，才能比较好地在这几种经验之间进行判断和取舍。

  现在的大学乃至于整个现代社会的潮流和气氛对于人文教育并不是很有利的，所以我们不得不更重视自我教育、自我陶冶。人文教育的基本目的也就是要使一个人成为像那些最优秀的雅典人一样的公民，有一颗自由、独立、勇敢的心。当然，它还期望建立起富有人类个性的卓越主体，展示人类最高的可能性。正如歌德所言："尽善尽美是上天的尺度，而要达到尽善尽美的这种愿望，则是人类的尺度。"

过去、现在与未来
——与福山一席谈

1989年前后不仅对于中国，对于世界大概更是一个转折的时刻。处在这样一个转折点，人们不免要回首过去、展望未来。而在众多回顾前瞻的思想学术性文字、言论中，有两篇文章可以说最为引人瞩目，在世界范围内引起了广泛的讨论和激烈的争议。这两篇文章在发表时倒不约而同地也都打上了问号，似表明作者对自己已形成的看法也不是全无疑虑，或其主旨还是想提出可供讨论的重要问题。

这两篇文章，一篇是福山（Francis Fukuyama）1989年夏天发表在《国家利益》上的《历史的终结？》（*The End of History?*），另一篇是亨廷顿1993年夏天发表在《外交》上的《文明的冲突？》（*The Clash of Civilization?*）（后来均由作者分别成书），据说在欧洲，前者还比后者得到了更多的关注。如果说前者更多的是总结过去，是历史哲学的，是关注人类总体的，后者则更多的是展望未来，是国际政治的——而其真正的隐忧可能还在美国国内，这一点李慎之的一篇评论文章《数量优势下的恐惧》给出了透彻的分析。当然，在时间的长流中，过去、现在和未来实际是一体的，从连续性的角度观察，过去总是要向未来开放，被现在解释；而现在和未来又常常已包含在过去之中。

福山《历史的终结？》一文，依据黑格尔及科耶夫的理论和20世纪的世界变化，大胆地预测了一个即将来临的人类新"时代"的特征，即它看起来却像是要结束一切"时代"——看起来像是一种"历史的终结"。人类在经过反复尝试和斗争，在现实可行的范畴内终于找到了一种看来"最不坏的"政治和社会的结合形式，这就是自由民主的政治和市场经济的体制。世界潮流都倾向于此，其他选择方案都在与它的竞争中纷纷落败，这一潮流似乎难以阻挡和不可避免，不管文明和民族的特性而具有某种普世性。虽然还会有激荡和回旋，但是，这一潮流的大致方向看来不会改变。人类甚或民族国家的大部分看来会生活在这一体制之下，或受其支配性的影响。

而且，世界所普遍趋向的这一状态不是暂时的，人类将可能长期生活在这样一种持久的稳定状态中。这并不是说从此以后不会有触目惊心的事件发生，更不是说所有人都会对它满意，但不满意者，甚至最痛恨它的人们也拿不出真正可以替代它的正面的、建设性的方案。人类至少在政治制度上富于创造和变化意味的"历史"似乎要趋于"终结"或者说完成。

这一概括性假设看来简单——唯其简单,也才尖锐鲜明——但是,如果细探其背景和内涵,又不那么简单。至少它提出的是一些真实和根本的问题。

历史是否曾经在中国"终结"过?

对这种"历史的终结"的观点可能恰恰需要一种历史的观照,需要浏览世界上各民族和文明已经有过的历史。人类的历史是否曾经出现过类似的"终结"的现象?我在这里想试着提出一个与我个人研究有关的,也许可与这种历史"终结"于"自由民主"相对照的例子。中国在两千多年前的汉代开始以儒家思想为指导,尝试建立一种新的社会体制——"选举社会",即先通过推荐(察举),后通过考试(科举)把具有学识和德行的人选拔到统治的官员阶层中来,而不管他们的家世和财富如何。这种体制在中国延续了两千多年,中间虽然也经历了多次内部的王朝更迭和外敌入侵甚至征服,但这种体制基本保持不变,不断被复制,以至完善和发展,直到遇到了在政治和精神文化上都提供了新的选择方案的、强劲的西方。

比较中国"传统的选举社会"(selection society)和现代首先在西方发轫的自由民主社会或者说"现代的选举社会"(election society),它们都是指向平等的发展,指向等级关系松解，但传统的选举社会是指向入仕机会的形式平等，而社会政治的基本构架还是一种等级制——虽然是一种流动和开放的等级制，是实行一种公开和合法的少数统治；而自由民主社会则还诉诸政治参与权利的普遍平等，要求一种"多数的裁决"。两者的主导意识形态也都是具有相当的吸纳性和包容性的，但儒家思想还是明确地居于得到制度保障的支配地位，社会的价值取向趋于统一：认为政治应当致力于促使人们成为有德性的人，尤其是统治者更应成为德性的楷模；而自由民主社会则鼓励价值取向的多元化，鼓励价值与德性的脱钩，主张对各种基本合理、不妨碍他人的价值取向采取一种基本中立的态度，但如此价值趋向以多数意愿为转移，常常实际上是一种消费主义占主导。选举社会具有一种保守的性格，它注重和平、稳定、抑商重农，节制竞争、不甚鼓励科学技术的发展，发展速度较慢；而与市场经济结合在一起的自由民主社会则有一种进取的，甚至扩张的性格，它鼓励科学技术的发展，鼓励竞争，经济和技术发展变得极其迅速。

中国传统的选举社会的主要困境和危机在于：由于它是以强调学行与德性作为选择官员的标准，在这一价值导向的影响下，社会容易变得文弱，国力不强，从而容易受外敌入侵甚至被征服。另外，由于传统儒家"不孝有三，无后为大"和民间"多子多福"观念的影响，人口发展的速度超过经济发展的速度，从而导致在繁荣一段时间之后，日益增加的人口压力使人们的生计又发生困难，酿成内部的动乱和战争，直到饥馑和战争造成人口锐减，人口链和食物链再恢复平衡，才又进入新的一轮循环。但是，这一弱点也许还不是致命的，如果调整上述的观念，甚或不遇到西方，中国还有可能像严复所说，继续维持上述原有选举社会的体制许多年。

无论如何，"历史"看来的确曾经在中国"停顿"（stop）过，甚或也"终结"（end）过——即便是中国传统社会中最有智慧的最不满者也未曾设想过其他可替代的全面政治方案，而那时的"中国"在中国人看来就是"天下"——就几乎是整个世界。但中国历史上的这种"停顿"后来遇到西方以后则被国人痛心地批评为"停滞不前"（而不再是"长治久安"），中国经过一百多年的激烈动荡，它现在似乎好不容易才进入一种仿效西方的发展——而这时它被告知：这可能却意味着整个人类"历史"的某种"终结"。

七个问题及其回答

正是带着上述作为基本背景的问题意识和兴趣，2003年1月20日，承蒙霍普金斯-南京中心的执行主任 Daniel

B. Wright（唐兴）先生及其助手 Amy 女士的安排和参与，我在华盛顿霍普金斯大学国际关系学院（SAIS）对福山教授做了一次访谈。事先我准备了一个包含上述背景内容的书面访谈提纲用 E-mail 发给福山教授，谈话的那天是周一，一个寒冷的日子，但由于正逢马丁·路德·金日，所以也是一个休息日，我们先在附近的一家日本餐馆一起吃过饭，然后回到福山的办公室，以下就是当时我对福山提出的七个问题及其回答（谢谢李斌助我整理录音记录）：

何：在您于1989年夏发表《历史的终结？》一文之后，已经过去了13年，世界上出现了许多新的引人注目的情况，对你的这一假设构成了挑战，您现在是否能再补充说明一下您现在有关"历史的终结"的想法，以及人及其人性在这一状态中将可能发生一些什么样的变化？

福山：在9·11以后观察世界政治，我想有一些新的情况，最大的挑战是极端伊斯兰教的运动，它显然是拒绝整个自由民主的基本价值和一直在不断复制的资本主义秩序的。而且，在我看来，它事实上是比共产主义更深得多的、病原学意义上的挑战，因为共产主义在某种意义上还是近代西方的产物。另一方面,我想,归根结底,这一挑战又不是很严重的,使它真正变得严重的是一个因素,是技术发展的事实,即现代科技使一个很小的恐怖主义团体有使用核武器和生化武器的潜在可能,从而能造成很大的损失,所以,你必须严肃认真地对待它们。

但作为一种社会和政治的运动,我想,极端伊斯兰教的运动根本上对"历史的终结"的假设并不构成很严重的挑战,因为,它们一旦取得政治权力,它们却干得很糟,在伊朗和阿富汗,它们就不知道如何创造一个成功的社会。这就是我对后面将要电话采访我的伊朗记者感兴趣的原因,因为伊朗正处在反对这种伊斯兰教政权的边缘。我想,伊朗人还是想加入现代世界,正像世界上其他地方的人一样。

这是政治上的挑战。另一个严重的挑战是和生物技术有关,这也是我要写我最近出版的一本有关生物技术的书的一个原因。在我看来,"历史的终结"也是和技术的发展有关的,在20世纪,一种乌托邦政治由兴转衰,这种乌托邦政治试图完成一种人类社会的工程,重新塑造人,使之成为像"新苏维埃人"那样的新人。这是很多革命政权的雄心。但这些都结束了。之所以结束是因为有人性本身施加的限制。

但是，如果现在你有通过改变人的行为，从而实际上能够改变人性的新的技术手段，你就有可能重新复活某种社会工程。这并不是一个直接的前景，但是，有些东西必须考虑，因为新技术不会保持静止，它会不断提供操纵人的行为的新手段，所以它有一种政治的后果。

何：你是否认为自由民主和自由市场具有某种普世性的价值，或不可避免的发展趋势？如果是这样的，如何在这一过程中保持各文明和民族的特性？自由和民主，以及自由民主和市场体制之间是否有一种必然的逻辑联系？或者说是否它们是一种"一揽子"的选择，无法只要其中一项而不要另一项？你认为自由民主的限度是什么？未来人类是否可能超越自由民主而寻找到别的更好或更可行的制度方案？或者说，未来人类是否可能遇到某些特殊甚至极端的情况，将使自由民主制度变得"较坏"或"不可行"？

福山：我不知道新的制度发展将会怎样。许多人误解了我的最初命题，因为很多人以为我说的是一种特殊的美国制度构成了最后的政治形式，以为这是唯一的道路：人们只能寻求一种地方化的手段以将美国的制度加于自己所居的社会。但这不是我的意见。

当我谈到民主和市场社会时，我认为我是一个底线或最少主义者（minimalist），而它们其实总是涉及各种不同的国家和社会的混合，有很多可能的民主形式可以采取——我接受所有这些：作为同一个系列的观念。所以，我想有许多讨论，谈到是否有不同的形式：例如日本式的资本主义、欧洲的福利国家等等，我把它们都看作一种基本的制度类型的特殊形式，而不是一种新的制度。也许你还会说到新加坡的制度，有不同的文化背景，但有些东西是基本一致的。

我相信美国的力量会在某一点上达到其统治地位，然后衰落。"历史的终结"是一种政治哲学的观念，一个对世界历史趋势的假设性概括，无关乎美国是否被其他力量所代替。真正的问题并不是有关美国如何继续生存下去，而是有限政府和市场定向的经济秩序的制度观念是否能持久生存下去。我想我目前看不到其他的选择对象。

何：自由民主将可能遇到什么样的挑战和危险？和人类过去的历史经验，例如我介绍的中国的传统社会相比，它的内在的危机是什么？它有没有可能死于另一种"文弱"——亦即可能变得过于宽容、缺乏必要的调节？而如果它实行节制甚至某种强制，它会不会失去自己的特性？它如何处理像物欲泛滥、消费主义这样的问题？它追求平等，但是，人类是否将因此失去某些重要方面的优秀和卓越——而这些方面，人类也并不是不在乎的？

福山：你知道，我的第一本书的书名是《历史的终结和最后的人》，走向"最后的人"的过程是从民主社会的观念中引申出来的，这种民主社会是倾向于产生某种平庸而非卓越的，这就是现代民主。如果你观察美国社会，是一种很复杂的情况的，其中很多方面缺少德性的地位。你知道，在这个社会里，有许多东西并不是有吸引力的，但另一方面，它也造就了许多民主的个人，产生了许多不同的德性，所以这是一幅很复杂的图景。民主社会并不直接产生道德德性，也不确保德性。所以你需要一些超越民主政治的东西，以保证扩展一个成功的社会。

我的另外两本书实际上是有关文化和价值的，除了民主制度，还有更多的东西需要提出来以帮助理解，因为制度本身是不够的。甚至只是使制度运转，你也需要一些比制度更多的东西。

何：你能简单介绍一下你自己的知识训练的背景吗？你如何看待来自左右两个方面的，对自由民主的批评？你认为他们的理由是否充分？还有像施特劳斯对古典政治哲学的重提，你是否觉得有些道理？

福山：我自己的知识训练的传统我想基本上是人文的。我对施特劳斯的理解是，他比别人更好地理解了自由社会不产生道德的德性的困难的问题。自由社会主要的德性是具有一种稳定性，但它们不产生伟大的人或者培养人的灵性。这也许是一种妥协。除了政治上可行，也许还需要一些别的东西来补充。但我想许多自由主义的批评者在广义上还是自由主义者，他们还是信奉自由，认为真正的自由本身就是目的。仅仅自由的最大化就能给人带来幸福，但仅有这些是不够的，人们不仅因自由而幸福，也还需要共同体、相互的承担和义务、家庭等等才能幸福。

何：你谈到过具有某种连贯性（coherent）的西方（the west），谈到过欧洲和美国的同异，你是否也愿意谈谈东方？东方是具有连贯性的吗？或者最好还是只纳入与西方相对而言的"其余"（the rest）的范畴来考虑？在你看来，日本是属于西方还是东方？你如何看待亨廷顿"文明的冲突"的观点？顺便问问：美日关系，以及你个人和家庭在美国生活的经验是否对你的学术研究有影响？比方说，你如何看待美国在二次大战期间囚禁在美国的日裔、日侨以及在广岛投掷原子弹？还有，你也愿意对中日关系或中国的历史和现状发表一点意见吗？

福山：我感觉朝鲜、日本和中国是如此不同的社会，以致我很难把它们看作是同一个文化体系或其各个部分。我更感兴趣的也是它们之间的差异而非它们的共同点。比如说，我觉得日本就是一个在传统和价值上混合了很多成分的社会。在韩国的社会冲突比在日本表现得更公开、更明显。在日本，与邻人有冲突你不容易看到，他们总是试图在门后面解决他们的问题。而在韩国，他们可能在街上示威，公开地斗争，所以，在韩国有可能比在日本产生更接近西方风格的民主政治。民主制度并不意味着排除冲突，而只是试图将冲突纳入和平的制度轨道。中国当然也是很不同的，我想，中国在许多方面都是令人印象深刻和富于思想刺激性的，而且它是如此巨大的、我不了解的一个社会。我怀疑中国只是适合于一种制度，因为中国人在加拿大、马来西亚等许多地方，当然也包括在中国本土都做得很好。

我想中国传统的"选举社会"是很不错的，如果它能保持一种持续的运转。古代中国做得很成功的一件事就是它创造了一种可以自我更新的官员科层制度。但它可能过于狭窄，会忽略在社会其他部分存在的有才能的人们，因为天赋才能是广泛分布于全社会的。另一个问题是这种古代的"选举社会"缺少一个民主社会的权力制衡和投票选举这样一些制度。我想，这里所涉及的是进展相当慢的一种社会体制，中国的农业在技术上也是两千多年来基本保持不变，在欧洲人到来之前没有很多外在的发明，也没有很多外在的威胁，所以能使这种选拔体制运转——只要这社会变化不是太快，不是太分散和受制于许多外在的障碍。在我看来，在这样一些条件下，社会能比较平稳，国家能比较有信心。就像新加坡，新加坡社会在过去40年一直运转很不错，有很有自信心的领导和很好的官员制度，有很能干的人在治理这个国家。问题在于，你能继续这样运转另一个40年吗？在国家面临外部竞争的条件下，在内部歧异的挑战面前，就可以看到这样一个社会的难题。日本在某种意义上一直经历着混乱的痛苦，它有一个很高水准的官员科层制，能从社会的高层吸收成员，官僚制度对社会有一种很大的影响，而在过去20年里，官僚制度变得相当腐败，受到执政党某些成员的相当控制。它正在丧失过去的职业水准。所以，我想，在官僚制度适应新环境的能力中，有一个长期变异的问题。我想"选举社会"在某些情况下能够达到相当高的运作水平，但附有许多制约和平衡机制的民主社会将保持一种更平衡的运转，而"选举社会"则可能有些时候运转得很好，有些时候运转得很糟。而民主社会却比较平均，不会时好时坏。

何：你如何处理学术研究和政治经验的关系？这些政治活动的经验，以及你早期的，对苏联和第三世界的研究对你从《历史的终结？》一文开始的这一段学术研究有何影响？而在你近十多年有关"历史的终结"、信任、社会和道德的解体及其重建，以及去年刚出版的有关生物技术对人类的影响的四部学术著作中，你认为是否有一种思想和方法上的一贯联系？你认为你的方法主要是社会学的，还是哲学的或历史学的？

福山：我想我从研究苏联中得到的一个经验是政治观念的重要性，这些观念能够产生很有力的冲击。所以，在考虑社会的形成和运作时，你必须很认真地对待这些观念。另一方面，也可以体会到一种观念的软弱性，因为，归根结底，即便你有很美妙的观念，你试图把它强加于社会,试图根据某些抽象观念来重新塑造社会时,你最终还是不能避免失败,因为根本的文化传统和社会根基会抵制这种外部的强加,或者说,这种抵制的力量还不是在社会中,而是在人性中。我们无法与这种制度相容。是人性使人们抵制这种社会工程,使人们不信任它。因为信任是涉及文化的,是涉及某种文化价值的连续性的,它影响到如何构成社会制度,某些社会制度为何运转,某些社会制度为何不运转。苏联是这方面的一个典型例子,你想通过一种意识形态塑造人们,这种塑造失败了,这种意识形态也就垮台了。然后旧的文化实践就回来了,种族认同、民族主义,各种各样19世纪的文化实践,每个人都以为早就消失了的东西,一下子又都回来了。所以,我想这展示了社会工程乃至政治的某种限度。

那么再谈到生物技术的问题。我前面谈到为什么社会不愿按设计的工程蓝图改变,因为人性对此施加了某些限制。例如家庭,它并不仅仅是一种传统的社会习俗和制度,它也深深地植根于人的生物本性之中,所以,人们对与他们有关的家庭成员有很强烈的忠诚纽带。在每一社会中,都必须处理这一事实,如果一种意识形态试图废除家庭,使家庭消失在国家或党之中，它就要遇到莫大的阻力。这就是这种社会终将不能运转的一个重要原因，而自由社会是不同的，因为它认定人是要自己作出选择的，国家不会干预他们，不会改变深深植根于他们本性中的喜好。再如积累财产的欲望也不仅仅是社会的习俗，它不是由社会创造的，而是我们的人类情感结构的一部分。所以，如果一个社会试图废除私有制，它也不会运转得很好。

何：最后，可以问问你下一步研究可能是有关什么主题吗？以及你对人类世界未来的十年、百年，甚至更长远的未来，愿意从政治经济或国际关系方面做一点预测吗？

福山：我现在有一个相当具体的公共政策的计划，是有关美国对生物医学的规则调节体系。这是一个很专门甚至狭窄的计划。我想，在我们的规则体系中有一个缺口，我有一笔基金来研究这个问题。我也是总统的生物伦理顾问委员会的成员，我们这个委员会每个月都会开会，以帮助设计这个领域里的政策。美国在有些事情上规则很严格，而在另一些领域内却完全没有章法。

"历史的终结"所意味的是，即便民主社会的运气在某个10年内不是太好，但从百年的长程观察，它还会是相当不错的。这也就像起伏波动中的股票市场，预测其百年的趋势要比预测其十年的趋势容易。例如，在1918年和1935年，随着希特勒和共产主义的兴起，欧洲的民主有一个大倒退，但是，放长到五十年，一百年，你就知道钟往哪边摆了。所以，预测民主制度的长程要比预测其短程容易。

依然留存的疑问

为了专心作答，桌上的电话铃响了几次，福山没有去接。但我提出的问题，福山也没有全都回答。而有些问题大概是必须保留于心的，因为人类生活经验目前的展开还远不足以使我们回答这些问题。

今天的世界已不是多个而是一个，历史也已成为总体的、全人类的历史。人类不可能再像近代中国人一样在接触异邦文明中寻找新的制度方案。人类如果失败大概也可能不再有新的避难地和栖息地以恢复生机和活力。所以，人类大概不得不更谨慎小心，更注意相互倾听和了解，吸取彼此的智慧。自由民主和市场也许是人们无可避免的选择，而且它们本身还包含有某种道德性，但我们可能需要比现在更多的调整和调节规则，并且，我们仍然总是要对未来变化了的情况中潜藏的重大危险保持警觉，以及对有可能适应这种变化了的情况的、异质的选择方案保持敏感和开放。

近代以来从西方席卷全球的市场经济和自由民主的外部制度来看，目前确实看不到什么可以替代它的敌手，所以，如果说有什么重大危险，可能就来自它自身的内部。我们也许可以初步辨认出以下一些方面的危险：一是由于它的精进和活力，率先实行自由民主或在这方面制度建设较完善的国家可能相当强大，但也可能变得独断和霸道，而一国内部的自由民主制度再稳固，也并不一定能逻辑地引申出一种合理或合乎道德的国际新秩序。另外，自由民主社会鼓励的价值多元和在此前提下实际占主导地位的消费主义、物欲主义可能导致人们无限制地向自然界索取，破坏自身的生存环境；或导致人们在科技上无限制地贪图新奇和暂时、局部的利益，就像今天的生物科技，甚至有可能改变人性和人类本身，乃至不仅"终结"历史，而且真的"终结"生物学意义上的人类。此外，这种过分泛滥的消费主义是否又能满足人类内部最深沉的精神信仰和文化超越的渴望呢？是否又能满足人们全面地追求卓越的渴望呢？这种在古代，尤其是古希腊表现最为显著的渴望和现代人追求平等的渴望，也同样是人性中根深蒂固的基本渴望，它们都要求得到人们的"承认"（recognition）。

近代以来的中国人经历了一些以很不同的时间长度为基准的时代或体验。以我自己所属的50年代出生的一代人为例，我们所承袭的中华文明经历了"千年"以上的历史，我们的少年时期则是在"万岁！万万岁！"的口号中成长起来的，而当我们进入成年，到了二十世纪的八九十年代，我们熟悉的提法则只是"五十年不变""一百年不动摇"。我们现在显然已经变得谨慎多了。我们不敢再轻言"千秋""万岁"，而是要"摸着石头过河"，而今天的中国也已经变化到绝不可能自外于世界。中国是否还可以有一种根本上不同于自由民主和自由市场的制度创新呢？而自由民主和自由市场本身的前途又将如何？即便人们信奉它，对它又是否敢有百年甚或千年的信心？

无论如何，福山的"历史的终结"的假设为我们提供了一个新的视角——一个尖锐、鲜明，从后倒着看，甚至类似于"末世论"的视角，只是这种"末世论"不是神圣的而是世俗的，不是未来的而就是现在的；而把握人类未来命运的关键，目前也许还仍然掌握在人类自己的手里。

第三辑

文学浏览

《圣人在读书》
十七世纪

愉悦与哀伤

克里斯蒂的小说和希区柯克的电影都是我的钟爱,虽然我大概还是更爱读克里斯蒂。看克里斯蒂的作品既有快感,又有哀伤,她的小说差不多都是命案,往往发生在一个封闭的地方:一个孤岛、一列火车、一条游船,或者一座远离其他住户的城堡或庄园。真正涉及命案的人物往往是五个以上,十个以内,他们都有谋杀的嫌疑,但最后被揭示的真正罪犯却还是经常出乎人们的意料,尤其奇特的是以凶犯自述口吻写就的几部小说(我本来已写下了这几部小说的题目,却还是删去了,以免让还没读过它们的朋友失去悬念带来的兴致)。

凶手的动机常常是因为金钱,但也有其他非理性却又合乎人性的动机。在这些小说中,主要的破案者是我们熟悉的两位:一个是比利时的私人侦探波洛;一个是生活在一个乡村里的老小姐玛普尔。这两人都年龄不小了,不仅没有神探亨特、007的功夫,甚至有点笨拙或弱不禁风,他(她)们不是警察局的职员,维护治安不是他们的职业,他(她)们是靠脑子,或者用波洛的话来说,靠"脑子里那点灰白质"破案。波洛喜欢甜食,喜欢听人恭维,玛普尔小姐则总是用她村子里的人来说事。

封闭性在某种程度上反映了人类的处境,而总是有犯罪以及犯罪的动机却反映了人类的本性。所以,又可以说,书中的破案者不能不老一点,因为他(她)们不仅是靠脑子、靠理性,也靠对人性的经验,靠必须积累多年才能老到的对人性的观察和体会破案。

也正因为他(她)们不是警局的人,是在法律之外,所以他(她)们倒常常能网开一面,如不揭开自杀的凶犯的某些秘密,或让名誉不很好的死者留一点体面。他(她)们甚至常常让有情人终成眷属,让某些死亡反而成为生者的解脱或欣慰,乃至幸福的开端。他(她)们在洞察人性的同时,实在是富有对人类的一种深深的同情,包括对人类经常要出轨乃至犯下罪恶的本性的理解、哀伤和怜悯。死亡过后,生活还会继续,虽然,未来有些罪恶也还是免不了的。

克里斯蒂的小说是令人神往的,其中就包括推理、猜测给人带来的愉悦。她的作品虽然有某种我们上面说到的"套路",但仍然是富于变化的,推理相当精密,很少破绽,对话精彩,耐人寻味,虽然开始可能会觉得有点沉闷。首先可能是各种人物的出场、谈话,好像和即将要发生的案件毫无关系,但已经有一种压抑的气氛,案件过后则是重重的疑云，波洛不断找人谈话，旁敲侧击，他有一个信念：认为犯罪者往往会在谈话中自己暴露自己。然后当别人都还蒙在鼓里的时候，波洛却已胸有成竹，召集所有当事人聚会，谈出他的推理过程，最后出其不意地指出凶手。

读克里斯蒂的小说有一种思维和推理的愉悦，但在愉悦过后，却也时常有一种忧伤，而这忧伤可能也同样吸引了我，这忧伤是对于生命的忧伤，不说也罢。但如果仅仅是前一种愉悦，我想她的作品大概不会那么吸引我。另外，她的作品还很干净，无意展示残忍、淫秽和恐怖，但你还是感到一种哀伤。

贵州人民出版社已经出巨资购得版权，推出了克里斯蒂的作品全集，网上还有克里斯蒂作品的中文网站，收罗甚全，喜欢克里斯蒂的读者有福了。

读赵园《独语》

赵园写的《独语》于1996年6月在辽宁教育出版社出版。作者生于兰州，在开封长大，1964、1978年两入北大，她说北大系于人物，但北大的"大"对其间人物也可能有致命影响。而她看起来是"弱小"的，1966年她曾因某种原因休学回豫南休养，1988年曾泪流满面，说以后再不想搞学术了。这一代人的经历也注定要颠沛流离，经受某种苦难。她给友人写到"文革"期间的巨大政治压力说：未来人是否还能想象我们所经历过的恐惧？她当时甚至临睡前要把小手绢衔在口中，以防在梦中喊出反动口号。她也写到"文革"的道德后果：在"文革"前，任何一种调侃都类似轻佻，而当撒谎被逼成普遍现象，撒谎已变成了"正义"，社会将为此付出怎样的道德代价？在某种意义上，正是先前的轰轰烈烈，为若干年后的商业化准备了条件，最后生活被世故弄得浑浊不堪，甚至孩子也老于世故。

读她的书唤起了我自己的一些尘封已久的经验：比如说她在12岁那年，家乡附近的小小拖拉机站曾给过她大量的幻想；70年代初在河南乡村插队的第二年，"我已认识到自己不易改造的顽梗本性"，放弃了打成一片的幻想，开始在夜间很快上门而不让农村姑娘坐满一屋,也在田间出神而不是努力与她们交谈。"在乡村中,我才知道,我如需要孤独一样地需要'群',甚至有时只为待在人群中,当待在人群中,却又神情不属。……我与那人群漠不相关,为了避开孤独而逃向人群,倒更像是为了在人群中享受孤独。"很可能一辈子就这样在这乡间、在这茅屋中生活下去了,但又朦胧地隐秘地怀着对于远方的渴望。那种渴望让人忧伤,你却不愿意放弃这忧伤。

赵园在1988年"泪流满面"时实际上已经在文学研究方面取得了相当可观的学术成果,但还是会"泪流满面",会有厌倦,会有一种致命的无力感,会对有些人那样容易"志得意满""大言不惭"感到失望,更会对自己失望甚至绝望。这里重要的不是别人的评价,"我惧怕的是我自己"。世上似乎有两种相对极端的人,一种人如有些政治家,他们总是极其自信,没有任何犹豫和恐惧,总是不假思索地勇往直前、敢于斗争、敢于胜利;还有一种人却常常不自信,犹豫不决,怀疑自己的能力,也害怕伤及别人,害怕弄脏自己的手,例如留下遗言说要烧掉自己作品的卡夫卡,例如在逃过边境线时遇到障碍即自杀的本雅明。你愿意做哪种人?或不如说:你是哪种人?

当然,认识自己并不容易,急风暴雨的革命时代过去了，许多粗暴的、使人恐惧的东西都过去了，作者在看革命大型文献片时，突然恸哭，这突如其来的激情事后使她惘然："我何曾了解我自己！"

1988年之后，赵园听友人的建议"试试明清"。1989年初夏到1990年，她用一年时间读《诸子集成》《四书集注》，1991年秋通读《明史》，1992年冬在香港中文大学读台湾版《明清史料汇编》，归读大量明清文集，再积数年之力，终写成功底扎实、见解独特的《明清之际士大夫研究》，受到广泛好评。但她明白自己的限度，说我们都是过渡性人物。这一代人几乎可以说是没有青春的一代，是没有青春的欢乐和享受的一代，但这一代也不容易矫情，他们实在经历得够多。

另一本《独语》

我一直暗中得几位女性作家和学者之益，喜欢读她们的作品，吃惊和赞叹于她们的观察力和想象力，以及对时代感觉的敏锐和思想的清明，甚至时有"须眉不如"之叹，这其中的一位就是王安忆。

王安忆以小说著名，不过我今天在这里不谈她的小说，而是谈她的一本散文集——即与赵园的书同名的另一本《独语》，由湖南文艺出版社1998年4月出版。

这本散文分为三辑：第一辑是关于生活，第二辑是关于写作，第三辑是关于阅读。作者1970年4月赴安徽五河县插队，1972年11月考入徐州地区文工团，演奏手风琴和大提琴，1978年调回上海。她谈到家庭的生活，家务是必须干的，自愿干的事情则有看电影、看电视、集邮、集币、看画、上街花钱、看克里斯蒂的小说等等，原来想两地分居浪漫，但后来还是向往一地幸福，到一地又生出许多烦恼，但虽然如此，"还是有个家好啊"。

在一篇"本命年述"中，王安忆述其写作过程甚详，1983年从爱荷华回国后她也曾有过一段写作上的苦闷期，至1984年秋写出《小鲍庄》才又开出一条新路。1985年到

1986年集成《荒山之恋》和《海上繁华梦》两书，1986年秋动笔写《流水三十章》，写一个孤独与反自然的英雄汇入人流，开始普通人的生涯。后来她还有许多鸿篇佳作，她似乎总能突破自己，而且相当高产。

应该说，她从数年的插队和下乡生活中榨取出了足够多的写作题材和内容，我一直惊异于她怎么能那样细腻地观察和记述生活，她大概是在充分地调动自己的生活积累方面做得最好的一个作家，而这也许是因为她不仅有插队知青点的经验，还有文工团时期面上的观察和一定的自由和闲暇。但更重要的可能是，她曾经在那段时间里非常用心地生活过，对人心和人性有相当深入的了解。

她也谈到插队"与农民无望缩短的距离"，而自立户"既与农民隔阂着，又与知青同伴们远离着"。有些人大概总是会有某种内心的、无法排遣的孤独或疏离感，有些事也只能独语，没有办法。

但说实话，读王安忆这本散文不如读她的小说使我感动，并且，如果与赵园的同名书做一点比较，我可能还是更喜欢读赵园的《独语》，后者的"独语"更像"独语"。在那里凝结着一种悲凉之气，更能够渗到心底。我感觉赵园是写得慢的，而王安忆是写得比较快的。当然，这也许是因为我采取了一种学者的视角，作家往往是写得快的，而学者的散文可能要慢得多，较为迟滞、不那么流畅，但也可能更深。赵园的《独语》似乎更苍老，更从容，也耐读，像秋夜从屋檐下滴下的雨水，更值得回味。人文，尤其是历史方面的学者还常有较深沉的古典修养，有更多的读书经验。但是，对于生命的感觉当然是最重要的，而在这两本《独语》中，我们都可以感到一种女性对于生命的深沉而又细致的真实体验。

市井与高原

我自己到现在还没有读过阿坚在报刊上公开发表过的诗，我所读的只是手头一些他自印的集子，他那时赠诗时多自署"大踏"，未看到署名前却听成"大塌"。但这里还是循例叫他较响亮的名头"阿坚"。

我手里有的这些诗稿一共有21辑，印在便宜的泛黄的白纸上，最早的一辑是1987年6月《多余的日子》，收诗32首，如果加上"代序"是33首，最晚的一辑是1991年5月的《自然的风》，无序，也是32首，标明是第41辑，也就是说，我手头的21辑，600多首诗，只是从1987年到1991年中印出的他的诗歌的大致一半。阿坚这位自认的"懒人"，实际上够高产的了。

阿坚的诗的艺术性或者还有思想性自有行家评论，我这里只是想说一说我自己的一点阅读印象。第一个印象是很好读，所以，我还以为阿坚的诗早就可以像王朔的小说或王小波的杂文加小说一样流行了，因为，在我看来，他们仨在某种意义上是可以归为一类的，而阿坚也自有他的天分，他的诗挺有趣，平易近人，不怕往下流，也不是只写了一首两首，我，还有我的不少朋友从读他的诗中得到过许多快乐。但情况看来并不像我以为的那样，这大概不是那个诗人的命运不济，而是诗的命运不济，诗的形式确实不再行时了，即便是好看的诗，也不容易被大家看好。阿坚现在也不只写诗了，他还写散文。

阿坚的诗都写些什么？我这里不妨引他在《平俗而私自的日子》一辑中最后缀合各首诗的标题构成的一篇"目录魔方"：

现在幽默很时髦

你为立春敞一会儿脖领

骑肥操瘦，啤酒速度很快

干完事一碗兰州拉面

说话算数的时代已过

新式太监生活，重新返归沉默

你对女孩子随和老芹菜般的爱情

疲软的钟，忽然接到绝交书

在上帝的胸膛里

有时我们冲破语言

我的心又多了一张嘴

没有人对你喊声"滚"

等待怀念，只留一件事不做

现代艺术展，逼你说到做到时

我们是一锅熬菜，四不像

这回她爸爸也来了

你不知道什么叫妻子

也许这孩子该叫你爸爸

你的影子比你值钱

你被留在了旧时代

琐屑的日子很温和

希望自己是一条忠诚的狗。

下面我也学样，把我手头有的那些诗辑的名字连缀起来，以便读者对他的作品有一点大致的印象。那些年，作为一个无职业的、流浪的单身汉，作者度过了《多余的日子》《莫名的日子》《摸不着的日子》《猥猥琐琐的日子》《懒散的日子》《平俗而私自的日子》《把不住精神的日子》；他尝试过《自由的霹雳舞》《摇滚新谣》《实验歌词》，进行过《黄河练习》和《城市练习》，记录了《1989·北京》，却不知《摇滚一九几几年》；去了几次青藏高原，于是就有了《阿里速写》和《大峡谷》；见识了从《靠不住也看不见的风》到《自然的风》，《依然想爬出无聊》，但还是复归《温暖的腐朽》。

从以上题目也许可以测出阿坚的诗的广度，至于深，他说"远也是深"：地底下有水，远处也有水，不能掘井没关系，可以去挖河，不能往高了加，你就往宽了垒。没有一杯好酒，次酒也喝两杯，他很随和地写道：

> 思想窝在井底，再也深不下去
> 但不要停，请横着向两侧发挥
> 就像亲爱的没做好深深的准备
> 你就先爱她的眼睛和她的光辉
> 不能闪电般深刻就云一般宽慰。

浅一点还不仅是一个能力和气质问题，还是因为这一个时代。你生活在这个时代要还活下去就不能总往深里看，这个时代是不能去太深究的，好了你看到一个有甘洌泉水的深井，糟了你看到一个黑漆漆的深渊。一个常被人认为是深刻的英国思想家伯林处在他认为是有史以来最坏的20世纪依然活得安详和愉快，他说他的愉快来自浅薄："别人不晓得我总是活在表层上。"一个德国人西美尔也说："对于比较深刻的人来说，根本只有一种把生命维持下去的可能性，那就是，保持一定程度的肤浅，因为，如果他要把对立的、无法和解的冲动、义务、欲求、愿望通通按它们的本质所要求的那样深刻地、绝对彻底地深思下去,则他就必然会神经崩溃,疯狂错乱,越出生命以外去。在某个深度限界的彼岸、存在、愿望和应当这几根线条是那样的分明和强烈,以至它们必然会把我们扯碎。只有当人不让它们深入至那个限界的彼岸时,人才能把它们远远地隔开,从而使生命成为可能。"

所以,不仅昆德拉会体会和描述人们的"生命之轻",欣赏"人间的笑声",远为严肃的深具道德感的哈维尔也会在组织抗议重大集会的中间,抽空去参加一个荒诞派作家似乎有意放纵打闹的活动,否则,如果没有了放松和笑声,一个人的脸庞就会因为这个人所面临问题的严肃而变得越来越严肃,"那么,他就很快会变得僵硬和成为他自己的雕像"。

当然,作者本来也就没打算有意往深刻的思想家,或伟大的诗人、作家那儿奔。他说他不写太阳、女神和崇高,并且没办法,一张嘴就是下流话,倒也觉得下流话是目前最生动的话,由此觉得文学很好玩,那么多词可以自由组合,可惜它们目前都滑向较低的水准,真希望那天出现新的上流语言,因而凭语言把人从下流那里,逐步拯救到上流来,而当下也就只能大狗小狗赶紧可着嗓门叫了。他写的内容也是些随便的人和事儿,为的是"也换俩酒钱或是女孩子的同情",有人骂你写东西简直像小孩撒尿,你一拍大腿,说"那真是莫大夸奖,那种宣泄和舒服跟人最有关了,是多么流畅自然的举动呵"。但一方面你还在等,"懒懒地等待,等待圣洁,一边做些庸俗的事"。他生活中有一帮"高雅"的朋友,也有一帮"庸俗"的哥们,而一个自认的定位大致是:

> 你像座桥也许脚搭在高山之岸
> 而你的头呢却枕着下流之滩。

在阿坚的诗里,并不是没有一种深藏的忧伤,甚至有时还表现出一种沉痛(如《城市练习》),但总的说,他的忧伤所直接生出的是懒散,是放慢节奏的随波逐流,你很难直接看到他的忧伤:

> 你的忧郁酒也冲不化
> 忧郁如网,酒都漏过去了
> 漏到低贱的肠子里快乐去了
> 忧郁之网仍旧支着心和眼睛

他也描述乃至歌颂肉体、自然和世俗生活,但绝不像惠特曼那样豪迈地歌颂。他注意的主要是市井生活中那些平淡而有趣（你也可说是"无趣"）的东西，并且用一种自嘲和无奈（你同样也可说是"无赖"）的方式表达出来，比如说城市的喧嚣、地铁的拥挤、无钱的窘况、今朝有酒今朝醉的快意，与各种女人的关系，和老乡、大妈、大嫂的交往。这些生活的场景有赌场、澡堂、宾馆，尤其是街道：

> 你的四周每天都出现街道
> 进口的高速车开不快排队等路
> 旁边的自行车道却一片小腿乱蹬
> 遇红灯不耐烦更不耐烦罚款
> 地上的痰比监察痰的人渐少了
> 站台等车人烦时也围围瞎二胡
> 有时摸半天也不是一个子不扔

他有一些全景似的叙述，有时也只写一件事：

> 明晚去他家聚会邀你也去
> 要你带个漂亮姐或者肥母鸡
> 你问人难看鸡瘦各带一半行不
> 他说人若难看鸡就得更肥才行

你买了两鸡又想起一个小甜脸
　　出来开门的她竟是一个大肚子
　　她抱歉说年初结婚也没通知你
　　又问干吗这么客气给我买鸡吃
　　你噢噢着只说让她补养补养
　　丢了鸡赶紧找上月才见的她
　　她肚倒没大长得大方多于美丽
　　聚会的路上见别人不是拎着鸡
　　就是挽着人，他们都一只手忙
　　拎鸡挽人只有你两手都没闲着
　　鸡没吃完，跳舞时女的多一位

　　阿坚的诗中经常表现出一种对于现代加速了的时间的痛恨。诗里的主人公甚至想砸碎所有钟表，说"第一怕戴手铐，第二怕手表；第一怕被枪毙，第二怕被闹铃叫"。他希望待在不知年月的山谷里，愿意一九几几年就一九几几年，他说"你着什么急"，一万年不久，"时间让出万年像让出一滴水"。他有时抱怨这走得太快的时代，说这"世界太勤快了，可怕"，说自己赶不上这新时代而被留在了旧时代：

> 时代变迁，人们大转移完毕
>
> 你一步没赶上就永远也赶不上了
>
> 你们被留在了旧时代
>
> 成了最后的掩护，缓缓地牺牲
>
> 缓缓地爱上这大势已去的凄清
>
> 你们在荒芜的家园自唱着挽歌
>
> 在躺倒之前也望望遥远的现代
>
> 摹写眼前这些即将消失的景物
>
> 把它们一张张洒在祖先的墓园

阿坚的诗里的主人公看来多些懒散的人，是一些如本雅明指称的"游手好闲者"，这一类人的特点主要是"张望"而不是"参与"，他们不是时代的"弄潮儿"而是"观潮者"，他们当然有时也沾一点儿水花或者余泽，甚至也泡在浑水里，但绝非在潮头上擎着红旗的引人注目者。在相当"俗"甚或有点儿"痞"的方面，阿坚的诗的风格也许有些类似于王朔的小说和王小波的散文，他们也大致是同龄的一代，这一代人的青春经验大概是世界上独一无二的青春经验，我这里指的是"文革"中的青春经验。说是革命，但又没有真的流血牺牲创造出个新世界；说是闹剧，但又真的结结实实地批斗，踏踏实实地吃苦，绝不像1968年法国巴黎的大学生那样始终尽兴狂欢似的造反。如果说60年代晚期法国年轻大学生的那场造反是"找不到明确敌人的造反",中国年轻学生的这场"造反"则只是一场"受控的造反"。他们也曾满腔豪情地想放眼世界,主宰沉浮,但却被一下甩到了社会底层,与土坷垃打了多年交道,也就真正体会到了什么是"芸芸众生""饥寒交迫"和"慢性绝望"。我相信,中国这一代知识者作为整整一代人,对社会底层的深入了解大概是现在世界上任何一个国家的一代知识者所不及的,也是他们后来的年轻一代所不及的。他们从青年到中年所经历的先是"革命"后是"市场经济"的社会变革的快速流转,大概也是其他国家的知识者没有经历过的。而在如此令人头晕目眩的转变及生存的压力下,他们染上了一种"游戏"的气质就不奇怪了,你可以说这有点"痞",但也可以说这是一种"柔韧"甚至于"坚韧"。他们对那些崇高、神圣的字眼不再是那么在乎了。曾经"革命"过的作者在诗里也同意把腿借给新的"革命"使使,说"革命比音乐女人更刺激"。但他已经不像新的一代那样投入了,自然也不像这更年轻的一代那么轻松快乐地忘记。从这方面来说,诗里的主人公又还不够俗,不够"群众","顺着时代,平俗的是老百姓,革命的时代闹革命,挣钱的时代挣钱","但你太懒了,已病到心根了"。

阿坚的诗里的主人公的生活看起来和周围的俗人没什么两样，也许只是来往的各色女性多些，喝的酒多些，他像许多普通人一样爱朋友，爱妇女儿童，爱马和羊，喜欢跟人打交道，甚至招之即来。但他有时也希望自己孤独一会儿，他心中又还有忧郁甚至沉痛，他还喜欢上高原峡谷而不是在家嗑瓜子，尽管他认为，你不能批评人家嗑瓜子。他在写到西藏阿里的时候倒是充满感情，从不调侃。他觉得阿里是世界上离天最近的地方，离别的星球也最近，这里的阳光已不是光，而是从天而落的一种力度和生命，仿佛直接就能使牛羊女人怀孕。它简直就像是地球之上的另一个星球。这些世界上最伟大的山野，像固体的风一样压进人的眼睛，压稳你的心，就像英雄压稳女人。在那里你能感到一种神祇的召唤，你不得不拜，叩也是拜，仰也是拜，不拜也是拜。阿里的藏人不知道什么叫"自由"，却自由地在大草原上活着，他们也不知勤奋、纪律、时间为何物。阿里的"群众"是那些藏驴、羚羊和野牦牛，在那古老的庄园里主人般地嬉戏。他甚至呼吁保有这荒原，保留这唯一的无人区，让它永远是动物的王国，不要科学，不要好事的人，更不要人造的神。人要进入，要申请做过把他们变为藏驴牦牛的变种手术之后才能进入。

他热爱高原，然而他又深知自己无法真正属于高原。

他甚至知道高原人也许会像乡下人一样说"滚回你的城里去",而他又归根结底还是一个城里人,也习惯了做个"猥琐自得的城里人"。他总归大部分时间要在城里过日子,可还是会想着乡村、山野和高原,会不时想回到它们那里去。

90年代以后,我和阿坚来往就很少了,我越来越龟缩到学院和书斋,做一种据说是"学术"的工作。这也许仍然可以算是一种"生活",但它离市井和高原都相当遥远了。阿坚80年代早期就辞掉了工作。而近些年,我们终于目睹了他在80年代描述的市井生活大规模乃至全社会地展开。阿坚也许首先是一个世俗生活的歌手,现代生活的歌手——当然,他只是那种不紧不慢,身处其中、自得其乐而又带点自嘲和无奈的歌手,因为他心里还有另一块"高原"。我想,他心里大概是很珍惜这"高原"的吧,他没有让它成为一种时髦的消费品。无论如何,当现在我坐在这书斋里重读他的诗作时,感觉在一阵市井的风、街道的风之后,又吹来了一阵山野的风、高原的风,它们都是活跃的生命的气息。

初读《黄金时代》

读《黄金时代》，首先吸引我的是其中的逻辑。王二插队那地方的队长说王二打瞎了他家母狗的左眼，王二若想证明他的清白无辜，只有以下三个途径：1.队长家没有一只母狗；2.或者该母狗天生没有左眼；3.王二是无手之人，不能持枪射击。不巧这三条一条也不能成立。王二知道是谁打瞎的，但他不能出卖朋友。然后，又有传闻，说王二与另一个队的医生，丈夫坐狱的陈清扬搞破鞋，要证明他们无辜，只有证明以下两点：1.陈清扬是处女；2.王二是天阉之人，没有性能力。不幸这两点又难以证明。

这大致就是黄金时代的辩诬逻辑：如果说你是8，你证明你是7，是6，或者是9，是10都没有用，你必须证明你是0，或者根本不是个数字才行。余者可以类推，比如说你"反动"，说你是"坏人"，大致也都得如此证明，也就是说，你必须证明你根本不会动，你根本不是人才行。当然，这些证明都很难。不过，王二也有自己的办法：一天他借了朋友的气枪上山，看见了队长家的母狗，就射出一颗子弹打瞎了它的右眼，这条狗既无左眼，又无右眼，也就不能跑回去让队长看见了——天知道它跑到哪儿去了。对于搞破鞋的指控，大致也是如此办理，因此才有了一个咸湿的故事。但是，在那个时代里，许多人并不是都能有王二这种办法的，于是自戕者有之，发疯者有之；真的反动、真的不再动，真的不再是人者也有之。

王二后来出息了，还写了篇哲学论文，他举出下面两个推论：1. 凡人都要死。皇帝是人，皇帝也会死。2. 凡人都要死。皇帝是人，皇帝万万岁！这两种说法王二都接受。他认为在他所在的世界上存在着两个体系：一个来自存在本身，一个来自生存的必要。只是具体应用时必须做出判断，事关存在，就从大前提、小前提，得出必死的结论；事关生存，那就高喊皇帝万岁万万岁。通过学习和思想斗争，最后可以达到这样的境界：可以无比真诚地同时说"皇帝必死"和喊"皇帝万岁"，可以无比热情地同时唱"从无救世主"和"出了大救星"。

我们很少读到真正有哲理意味的小说，我这里所说的"哲理"不是明确的道理，而恰恰是暧昧的，刺激人思考和分析的东西，如卡夫卡的小说所提供的。我想，八年前出的忆沩的《遗弃》是一本，不过它很快就湮没无闻了；最近史铁生的《务虚笔记》也是，但也罕见书评。王小波这本书也应当算，哪怕就凭作品的直接描述及其中隐含的逻辑，其中还有许多看似荒谬的故事，例如王二总被老鲁追逐、武斗守楼等等，当然，最耐人寻味的还是王二这个中心人物。

王二想按他真实的本性去生活，但是，他又生活在一个有相当多禁忌和面具的时代。王二是少有的一个在那样一个掩饰的时代里不加掩饰的人，所以他老是磕磕碰碰。王二对强者不以为然，有时也有损招，但一般并不正面对抗，对女性、弱者、受害者相当心软，甚至有点怜悯，但这种怜悯一般总是隐藏得很好，只是偶尔一露，例如在贺先生横死、刘老先生馋死的时候。王二碰到障碍并不想斗争或者率众反抗，他的办法是不争辩、不正面对抗，不妨有一些妥协，他不执着，对什么事都有点无可无不可，但基本上还是我行我素，让别人无可奈何，他自己也无奈，但绝不是一种沉重的无奈，而是轻轻松松的无奈。他的许多行为迹近"下流"，但他并无恶意，并不想伤害谁，他甚至可以说是经常做好事的，虽然这好事满足了对方的心愿，却被社会视为"坏事"，他做这种好事也没有明确的目的和强烈的热情，当然也不是损己利人、舍身饲虎。他有几分义气，也有一点痞气——而这种痞气也许是为了对付同样带有一点痞气的时代，这种痞气是一个时代的产物，在一个一本正经的时期之后，时代突然放松了一下，虽然放松了一下又马上收紧了，但一旦尝过这种滋味，本性如此的人就再也不愿意放弃了。

王二到底是一种什么类型的人物？是一个"反英雄"？一个"局外人"？还是一个"多余人"？是一个现代"游侠"还是一个都市"流浪汉"？是更像堂吉诃德还是更像唐璜？甚至王二到底是几个还是一个？我们都不太清楚，但无论如何，王二这样一种形象、这样一种对生活的感受方式、这样一种记录时代的方式都是极其独特的。王二是一个不想与时代对抗但还是有点不合时宜的人物，然而又恰恰要由他来看这个时代——由一个不合时宜的人物来看这个时代，也许是再适宜不过的了。王二这一形象的意义尚难判断，但却足以使作品传世了。

对《黄金时代》我只是初读，又是仓促交稿，只能谈些印象。我感觉作者对语言的把握极具功力，包括在古文与外语方面都有很好的修养。作者对小说形式可能性的探索达到了竭尽其所能的程度，具有相当的创意，其叙述的角度和方式不断转换，令人耳目一新，但是，对形式的探索也有可能失去一些读者，包括一些作者并非不介意的读者。作者一种独特的幽默感和想象力则使人印象至深。语言、想象力和幽默感，这已经可以成就一个很好的小说家了，而我还感到了作者的一种深厚、开明的智慧和学养。所以，这样一个作者的骤然离去，不能不让人感到极其痛惜。在一个大量制造印刷品的时代里,好作品很容易被淹没,于是我希望有好的批评,好的批评的一个重要标志就是能在某种程度上对抗这种淹没,预先指出那在时潮退后仍然会屹立的东西,而不必以作者的死为代价。

不合时宜的人
——王小波小说中的主人公

一、王小波的小说

我赞同王小波对自己才能的这一判断,即和他一样认为:与写杂文相比较,他还是更适合于写小说,他的随笔、评论尽管写得足够好,但对他来说还不是最好的,不是他最拿手的形式,他的小说还是比他的杂文更胜一筹。杂文、散文在一段时间里客观上扩大了他的影响,包括他的小说的影响,但他的小说无疑有更久远的留传的价值。

小说更具个性化,也更具创造性。而小说也可以成为一种"思想小说",如艾晓明所指出的:"(王小波)把小说变成了一种思想的方式。在小说中,他的想象、运思、推论比他后来在杂文中进行的思考要复杂得多,也深邃得多。这也是他要做到的,即让小说有趣,并且,充满思维的智慧。"(参见艾晓明、李银河编《浪漫骑士》,中国青年出版社1997年版,第12页。)

然而,无论作品可以包含何种思想,小说必须首先是小说,必须有对小说这一种形式的力求完美的追求,要写好小说还必须具有另外一种才能，而王小波相信自己是具有这种才能的，这也就是他最终要选择小说作为他的主要事业的一个重要原因。在一篇名为《我为什么要写作？》的文章中，他说："如果硬要我用一句话直截了当地回答这个问题，那就是，我相信我自己有文学才能，我应当做这件事。"（《黄金时代》，花城出版社1997年，第5页。）他认为他能干这个，"别的事我干不地道……小说我是能把它做地道的"。（《浪漫骑士》，第215页。）在《黄金时代》的"后记"里，他相信读者读过小说后会得出这样的结论：还没有人像他这样写过我们的生活。王小波也的确以自己的作品在文学界独树一帜，他创造了他自己的特异风格、他自己的独特的人物形象。

王小波所处的时代、家庭和他个人的生活道路却似乎都不鼓励他走上写小说这条路。他家里的家训是不准儿女学文科的，在他成长的年代里，在他的祖国，胡风、路翎被关进了监狱，老舍跳了太平湖。而在当今的世界上，一个严肃作家一般也挣不了钱，"有时还要倒贴一些"。王小波自己插过队，当过工人，上大学学的是贸易经济系的商品学专业，后又到美国这一个永远处在经商热中、有很强大的挣钱刺激和良好的挣钱机会的国家，而他对自己的写作才能也不是一开始就具有信心的，有几篇现代小说的名篇甚至曾经使他感到害怕，感到泄气，使他一度打消写作的念头。但他还是忍不住，他说他身上"总有一种要写小说的危险情绪"。这是不是那潜在的写作天才还是在他身上起了作用？总之，尽管绕了一个很大的圈子，他还是回到了他早年对小说的爱好，恰恰是在美国，他开始有意识地、全身心地投入写作了。他最后所选择的仍是他最初的志向。而且，他也终于写出了让别的一些"读小说的人狂喜，打算写的人害怕"的作品。

然而，这成绩并不是当时可以预知的（甚至今天也难说得到了公认），当王小波开始向这条路奋斗时，面前还是一片茫茫，他不知道他究竟能做出什么，而即使在其呕心沥血的作品写出之后，仍有很久得不到发表的机会。这需要时间，还需要机会。在许多人看来，他当时的抉择无疑是不明智的、不合时宜的。王小波自己把他立志写作这一过程描述为反熵过程——跟大多数人相反的、趋害避利的反熵过程。即便没有了被斗被关被杀的危险，写严肃小说也绝不是一个挣钱的行当，而且，看到书店里像卫生纸一样多的书胀满了架子，也真让人泄气，我们生逢的时代尤其是一个印刷品极其泛滥的时代。但在王小波看来，如果人人都追求趋利避害的熵增过程，大家都顺着一个自然的方向往下溜，最后一定会在一个低洼的地方汇齐。总得有些人，哪怕是很少数的人尝试一些别的事情，尝试一些别的相异乃至相反的过程，否则，这世界也就太无趣了，人类也太没劲了。

应该说，王小波心里早就有了这样一种不满意于平庸而渴望卓异的冲动，这种冲动比较起他对于自己才能的意识来，也许提供了更为持久和强大的力量，促使他像一个"苦力作家"一样工作，乃至最后倒在工作台前，他在早年的书信中写道：他"坚信每一个人看到的世界都不该是眼前的世界"，都不该只是些吃喝拉撒睡，"人无论如何也不应该再是愚昧的了……人们没有一点深沉的智慧无论如何也不成了"。"人没有能够沉醉自己最精深智力思想的对象怎么能成？没有了这个，人就要沉沦得和畜生一样了"。"我从童年继承下来的东西只有一件，就是对平庸生活的狂怒，一种不甘没落的决心"。"将来某一个时候我要试试创造一点美好的东西，我要把所有的道路全试遍"。（分别见《浪漫骑士》，第156、158、159、154页。）

所以，与之亲近的人感到他的作品虽然看起来用语粗鄙，而其"内心其实极其优雅"（同上书，第3页），又感到在他那貌似轻松旷达的幽默底下，实际上相当抑郁，作品中有一种最深邃的忧伤，谢泳评论说王小波"小说的意义就在于他有贵族精神"（同上书，第255页），如果我们了解了王小波的早年心情，这些感觉和评论就不是突兀而是颇贴切的了。这里所说的"贵族"不是社会的贵族，甚至也不是精神的贵族，而只是一种贵族的精神。"贵族"在这里只是个借用，因为这种精神和血统、世袭、种族、阶级并无关系，它在很多人那里不存在，在有些人那里也只是有些时候存在。这种精神不必张扬，甚至不必说出来，它是很内在的，就像维特根斯坦所说，你有你自己的屋子，你甚至可以把它锁起来，不让人窥见，不必特别向别人指明这件事。有这种精神萌芽的人却应该惦记着它，不必为它脸红，更不必因与众不同而有意压制它，相反，他应该努力培育它，有可能的话还让它长成参天大树。王小波曾经告诉他的外甥，所谓艺术应该是这样一种东西，它是一群处于社会中地位比较高的人做出的使处于同样环境的人感到舒服的东西，虽然在现代社会中，这"地位"只是心照不宣，这"舒服"也许只能做到互相安慰。王小波的作品对读者有一种要求。在一种喜闻乐见的形式和题材之下（比方说以一种幽默的口吻叙述的性的故事），他的小说艰难地寻找着更深层的心灵沟通。

王小波在回顾他1995年的工作时写道："创造性工作的快乐只有少数人才能获得，而我们恰恰有幸得到了可望获得这种快乐的机会。"这快乐对他来说就是写作和思考。

如果说某些创造性工作的快乐确实只垂青于少数人——而且这有时就主要是由于他们的天性,那么这里也就确实有一种不公平,不过不是社会的不公平,而是自然的不公平,而补救的办法是什么呢?是拉平,让这些较幸运者向低看齐,抑或不如让这些较幸运者就其所长尽力而为。当然,他们不应凌驾他人,不应索取社会特殊的奉献,他们的主要收获和快乐应当就在那创造的过程之中,就如王小波所说:"现有一切美好的事物给我的启示是:它还可以更多地有。而最美好的事物则是把一件美好的东西造出来时的体验。也许这就叫作人文精神。但它不过是一种工作的热情而已。"(《浪漫骑士》,第16页。)

我相信,在王小波的早年书信中隐藏着他后来文学创作的一些秘密。他在1978年给李银河的信中向自己提出过这样一个问题:"什么是文学的基本问题?"他的答案是"人可以拥有什么样的生活?",而不是"人们现在过着怎样的生活?"一类问题。他感到"在人世间有一种庸俗势力的大合唱",说小汽车、洗衣机、电视、大衣柜这一切都和他的人格格格不入,说人不仅不可以是寄生虫,不可以是无赖,"人真应该是巨人"。然而,"好多好多人身上带有爬行动物那种低等、迟钝的特性","他们是真正的唯物主义者,把自己当成物质,需要的东西也是物质,所以就分不出有什么区别"。(同上书，第163—166页。)

另一方面，尽管他说他灵魂的核心害怕黑暗，柔弱得像绵羊一样，但他并不像雨果那样"深深敬畏幽冥"，"幽冥是幽冥，我是我。我对于人间的事倒更关心"；尽管他站在海边时感到了无边无际的幽冥，后来他还是拍拍胸膛，心满意足地走开了。他说："虽然我胸膛里跳着一颗血污的心脏，脑壳里是一腔白色泥浆似的脑髓（仅此而已），但是我爱我自己这一团凝结的、坚实的思想。这是我生命的支点。"神圣的幽冥与庸众的肉麻"全都不合我的心意"。他想努力弄清的是："撇开灰色的社会生活，也撇开对于神圣的虔诚，人能给自己建立什么样的生活。"他不信大众也不信上帝，当然更不信权力及其话语。他是一个始终一贯的人文主义者，追求的是人间的优秀和卓异，欣赏的是人生的乐趣，其中最重要的又是思想和创造的乐趣，尽管王小波的作品中包含丰富的性的内容，但对他来说，主要的乐趣并不是食，甚至也不是色的乐趣，他认为吃和性的快感都过于简单（见其"思维的乐趣"一文）。这种趣味自然是和相当多的人的趣味所不同的。这预示了他后来作品的一种思想定位：处在神圣与凡庸之间。他在给李银河的信中说："我们生活的支点是什么？就是我们自己，自己要一个绝对美好的不同凡响的生活，一个绝对美好的不同凡响的意义。你让我想起光辉、希望、醉人的美好。今生今世永远爱美、爱迷人的美。任何不能令人满意的东西，不值得我们的屈尊。""我们这种人的归宿不是在人们已知的领域里找得到的，是吗？谁也不能使我们满意，谁也不能使我们幸福，只有自己作出非凡的努力。"这里的"我们这种人"自然不是指所有人，甚至不是指多数，而只是指少数人，这种对人的，仅仅是人的，主要是人的精神和文化上的优秀和卓异的追求在现代已显得有些落伍，但古人对它却并不陌生，它在古希腊，欧洲文艺复兴和中国的历史文化中都曾经辉煌地展现过，都曾经在社会的层面起过主导作用，但在现代社会却似已成涓涓细流。

王小波确实感到了一种悲哀，他觉得，在我们这个国家里，只有很少的人觉得思想会有乐趣，却有很多的人感受过思想带来的恐惧。(《浪漫骑士》，第32页。)许多人害怕思想，即使不害怕，思想对他们也常常是一个负担，而并不带来多少乐趣。而且，"你的思想使你挣了许多钱吗？"（借用陀思妥耶夫斯基《罪与罚》中一个女仆对一个穷大学生的话。）他意识到自己没法说服一个无趣的人，"有人有趣，有人无趣，这种区别是天生的。"（同上书，第57页。）或者更正确地说，不同的人有不同的乐趣，不少人不会觉得思想有多快乐。但他说他不能领会下列说法的深奥之处，不能理解为何重建精神家园，恢复人文精神，就要灭掉一切俗人，尤其是风头正健的俗人。他又是一个坚定的拥护多元和宽容的自由主义者，他实际上比一些义愤填膺的作家更为理解和尊重大众。他说他只是希望：假如质朴的人们能把自己理解不了的事看作与己无关就好了。这实际上是赞成一种各得其所的互相独立，也许我们可以说，他在心里隐隐地希望着一种追求人之优越的理想可以与一种自由主义的普遍伦理并行不悖。

二、王小波小说中的主要人物：王二系列

"王二"是王小波"时代三部曲"中主要人物的象征符号，"王二"们在其中构成了一个系列。作者看来对"王二"情有独钟，"王二"在他小说中几乎无所不在。但是，在过去、现在、未来的不同时代中，"王二"扮演着不同的角色：在《青铜时代》中，他只是故事的叙述者；在《黄金时代》中，他是叙述者兼主人公；在《白银时代》中，他是故事的主人公，但只是被叙述者。后两部小说都是取第一人称的叙述，而在《青铜时代》中，"我"（王二）也不断地出现，这个"我"不仅是叙述故事，他自己的生活也渗入其间，构成小说的另一条线索。第一人称的叙述角度看来是作者最喜欢和最擅长的，而且，读者不断地被提醒这是小说，就

像布莱希特的戏剧不断提醒人们所看到的是戏剧一样。

"王二"作为一个象征符号具体有什么含义呢？作者为什么要屡屡用它呢？"王二"笔画简单，好写好念；在《二〇一五》中，"王二"的外甥说，他舅舅与他舅舅的那个东西叫同一个名字；"王二"与作者同姓，作者说他小时也叫过"王二"，他自己的电脑文件也归在"王二"的名下，所以说，"王二"是他的"同名弟兄"。这些弟兄不止一个，有时就像是作者变魔术一样，手一抖，就又出来一个。但从"时代三部曲"，我们还是可以按年龄大小，先确定出以下的几个王二（生年不详者放后面）：

第一个王二（为区别起见，我们后面简称他为"大王二"，以下"二王二""三王二"依次类推）：1948年生，大个子，《我的阴阳两界》的主人公，《寻找无双》的叙述者，他是修理仪表的工程师，住在医院的地下室里，外号"小神经"，新婚之夜阳痿，离婚后一位女大夫小孙要给他治病，最后治好了，他成了"人才"，两人也结了婚。

第二个王二：1950年生，大个子，《黄金时代》《三十而立》《似水流年》的主人公，他虽在这里排行第二，但实际上是在作者那里最早诞生的王二，他于1966—1968年在矿院目睹了贺先生跳楼自杀和李先生被打，1969—1972年到云南插队与陈清扬情事事发后逃亡、挨斗，回京后与小转铃交好,又目睹刘老先生死,后上大学,与二妞子结婚,又出国、丧父、离婚、回国。

第三个王二:1951年生,小个子,《革命时期的爱情》的主人公,他在北京一家豆腐厂当工人,后来也考上大学,结婚,出国,回国后在一个研究人工智能的研究所工作。

第四个王二:1952年生,《红拂夜奔》的叙述者,插过队,现在北京一所大学研究中国古代数学史,从未结过婚,但与另一个小孙——一个图书馆工作人员住同一套公寓,后来也出过国。从年龄推测,他还是《我的舅舅》的主人公,即发表不了作品的作家大舅舅。

第五个王二:《万寿寺》的叙述者,历史研究所助研,住在万寿寺,写了薛嵩与红线的故事,因车祸失去记忆,在阅读自己手稿时渐渐恢复记忆。

第六个王二:《二〇一五》的主人公,也叫"W2",是"我"的小舅,是失去执照,只能私自卖画的画家,后被抓进习艺所改造,与当警察的小舅妈结识,出来后结婚。

三、渴望神奇

这些王二有一些什么样的共同特征呢?他们有类似的经历,都在社会下层混过,又大都出过国,现在也都是从事知识分子的工作,但他们的主要特征还是表现在他们所渴望与追求的东西的与众不同上:

大王二想写小说，经常往刊物投稿，但总是被退回来，他17岁参加过北京市的数学竞赛，得了八十来分，本可保送大学数学系，但后来还是什么也没落着，现在对数学已无兴趣，私下干的事是翻译一本妇科大夫看了都要脸红的、维多利亚时期的地下小说"Story of O"，已译到第三遍了，但肯定不可能出版。

二王二对性事也颇感兴趣，21岁生日时他想从陈清扬那里了解什么是女人，后来被关押批斗期间写了很长时间的交代材料，在这方面甚至表现出了自己的文学才能；后来他读了大学，成了某大学农业系的微生物讲师，还兼着基础部生物室的主任，嘗着"后进生许由"之类，他想象自己再过五十年会成为某部的总工程师，再兼七八个学会的顾问，那时生病准是在首都医院的高干病房里，但他又想：人为什么总要抢头名，总要追求成功呢？他说他需要把这件事想个明白。他读中学与女友线条相好时说了一些疯话，说在这亡命的时代，要做两个亡命之徒，联手干一番伟大的事业，哪怕是身受酷刑成为烈士。这种亡命徒的梦想诸如为了"解救天下三分之二的受苦人"，越境去当游击队之类，他有些朋友真的做了这事，但却被人打死了。而到中年的时候，线条所建议的只是：在衰老到来之时，只做一件值得一做的事情，但坚持到底，毫不畏缩，做它也不为别的，只为证明自己是好样的。这样，他想做的一件事就是把这一代人的逝水流年记叙下来，传诸后世了，不论它有多悲惨，也不论这会得罪什么人。他说他想把这一切都写出来，全身心地投入，在死亡之前不停地写。应当说，这愿望最接近于作者的自况。

三王二小时候想当画家，但他却是色盲。他也想过当数学家，但他最大的梦想还是做一个发明家，他喜欢想入非非，想入非非也就是寻找神奇，他觉得唯一有意义的事情就是寻找神奇。可能每个人都在寻找自己的"神奇"，但许多人只是把它理解为或者中彩票（如美国的大厨），或者成为革命的受难者（如革命时期的 X 海鹰），而他追求的神奇则是发明。他小时候看到一只公鸡离地起飞，用力扑动翅膀时，地面上尘土飞扬，心想一只鸡只要有了飞上五楼的业绩，就算没有枉活一世，他实在佩服那只鸡。他小时候总在做各种东西：小车、弹弓、火药枪、电石灯。他最得意的时候是在两派大学生在校园内动武的期间，他发明并且不断改进了投石机。那时他入了迷地要造一架完美的投石机，并没想到它是用来打死人的，小说对这台投石机的威力和准确性的描述极具想象力和幽默感（详见《黄金时代》，第272—273页），后来他在美国又给 X 教授做了一只机械狗的狗头软件，那只狗虽然银光闪闪，妙不可言，他却不喜欢,因为那不是他的狗。

四王二17岁时满脑子都是怪诞的想象,很想写些抒情诗,于是每天夜深人静时爬起来就着月光用钢笔在镜子上写,写了擦,擦了又写,把整面镜子都写蓝了(这也是作者自己的经验)。后来他到云南插队,决心要离开那个地方,主要原因是希望有书看,有一种智力的生活。再后来他在一所大学里待了二十多年,头十年住学生宿舍,后来又住了十年筒子楼,然后被分配与小孙合居一套单元房。他这时主要是在做两件事:一件事是写有关唐代李靖与红拂的小说,煞费苦心地把各种隐喻、暗示、隐射加进去;另一件事是冥思苦想努力要证出费尔马定理。这也许是白日梦,但他说,我们需要这些梦,因为现实世界太无趣。

五王二在历史研究所工作,但他的兴趣却不在纯学术,而在写小说,他在一些文学刊物上发表了作品,还出过几本小说集,他还有一手好手艺,在读研究生时,常常背着工具袋去给系里修各种仪器,他还想自己去修理茶炊间的锅炉,他向领导要求把自己贬作一个管子工,以便能去捅万寿寺的下水道,以免大家都浸在粪水里。他制订自己当年的研究计划,是要完成三部书稿:《中华冷兵器考》《中华男子性器考》与《红线盗盒》(小说)。他渴望一个想象的、诗意的世界,而不是一个泡在粪水里的大院,他说:"一个人只拥有此生此世是不够的，他还应该拥有诗意的世界。"而对他来说，这个世界是在古代的长安城里。

六王二已经是生活在21世纪，他是美术学院油画系毕业，但却因他的画没人能看得懂，他自己也解释不清而被吊销了画画的执照，成为无业游民。他画起画来旁若无人，如痴如狂，以致一个小偷爬进来看了半天，想跟他说不能这样画，这样画要出问题，却总没有机会，最后只好还是把钱物偷走了事。他还极擅化装，能把自己化装成女人或邮筒和要买他的画的日本人接头，或把自己化装成死人而逃跑。

现在我们也许可以归纳一下王二们满心想做的事了，这可归为两类：一类是科学技术，但在此这科学是最抽象、最不实用的纯数学，技术也是最具创造性、纯粹为乐趣而非牟利的发明，而不是指那种大量生产复制、旨在追求实用功利的科技；另一类是文学艺术——在此是写小说和画画。总之，他们希望做一种创造性的工作，过一种本身有趣味的生活，他们渴望着思想的快乐，渴望着一个充满优美、智慧和乐趣的世界。为此他们都有些不务正业，不循常轨。他们想入非非，追寻神奇，努力想逃避眼前肮脏、平庸、一切被政治化或计划化了的世界。他们有时对性事颇感兴趣，但他们在其中寻求的也不单纯是性的快感，而是其中的神奇，尤其是当这种神奇被无端剥夺的时候。王小波的许多小说集中于性事是对一个无性时代的回顾和抗议。

我们可以再引《革命时期的爱情》中的王二来进一步说明这一渴望。这位王二说发明是他的本性（《黄金时代》，第187、235页），他热爱新奇，不愿把做过的事重做一遍，热爱并擅长创造一切机械的东西，而且他看到他敬爱的一切先哲——欧几里得、阿基米德、米开朗琪罗、达·芬奇全造过这东西，但他小时候几乎饿得要死，直到12岁时突然有一天发现自己浑身上下不得劲，仔细想想才知道是因为自己终于不饿了，但不久又开始了"文化大革命"，这最初倒是解放了孩子们，那是他们真正的"黄金时代"，是"阳光灿烂的日子"。十二岁时可以搞到充足的材料来实施他的发明了，而且他的发明很快也就有了用武之地，他的投石机在实战中派上了用场，并可以在实战中不断得到验证和完善，当时他并不想人们为什么要彼此相斗和杀死对方，当然他也不会去考虑当时的一个著名理由："这么多人，不斗行吗？"他只为他创造性的才华可以在这方面有所表现而感到狂喜。起初那些大学生像原始人一样用拳头厮打，后来就满地捡石头，到了秋天，兵器水平达到了古罗马的水平：有铠甲，大刀和红缨枪，工事和塔楼。这时他就狂喜地以一个"工程师"的身份参加进来了，他以为可以永远这样在校园里械斗下去，让各种武斗队伍来进攻，以试验自己制造的武器的防守能力，乃至想守到21世纪，但好景不长，武斗的水平不久又进化了：入冬人们就开始用火器互相射击。到了冬天快结束时上面就不让他们打了，因为上面也觉得他们进化太快，再不制止就要互掷原子弹，把北京城夷为平地了，而只要进到了枪炮，他觉得自己做的一切就没有了意义，这游戏就不再是他的游戏，在他看来，一个人只能用自造的武器去作战，否则就是混账，在他看来，古希腊人和古罗马人捡到了德国造的毛瑟手枪，肯定会把它扔进阴沟，因为他们都是英雄好汉。在这一点上他和堂吉诃德意见一致；发明火器的家伙必定是魔鬼之流，应当千刀万剐：因为，拿个破管子瞄着别人，二拇指一动就把人打倒了，这叫什么事呀！

总之，在王二们的身上，总是能发现一种对于独特、优美、卓异、神奇的渴望，总是有一种挥之不去的对于一种独立的、创造性的生活的梦想，并且，不仅王二系列的人物，王小波小说中的其他主人公也都分享着这一梦想，这样一种类型的人在他的小说中占据着一个中心的位置，而不管他们是被设想生活在现在、古代还是未来。

在王小波的小说中，不仅有好些个王二，还有不止一个"李先生""小孙""舅舅"和"外甥"。其中《似水流年》中的"李先生"实际可看作是这部小说的另一个主人公，他是一个理想主义者，本来在海外的大学里教书，才华横溢，生活优裕，却转道香港赶到内地来参加"文化大革命"，他来投奔革命是因为他心软，见不得别人的苦难，但在到的第二天就因贴大字报的一点争执而被踢得龟头血肿。出现于《我的阴阳两界》及《红拂夜奔》中的"李先生"也是一个古怪的人，他的本职工作是俄文翻译，却迷上了一种已经死去、笔画很多的文字——西夏文，他在研究西夏文时，你就是在他眼前放鞭炮他也听不见。王二问他研究西夏文有什么用，他只是一声不吭，后来他告诉王二说，他根本不想它有什么用，他之所以要读这个东西，只是因为没有人能读懂西夏义，假如他能读懂，他就会很快乐。后来他读通的不止西夏文，还有契丹文、女真文，总之，读通了一切看上去像是汉字又没人认识的古文字。

王小波古代和未来题材的小说主人公也有类似的特征（以下所述古代人物虽有由来，但与历史上的真实人物并不相符，而主要是作者的创造）[①]，他们都不太安分，迷醉于发

---

① 《万寿寺》所据薛嵩与红线传奇见《太平广记》卷195，《红线》；《红拂夜奔》见《太平广记》卷193《虬髯客传》，又李靖本传见《旧唐书》卷67，《新唐书》卷93；《寻找无双》见《太平广记》卷486。这些传奇人物对作者实际上主要是起一种想象契机的作用，小说在情节、人物形象方面不仅与史传相距甚远，与传奇也有许多不同。

明各种东西。薛嵩开始也想建功立业，成为一代名将，后来却沉迷于设计和制造各种器械。李靖多才多艺，精通数学、波斯文，也会写小说、作画，自己独立地证出了毕达哥拉斯定理、费尔马定理，发明了开平方根的机器、神机车、神机筒、鼓风机，打起仗来装神弄鬼，所向披靡，后又设计了"人力的首都"长安，并给它制定了各种制度。王仙客也智商甚高，但他是把寻找一个落难的女孩子无双作为他终生的事业，不过他也擅长装神弄鬼，在他落魄的时候，他自制连弩、狗头箭，一不小心就发了大财。

于此，我们可以穿越历史的时空，把这些人看作同一种类型的人，把他们也广义地归入"王二家族"。这些人有一种根深蒂固、难于改变的性质。《红拂夜奔》的叙述者王二回忆起他从小老师就对他说："你怎么老和别人不一样？"他于是写道："人们说知识分子有两重性，我同意。在我看来这种性质是这样的：一方面我们能证明费尔马定理，这就是说，我们毕竟有些本领；另一方面，谁也看不透我们有无本领。在卫公身上，前一个方面是主要的，在我身上后一个方面是主要的。好在这种差异外人看不大出来。在他们看来，我们都是一样的古怪。"（《青铜时代》，花城出版社1997年，第268页。）"对于我和卫公这样的人，有一种最大的误会。大家以为我们是自己选择了这样的生活方式——终日想入非非，五迷三道——所以我们是一群讨厌鬼。这种看法是错误的。我们这样，完全是天性使然。以我为例。假如我不想费尔马定理，就会去想别的东西，没准要去写小说，没准要去写诗，写出来的小说和诗准又是招人讨厌的东西，这种事连我们自己都无法控制。这也许是因为脑袋里长了瘤子。假如世界上充满了我们这样的人，就会充满一种叵测的气氛。这件事没有办法，只好就让它这样了。"(《青铜时代》，第290页。)我们可以恰当地把王小波小说中的主人公称之为不安分的、总不满足于平常生活，尤不满足于物欲，而是渴望着独特、神奇、创造和卓异的一类人。余华的《活着》和《许三观卖血记》里的主人公是被逼到生命边缘的普通人，而王小波小说的主人公却都是被逼到生命边缘的、不那么普通的人们。

四、不合时宜的人们

在王小波的小说中，所有这些性格特异的主人公都有些不合时宜，他们的日子大都过得不顺心：大王二被人嘲笑为"小神经"；二王二21岁遭批斗，30岁卖了力气不讨好，40岁已经身体衰弱，少年雄心已成往事，很有些万念俱灰的感觉；四王二住了很多年集体宿舍，41岁以前不知道女人的滋味，证出费尔马定理以后也得不到发表的机会，后来一位留学加州伯克利的系副主任推荐了他的成果,这成果也就成了合作,而他也成了助手,每天得到系里去改"加州伯克利"教的学生的作业;五王二的研究计划总是遭领导批评,被斥为"一派胡言",48岁了还是实习研究员;六王二老是被派出所抓去,让家人去领,最后干脆被送进习艺所劳动改造。

我们可再以第三个王二为例来进一步说明他们的命运:他发明和改进投石机的好时光只是昙花一现,他觉得他生不逢时,本不应该生于现代,如果他能选择,他愿生活在古希腊罗马,因为那时候的人可以自由发明和使用自己的机械。无论如何,他觉得自己是今之古人,那种虽然不断有人死去,却如狂欢节般的日子很快就过去了,交战的双方都被送到了乡下,开始了漫长的、沉闷乏味的生活。他也进了豆腐厂,被领导老鲁追得到处跑,还要受 X 海鹰的帮教。在校园武斗的时候,姓颜色的女大学生懂得比他多,知道他的天真,因而以一种悲天悯人的心情爱上了他,而他后来也明白了:他们根本不是独立的战士,而只是别人手里的泥人。然而,他还是怀念那一段日子,怀念曾经有过的,属于自己的杰作。他出国后发现"干瘪无味的资本主义也容不下浪漫诗人",他在大洋此岸不合时宜,在大洋彼岸也依然不合时宜,回国后又碰到昔日的情人颜色,颜色已经变得臃肿了,问他有没有挣钱的路子,他觉得绝望了,觉得"自己是个不会种地的农民,总是赶不上节气"。(《黄金时代》,第309页。)

研究西夏文的李先生也是一个不合时宜者,他为了专心破解西夏文而早早退了职,靠偶尔翻些稿子为生,谁知后来也碰上了"文革",取消了稿费,差点把他给饿死。他没工作也没老婆,被大家视作低人一等。他读通了西夏文,却没地方发表,后来他就把自己保留多年的西夏文拓本、抄本全烧掉了,到处在找工作,终于当上了一个中学教员,再以后就得了阿尔茨海默病,不知什么时候死了。这是被摈于社会的成功系列之外,如史铁生《务虚笔记》所谓的"被扔到了隔壁"。但有时他们也被纳入体制,乃至成为人才、"人瑞"。大王二治好阳痿以后,也就没有理由神经,也就得上楼去开会,变成了中年业务骨干,什么仪器都得修了。他从此不再享有寂寞。四王二证出了费尔马定理,于是所有的水电煤气费都得由他来算了,作业也得他改,他必须夜以继日地努力,变成了一个瘦削、憔悴、按部就班的数学教师。

王小波创造的李靖的形象也同样显示出一种具有荒诞意味的不合时宜,因为他本事太多,年轻时代找不到事做,只好跑到街上当流氓,向市场上的小贩、妓女要保护费,而他要钱时又还像知识分子一样不好意思，结果弄得别人也不好意思。他证出毕达哥拉斯定理后被打了一顿板子，理由是他妖言惑众。证出费尔马定理后，他只好把证明用隐语写在春宫小人书里，但这件事马上就有了回应，每个月的初五，他准会得到一张大隋朝的汇票，同时身后就出现了两个公差随时跟着他，如果跟丢了一次，公差就要被处死，并换上原先跟的人数的两倍再跟着，最后当他身后跟着128个公差时，他把房子拉倒了，引起了洛阳城的大骚乱，他也只好逃出洛阳。后来他又为大唐冲锋陷阵，成为大唐朝的功臣，但却被仔细地防范和监视，这时他只好努力改学装糊涂的智慧。

这类人之所以和时代格格不入是因为他们总是想入非非，而他们所生活的时代的突出特征却是一切都要被仔细地计划，都要被政治化和仔细地管理起来，一切人都要按规矩改造，直到最想入非非者也参与计划，所有人都变成"上面"期望他们成为的"快乐的蚂蚁"。李卫公除了设计城市，设计制度，还要设计女人的内衣。寡妇殉夫也要申请非正常死亡的指标，并到各个部去办手续，在专家的领导下进行。在街上走路的人按规定要自动追上前面的人，或者放慢脚步等待后面的人，以便结成队伍，迈开齐步走的步伐。但是一旦跟上了队就不好意思从队伍里离开，所以原准备到隔壁看看邻居，就可能被裹着走遍了全城。罗老板看着围坊的步兵方阵在大喊"一、二、三、四！"，以为待会儿要喊"五、六、七、八！"，谁知还是喊"一、二、三、四！"，长安城里有敢学数学与写小说的，一律杖三十，谁敢说"派"则是不赦之罪——这些当然都是带有黑色幽默的一种写法。《黄金时代》里的另一个隐喻是：全城只有一种规格的、中号的避孕套。而在未来世界里，科学技术似乎得到了认可，被迫害和追逐的主要是艺术家，艺术也被规划起来，画画的人必须领执照，写小说的可以进公司写作部，按照一定程序分工合作制造出小说。不守规矩者则被送去安置，送到习艺所，这时有效和有用成了衡量艺术的主要标准。

对这些想入非非者的压力主要来自两个方面，一个方面是皇上、是权力、是"上面"、是"头头们"；另一个方面则是大众、是多数不想入非非的人。李靖虽也遭到众人的追打，但他遇到的麻烦主要是来自上面，他的起居言行都在被报告之列，他随时有可能被"办"；薛嵩的麻烦则主要是来自下面，他带着雇佣军到了天高皇帝远的地方，但这些雇佣军随时准备着出卖他，甚至逼迫未能成功的刺客再去刺杀他；王仙客寻找无双，他遇到的是一种来自酉阳坊的由老公安、罗老板、孙老板等组成的强大的敌对阵营。

忠实的基层公务员、老公安王安老爹说世界上只有两种人：不是我们就是奸党。疯疯癫癫一定要找到无双的王仙客自然属于奸党一类。而被防范的一面似也无可奈何地承认这一划分，《我的阴阳两界》中的王二引当年李先生的话说："自从创世之初，世界上就有两种人存在，一种是我们这种人，还有一种不是我们这种人。现在世界上仍然有这两种人，将来还是要有这两种人。这真是至理名言。这两种人活在同一个世界上，就是为了互相带来灾难。"（《黄金时代》，第352页。）这两个方面：大众和权力有时是分离乃至对立的，但有时也结合到一起。洛阳城里的人弄火了也会上街闹事，但心平气和时与头头们是一条心。当皇帝要屠坊时，坊里的人们同仇敌忾，人人决心死战到底，而当朝廷下了旨意，只要每坊交出百分之二的附逆分子就可无事时，坊里的人马上如数交出那些"出头橡子"。头头和众人都不喜欢思想，头头们不喜欢思想，因为怕人想入非非；众人不喜欢思想，因为思想既累人又有危险。只有尝过思想滋味的人才不容易撇下它。

　　《革命时期的爱情》写到了一种被北京人称为"渗着"的状态，即一种缺乏思想情感、呆头呆脑的状态，例如那种没有美感和激情的、完成任务式的性活动。故事的叙述者说：在革命时期所有的人都在"渗着"，就像一滴水落到土上，马上就失去了自己的形状，变成了千千万万的土粒和颗粒的间隙；或者早晚附着在煤烟上的雾。假如一滴水可以思想的话，那散在土里或者飞在大气里的水分肯定不能思考。(《黄金时代》，第288页。)一个人要避免"渗着"就要保持独立、不融于大众。思想的人不在庙堂之上，也不在大众之中，而必须是他自己。他必须有能使自己逃逸出"成群结队"的时刻。然而，一个生活在现代的人有时候是多么难以逃逸，多么难以保持独立。《红拂夜奔》中的王二观察着北京城和大学里人头攒动的景象，说自己已活得不像一个人，而像是一大群人。这种一个人生活得像一大群人，却不像一个人的情景，有点类似于李卫公被六十四个公差跟着的生动情景：

> 他一走动起来，响起一大片杂沓纷乱的脚步声，好像自己是一只硕大的蜈蚣，除了有一百三十只腿，还有一百三十只手，支支叉叉的很怕人。除此之外，他还像一条绦虫一样分了好多节，头已经跑进了小胡同，尾上的一节还在街上劈手抢了小贩的一串马肉串。假如他骤然站住，回过头去，就有整整一支黑衣队伍冲到他身上来，拥着他朝前滑动，显示了列车一样的惯性；而当他骤然起步飞跑时，就好像被拉长了

一样；而且不管他到了哪里都是鸡飞狗跳。李卫公讨厌这种感觉，就回家了。进了他那间小草房，把门关上，但是依然割不断对身后那支队伍的感觉，它就像一条大蛇一样把小草房围了起来，再过了一会，四面墙外都响起了洒水声。这是因为这些公差对李靖十分仇恨，就在他墙角下撒尿。(《青铜时代》，第313—314页。)

然而，要成为自己，要追求独立和超越的渴望并不意味着就可以蔑视大众和践踏他人。王小波的小说中已经相当明确地透露出这一信息（在其评论中则表现得更为明显），即有一种所有人都应享有的基本权利：可能仅为少数人所偏爱的思想和表达的自由属于这种基本权利，而普遍的"人饿了就要吃饭，渴了就要喝水，到了一定年龄就想性活动"的欲望也同样属于这种基本权利，并且还常常应该具有一种优先性。(《黄金时代》，第220页，又参见第310—311页。)作者并不鄙视诸如人的食、色等基本欲望。所以，《似水流年》中的王二虽然不无悲哀，但对老年特馋；只剩下一张嘴的刘老先生实际上满怀同情（尤其是事后），尽管刘老先生也是个高级知识分子，前半生都在吃牛排，但他晚年遭遇"文革"，已经没什么可干的了，他只有最后的日子,只有挨斗的份,他也被打怕了,又总是食难果腹,他在厕所里撒尿,经常尿到裤子上。然而还没等到他吃上欣喜若狂地期盼的鸭子,他就猝然死了。一个本可做点事情,本可拥有一点晚年尊严的老先生就这样死了,使旷达的王二想起来也觉得很惨,并觉得跳楼自杀的贺先生也同样很惨。他说:"对这些很惨的事,我一点办法也没有,所以觉得很惨。和小转铃说起这些事,她哭了,我也想哭。这是因为,在横死面前无动于衷,不是我的本性。"(《黄金时代》,第160页。)这是一种悲悯之情,线条之所以最后决定与李先生结合,颜色之所以爱上少年王二,也是因为带有这种悲悯之情。在任何专制的时代,都还会有一些这样对"专政对象"不弃不离,甚至一见钟情的女性,这真是莫大的安慰。但这种怜悯之情并不是只对少数人的,而是对所有人的,反对无端的性压抑也不是只为少数人,而是为所有人说话。有这种情感作底,才有望保证基本人权与普遍伦理。

而且,诗人多了大概也不行。"假如世界上充满了我们这样的人,就会充满一种叵测的气氛。"(《青铜时代》,第290页。)所以,《革命时期的爱情》中的王二也说:六七年武斗时,因为有他这样一个诗人,就把一座大楼折腾得后来的修缮费超过了最初的建筑费,假如遍地都是诗人,那还得了？但是他不做诗人，他又不能活，所以到底怎么办，还是个问题。(《黄金时代》，第237—238页。)《二〇一五》中的"我"也感到艺术家太多的确是个麻烦，虽然艺术家有个好处：口袋绊脚，你要用手把它挪开；艺术家绊脚时，你踢他一下，他就自己挪开了；但艺术家太多肯定要造成社会比例失调，所以要做掉一些，也要留些种。他所建议的只是，对艺术来说，"我舅舅无疑是一个种，把他做掉是不对的"。(《白银时代》，花城出版社1997年，第170页。)这里困难的是鉴别。

如果我们要问，这些"不合时宜者"究竟涉及的是什么样的时代？或者说，王小波的时代三部曲究竟说的是什么样的时代？我倾向于认为，其中所说的三个时代实际上主要都是指"现代"。王小波在小说家的才能中最为强调虚构和想象的才能，他认为写小说需要深得虚构之美，需要无中生有的才能，他在写作时讨厌受真实逻辑的控制，讨厌现实生活中索然无味的一面，他最为推崇的小说家如卡尔维诺、尤瑟娜尔等也是在虚构和想象方面非常突出的作家，在《万寿寺》中，他直承有些章节受到了奥威尔《1984》和卡夫卡《变形记》的影响。在《黄金时代》中，作者也极尽想象和夸张之能事：如几乎无穷无尽的性能力，生活中的胡闹，武斗中的坚守大楼，神奇无比的投石机，王二与老鲁不断的追逐与反追逐，王二与小孙双方关系的拉锯战等等，都不像是日常生活中所能发生的，但又让人依然觉得反映着日常生活的某种深度真实。作者在性与死亡这两点上的想象力尤其活跃，仅对性器官就有让人吃惊的许多，且似乎还可以无限多下去的指称和隐语，他也极其逼真、细腻、不动声色地描写贺先生的横死，设计了刺客、老妓女、小妓女、红拂、鱼玄机的各种不同的可能死法。他不回避残忍，但并不是喜好残忍，他把握了使有趣不变为肉麻、冷静不变为冷酷的度。但他所有对过去和现在的想象都是植根于他自己对"现时代"的经验的，所以，不仅他的未来系列的小说是一种立足于现实的反面乌托邦的风格，他的历史传奇小说《青铜时代》也非历史的真实，而更适合被称为一种"历史狂想主义"的作品，他说这些故事也可能发生在别的什么时候和地方，最重要的是故事本身，是它们本身有趣和有意义，所以我们不宜把《青铜时代》作为历史来读，它的认识价值不在历史传统方面，而仍然是在现代，王小波小说中的"古代中国"实际上仍是"现代中国"，仍然是他所亲历的"现代"事件。他的未来系列的小说也是一种现在经验的延伸。

那么，如果说时代三部曲的青铜、黄金、白银三个时代实际上都是指"现时代"，我们是否还可以进一步缩小这

"现时代"的范围呢，比方说缩小到某一时期？我想我们似可由这些作品判断出：它们确实最强烈、最集中地反映出作者成长期间的经验，尤其是从"大跃进"到"文化大革命"这一期间的经验，也就是说，反映出一个"革命时期"、一个过渡时期的经验。在王小波的小说中，对80年代，尤其90年代市场经济大潮汹涌，对其主人公的冲击反映得并不明显，他的作品主要是提醒我们不要忘记一个刚刚过去的年代，一个无性、无趣和无智的年代，或者说，一种潜在的、深度的"文革记忆"在他的创作中始终起着一种关键的，甚至可说是"中心情结"的作用，作者试图在其作品中努力恢复和展现这种"文革记忆"。《万寿寺》和《寻找无双》中有关人失去记忆的寓意耐人寻味，《万寿寺》的叙述者在重读自己的手稿时逐渐地恢复了自己的记忆，虽然这马上带来了现实世界与想象世界分裂的痛苦；而《寻找无双》中的失去记忆则是大众的失去记忆，王仙客来找真实存在过的无双，但众人却都不约而同地否认无双存在过，他们有意无意地都忘记了这个活生生的人，因为无双的去向是和叛乱、屠杀、迫害、折磨、拍卖，以及仍然存在着的威胁和恐惧相联系的，也就是说，记住这些事没有任何实际的好处，而只会有坏处，所以，故事的叙述者不无沉痛地说：现在他不能完全同意无双所说："原来人这种东西，和猪完全一样，是天生一点记性都没有的呀！"他说他甚至要为猪们辩护，因为猪还是由于一直关在暗无天日的猪圈里被逼成这样的，而不是天生的不好。但后来他又说，他原来说的人和猪的记性不一样，人是天生的记吃不记打，而猪是被逼成记吃不记打的是错的。任何动物记吃不记打都是被逼出来的。当然，要打到记不清的程度，必定要打得很厉害。而先打、道歉、再打，不仅能让人忘记，甚至还能让人感恩戴德。

"不合时宜的人"在20世纪的文学中有自己的历史。例如，汪曾祺的小说《徙》描写了他们的没落，路翎的《财主底儿女们》描写了他们的消沉和毁灭。然而，"文革"前成名的作家与新起的作家在这类作品上似有一点很大的不同，这就是前者的作品风格相当认真，其笔下的人物大都很正；而后者作品的风格则有了几分无可奈何的幽默、调侃和反讽，其笔下的人物还有了几分痞气，有时甚至可套用王朔一篇小说的题目形容为"一点正经没有"。王小波小说中的王二们及其他主人公也大致是这类人物。这缘由大概也是因为两者中间隔着一个"文革"，后面的一类人物形象是在"文革"中成长起来的。"文革"是一个集正气与痞气之大成的时代，它开始时最正经和最气盛，后来就有点疲和痞了，于是就如王二所言：那年月不三心二意活不成。尤其是一个少年，当他立身的准则尚未形成，又被逼入生存的困境，又成天目睹公开的权力话语系统整天说昏话和胡话时，大概就难免染上这种痞气了。在此之前的孩子们大都是乖孩子，或有淘气者也为多数所不齿，而经过"文革"之后，连最乖的孩子也都有了变化。例如《我的阴阳两界》中的王二，小时候长得文静瘦弱，到山西插队时他妈睡不着觉，生怕他吃不好，又怕被人欺负，儿子过了一年回来却长了一嘴络腮胡子，满嘴都是痞话。在乡下他经常还有鸡吃，据老乡说，母鸡见了他就两腿发软，晕倒在地，连被提走了都不叫一声。对经历了这样一些大变故的少年，你怎么能指望他们仍然总是认认真真和彬彬有礼呢？

五、在希望与绝望之间

在王小波的主人公那里有两个世界，一个是他们所渴望的富于创造性的、优美和神奇的世界，另一个是他们所厌恶的平庸、混乱、丑陋和鄙俗的世界，前一个世界虽然也能在现实中偶尔瞥见，但在他们生活的时代里，它似乎更多的只是作为一种理想存在，在现实中更为常驻的看来是后一个世界。王二们常常就在尘土中呼吸，而在他们的内心却深深地渴望着美。《红拂夜奔》的叙述者王二曾经以性为引子描述过这样两个不同的世界，他说：

我想,在性的方面和别的方面一样,存在着两个世界。前一个世界里有飞扬的长发,发丝下半露的酥胸,扬在半空又白又长的腿等等,后一个世界里有宽宽的齿缝,扁平的乳房,蓬头垢面等等。当然,这两个世界对于马也存在,只不过前一个世界变成了美丽的栗色母马,皮毛如缎;后一个世界变成了一匹老母马,一边走一边尿。前一个世界里有茵茵的草坪,参天的古树,潺潺流动的小溪等等,后一个世界则是黄沙蔽日,在光秃秃的黄土地上偶尔有一汪污泥浊水——简言之,是泥巴和大粪的世界。(《青铜时代》,第421页。)

然而,在一个平面的社会里,即便只是由于某种数量的法则,王二们也几乎注定要生活在后一个世界里,当今也似乎只有后一个世界才具有巨大的现实化的力量和品格。尤其是当优美、智慧和乐趣主要表现为富有创造性的工作的时候,王二们就更其孤独了。他们不仅要遭到权力的猜忌和压制,也难以为大众所理解。而在这双重挤压之下,这种梦想又更显得珍贵,更让人魂梦牵之了。许多近代以来的伟大艺术作品就不能不是这种梦想的哀歌,在某种意义上，王小波的小说也是如此，其基调正像他在《红拂夜奔》的"序"里所引《浮士德》主人公的话："你真美啊，请等一等：我哀惋正在失去的东西。"因为，尽管他们这一类人在任何时代里都可能有些不合时宜，但却再没有像今天这样不合时宜的了。

在王小波的小说中，那种对于主人公的依靠数量自然而然形成的压迫，例如由市场力量形成的无形但却强大的压迫还不明显，突出的还主要是来自权力的压迫，因为这些小说所涉的时代还主要是一个动荡的、急剧变革的过渡时代。但后一种压迫无疑将会减弱，而前一种压迫将会加强。真正令人绝望的可能还不是那种直接的粗暴干涉，而是间接的，然而几乎无孔不入的平庸化过程。《黄金时代》中的王二说他后来才知道，生活就是个缓慢受"锤"的过程，人一天天老下去，希望也一天天消失。《万寿寺》中恢复了对现实生活的记忆的王二写道：当一切都无可挽回地沦为真实，我的故事就要结束了，我和过去的我融会贯通，变成了一个人，所谓真实，就是这样令人无可奈何的庸俗，古老的幻想世界里的长安城里的一切已经结束，一切都在无可挽回地走向庸俗。《我的阴阳两界》中的王二最后也认命了，他的生活将变得越来越和他周围的人一样。《未来世界》中的"我"从安置地回来后，已经懒得写任何书了，他很可能已经被"比"掉了。《二〇一五》中的王二从劳动改造的碱场出来，与小舅妈结了婚，过日子，一切也都变得平淡无奇。只有在写作部工作的他的外甥还在思考艺术的真谛，在想艺术到底是什么。而他看来也就是《白银时代》里于2020年时还在写作公司工作的"我"，那么这个"我"这时已经变得绝望了，他只是说，既然生活是这样的索然无味，只有想办法把它熬过去。但又有一个傻傻的女同事"棕色的"还在眼泪汪汪地对他说："老大哥，我想写小说，想写真正的小说……"而如果她也绝望了，那时大概还会有新的、更年轻的人在希望着。

然而，尽管不断有这种希望重新产生，王小波小说的结尾几乎都有一种阴郁、绝望的色彩。王仙客最后也仍没有找到无双，只知道她被送到皇上的掖庭宫去了，寻找将会更加困难；经历了革命时期和出国留学的王二再也不相信发明可以扭转乾坤——换言之，搞发明中不了正彩，于是他说："人活着总要有个主题，而我的主题就是悲观。"最后他觉得似乎已经陷入了一种循环：革命时期好像过去了，又仿佛还没开始，一切好像是结束了，又仿佛是刚刚开始。《红拂夜奔》的叙述者王二在书快要结束时写道：生活能有什么寓意？在它里面能有一些指望就好了。如果有寓意，这就是一个，明确说出来就是：根本没有指望。

我们的生活是无法改变的。他说生活中的事情到目前为止，还没有让他相信人生有趣，但也还没让他相信人生无趣，所以，到目前为止，他只能强忍绝望活在这世界上。(《青铜时代》，第468—469页。)影片《东宫·西宫》的小说底本《似水柔情》的结尾是，曾经逮住同性恋者阿兰的小警察看了阿兰的书，走到公园门口，不知道往哪里去，"眼前是茫茫黑夜。曾经笼罩住了阿兰的绝望，也笼罩到了他的身上"。这一情景在《未来世界》中也同样出现："包围着他们的是派出所的房子，包围着派出所的是漫漫长夜。"王小波尚未完成的《黑铁时代》据说是讲一个青年被关进了网络监控的公寓，基调也是极其抑郁的一种。

人是否能走出这绝望呢？人能依靠什么摆脱这绝望呢？

在王小波的作品中，出路仍然是诗和美，仍然是孤独地、近乎绝望地渴望神奇。《三十而立》中有一段写到险恶的夜，叙述者然后说：

> 在这种夜里，人不能不想到死，想到永恒。死的气氛逼人，就如无穷的黑暗要把人吞噬。我很渺小，无论做了什么，都是同样的渺小。但是只要我还在走动，就超越了死亡。现在我是诗人，虽然没发表

过一行诗，但是正因为如此，我更伟大。我就像那些行吟诗人，在马上为自己吟诗，度过那些漫漫的寒夜。(《黄金时代》，第103页。)

然而，人是否能比这期望更多呢？

第四辑

自然印迹

伦勃朗《风景》

1651年

南极的土著

千百万年来，南极无人烟。南极动物的土著居民主要是企鹅、海豹和一些燕、鸥。此次匆匆做客南极，对这些土著略知一二，现写下自己的一点观感。

贼 鸥

贼鸥（skua）是我们到南极最早看到的动物。从大力神号运输机下来不久，我们一些人在库区等候行李运到，一些人在标志牌前拍照，突然听见一声惊呼，有人叫道："看头上的鸟！"人们仰头，只见一只灰黑色的大鸟沉着地就在与我们的头顶很接近的地方逆风飞翔，它刚才还不在这里，不知怎样却突然一下出现在蓝天白雪之间了，在疾风中却几乎像是静悬在空中，只是过一会才轻轻拍动一下翅膀。

在场的智利空军人员一定会觉得我们是少见多怪了。其实，贼鸥在这里也是最容易看到的动物，我们到了长城站，有一大群成天就待在我们宿舍窗前的沼泽地里，一直与我们为伴。贼鸥的窝多在山顶，但除了繁殖期外，它们常常喜欢栖息在低地和沼泽，待在人类居住区的附近。

贼鸥的飞行姿势其实极其优美，它有时缓缓地逆风飞翔，像是静止不动，在天空中打出一个轮廓鲜明的剪影；有时突然翅膀不动地旋转，利用风势滑翔，在空中划出美丽的弧线；有时又疾速地拍动翅膀，发出响亮的拍击声飞向远方。

最常见的一种贼鸥头部是灰色的，翅膀是黑色的，飞起来却见翅膀底下有两道如闪电般的白色。我总觉得，有的国际体育名牌的商标就是受了这一图形的启发。

贼鸥有时也被叫作"南极鹰"，它的飞行姿势确实有点像鹰，但鹰从不低飞来接近人，而贼鸥似乎喜欢接近人，至少不害怕人。在机场刚下飞机的时候，或者乘艇接近海岸站区的时候，有时突然一仰头，就发现它们了。它们好像在迎接人，但默不吭声。

贼鸥其实是相当安静的，一般也没有攻击性，当人们走近它们时，它们往往只是默默移脚，挪动一下位置，你过于靠近一只贼鸥的时候，它们也就轻轻飞起，扇动几下翅膀，又回到地面。它们尽量不飞走，好像总在节省体力。

但是，当在山岭中，你无意中走近一只正在孵育小贼鸥的贼鸥窝时，在还有相当的距离它们就会发出有点凄厉和沙哑的叫声，或者其中一只低飞过来向你做俯冲状，向你发出警告，如果你再接近，它可能就要向你发起攻击，冲撞你的头顶或者抓你的手。

贼鸥是胖胖的,在寒冷地方的动物大概都不能太瘦。

贼鸥为什么会担"贼"这样一个恶名?为什么许多人不太喜欢它,甚至有时还会觉得它们有点儿阴沉和凶险?这可能首先是因为它们的颜色,贼鸥的颜色是灰黑色的,暗色调,而又有点杂;其次,它不怎么叫唤,而这种沉默里似含有一种让人不喜欢的东西。

当然,最重要的,它确实喜欢"偷"点东西,它会"偷"企鹅等其他鸟类的蛋吃,会"偷"吃其他鸟类的雏鸟,甚至"偷"吃其他贼鸥的小贼鸥。当人类进入南极,它们也"偷"吃人带来的东西,"偷"吃鸡蛋等,也不嫌脏地"偷"吃各种剩余食物。屋里的垃圾袋,一不小心放到了门外,未及时送到垃圾处理房,就可能有贼鸥光顾。我们在海边钓鱼,鱼饵等放在一边,没人的时候,不一会就看见一只贼鸥在那里啄开塑料袋,从容地在那里清点。贼鸥看来还有点好奇,它会把一些奇怪的东西如塑料绳、橡皮垫圈等也带到窝里来尝试。贼鸥的食性很杂,也很随和,这样它较容易生存和满足,但也会使人有不洁之感。

由于人类的到来,这种随意杂食的习性就使"贪便宜"的贼鸥首先遭到某种不幸了。我们在长城站的时候,中国的科学家王自磐教授正和德国学者开展一个有关菲尔德斯半岛人类活动对动物的影响的生态研究计划,他们主要的研究对象就是贼鸥。在贼鸥的窝里,他们发现了贼鸥叼来的塑料、玻璃和金属,有的贼鸥甚至因此致死,而它大概到死都不会明白是什么原因使它丧生。科学家们正试图使各站区的垃圾,尤其是食物的垃圾都得到谨慎的处理,使之不被贼鸥接触到。

贼鸥担上了一些"恶名",不过,说实话,贼鸥也就是按照它们的天性在生活。看着小贼鸥毛茸茸的样子,确实非常的天真可爱,而精心卫护在一旁的大贼鸥,也是"怜子如何不丈夫"。

企 鹅

企鹅属于鸟类,却又不会飞翔;它待在水里,却又常在岸上行走,甚至爬山。企鹅常常群集,在企鹅岛和企鹅山上,成千上万的企鹅聚集在一起,是极壮观的一幕,但它们也常常仅仅是成对成双,离散了就急忙互相呼应,另外,我们也能经常看到一只孤零零的企鹅。

我们在乔治王岛看到的企鹅主要有三种:金图企鹅(又叫巴布亚企鹅)、帽带企鹅(又叫南极企鹅),以及阿德雷企鹅。我感觉,它们在这里的数量也是大致按这一次序排列的。

企鹅的基本色调是黑白两色，就像南极的基本色调，它的正面，从头部到胸脯，到腹下都是白色的，它的背面是黑色的，所以，看它们在雪地里行走或匍匐的背影是极鲜明的，而从上面看它们在暗淡的海水中游泳是不容易看清的。

但除了大块的黑白两色，各个种类的企鹅又还有一些变化：金图企鹅的嘴是红色的，头上又还有一小块白色，它的脚掌也是红色的；阿德雷企鹅的头是全黑的，但眼睛那里又有一圈白色；帽带企鹅的眼睛则是全黑的，然后可笑地从头部到脖子那里有一条黑线，就像它戴的黑帽子的帽绳，由于它像戴着帽子、穿着制服，俄罗斯人也把它叫作"警官企鹅"，但它的样子实在很滑稽可爱而又笨拙，并不像是要来维持秩序，倒可能有被别人来整饬的危险。

企鹅各个亚种看来是和平相处的，不是太排斥，互不侵犯。它们虽各有自己的群体，互相之间并不很亲密，但也经常站在一处。不过，有一次在大风雪中的海边，我确实也看过一只帽带企鹅眼巴巴地想跟着一对金图企鹅走，却老是被甩掉，但那可能是由于性别而不是种族的原因。

企鹅能像人一样长久地直立，并且行走，上下山，世界上很少有动物能够这样。它们行走有时是像人一样单脚交换着走，有时也会双脚蹦。"企鹅"的中文译名也许就是取其"企立"之意，而在我心里，"企"还表达一种"企盼"。

当然，企鹅的小"手"（翅膀）是不发达的，既不能用来飞翔，又不能用来抓握攀缘，更不可能用来使用工具，而看来主要是用来在岸上，也在水中平衡身体。另外，说它是"鹅"倒也有一点相似：普通企鹅也就像鹅那么大，甚至也那么高，不过鹅不能直立，只是靠长脖子而显其高。

我第一次看见企鹅是在到乔治王岛的当天傍晚，我吃饭快，饭后出去转，突然眼睛一亮，见几只金图企鹅正摇摇摆摆却又绅士派头地向我走来。我立即回去拿相机，也叫上国平、唐老鸭等，大家跟着它们，手忙脚乱地拍了好一些照片。我后来又一个人走过码头，见到了三只帽带企鹅，慢慢抵近拍了一些特写照片。然后又在油库前的礁石群中看到十多只匍匐在雪上的企鹅。后来这样的事当然也就稀松平常了，但第一眼看到它们的新鲜感和激动迄今记忆犹新。

相对于金图企鹅和帽带企鹅，看到阿德雷企鹅的机会要少一些，它们也有点怕人。人迹罕至的西海岸的企鹅也比东海岸的企鹅要大胆一些。大概人类的活动总是会对它们有些影响。我读80年代的考察报告，说在长城站附近，包括比邻的阿德雷岛，企鹅有一万只以上，现在感觉没那么多了。

上面所说的三种企鹅一般都是高50到60厘米，体重十来斤。我在这里没看到过身高可达1.2米、体重可达40公斤的帝企鹅和身高可近1米、体重可达12公斤的王企鹅这些大家伙，越冬的队员比较有机会看到它们，它们有时也到南设得兰群岛这边来走访，但不在这边繁殖。帝企鹅不仅个子大，它的脖子底下还染有一圈雍容华贵的金黄，按中国的习惯，那是属于皇帝的颜色，这不知是不是它名字的由来。

企鹅在水里的游速每小时可达20—30千米，能跳出水面2米多高。它们在岸上可就要笨拙多了，而我们看到的多是它笨拙的一面。企鹅主要吃大鳞虾，还有鱼类及甲壳类、软体动物。它们每年繁殖一次，约5月产蛋，除帝企鹅每次产一枚蛋外，其他都产两枚蛋。在它们那里，实行的也是一夫一妻制，比较奇特的是由雄企鹅孵蛋，需60多天，一动不动，直到筋疲力尽，小企鹅出世后再由雌雄两企鹅轮流抚养。它们还会一些家庭合起来，把雏鸟组合为一个"幼儿园"，由大企鹅轮流看管保护。繁殖期间，贼鸥总是窥伺在一旁，一有机会，就可能叼吃它们的幼崽。企鹅的另一个天敌是海豹，海豹也会猎食企鹅。不过，尽管如此，我们还是可以经常看到，企鹅和贼鸥、企鹅和海豹非常近地待在一起，相安无事。

企鹅是南极的象征。各种有关南极的明信片、各站的纪念邮戳,几乎都有企鹅的图案。企鹅也是不仅南极人,我想也是许多喜欢南极的人的最爱。企鹅为什么成为南极的象征?而且为什么这样让人喜欢?我想,这可能首先是因为企鹅的基本类型是南极所特有的,并且数量很多,在南极估计有一亿两千万只。同样寒冷的北极有北极熊,却没有企鹅,北极熊有可能攻击人,企鹅则总是友好,使人感觉亲近。一个人看到企鹅那流线型的身体和大块纯净的黑白两色,不能不感到由衷的喜欢。除此之外,也许还有一点,就像大熊猫是大块黑白两色的,并且笨笨的一样,企鹅也是笨笨的,它最让人喜欢的也许还是它的傻态可掬,无论动物还是人可能都是这样,太精明可能让人佩服,却不会让人喜欢。

如果一定要苛求找出企鹅的一条缺点的话,我们也许要说,企鹅排泄粪便的方式确实不怎么雅观或者隐蔽,它们常常站在那里或者走着走着,突然就从它们的屁股后面,如标枪式地射出一条疾流,落在地上的印迹,顶端是红色的,后面大半条是白色的。于是,大群企鹅聚集的地方就不免有浓烈的气味。

纳尔逊冰盖

有一些独特的景观对某些个人有特殊的意义，有些人去了一次西藏，就再也离不开了，即使吃尽辛苦、付出巨大代价也总是要去。这种景观唤醒了他们心中的某些东西。他们极其珍视这种东西。在这种契合中，这种景观必然具有某种独特性，而这个热爱这片风景的人心里也必然具有某些独特的东西。两者缺一不可。

当然，这并不是说，恰恰没有被某种特殊景观唤醒的人，心里就没有一种独特的东西，因为唤醒还需要某种特殊的机缘。一个具有丰富的独特性的人的内心，究竟是被哪一种特殊景观吸引、震动、唤醒和充满，恰恰表现出一种特殊性，乃至于偶然性。有时要正好在某种心境、某一年龄之下，他才能充分地感受某一特殊风景。

同时，人也并不是在这种特殊景观前就无所作为，只需被动地等待它到来。所以，两者的契合又还需要主体的某种努力。虽然一个人是否在某一时刻愿意首先唤起自己的这种努力，可能本身就是一个机缘。

然而，经常使自己的心灵保持一种对于外部世界、对于自然界的敏感与好奇是十分重要的，这样，我们就不会错过某些机会。因为，即便面对最壮观的景色，也不是被动地等待就会自然而然地使心灵受到巨大的震动，那样只是在心灵上按下一个印，留下一个记录，就像照片，而没有心灵自己的充分活动和参与。而只有在心灵充分活动和参与的情况下，才真正有"我的西藏""我的南极"，而不是仅仅作为他者的"西藏"和"南极"。

我想，最好的情况也许是：一方面一直有某种期待、某种渴望、某种积极的参与和主动行为；另一方面，当你发现某种特殊的景色时，还是始料未及，仍然完全像是你"无意"中发现的，你感到和你所预期的并不一样，你感到了突然的惊喜、经受了巨大的震撼。

举一个例子。在我到达乔治王岛的第二天早晨，有两个捷克人来喝茶，谈起他们在露营，等待天好时渡过菲尔德斯海峡，到对面的纳尔逊岛去。他们吸引我的几个地方是：他们是在进行一种生存训练，来长城站只喝茶不吃饭；他们不用马达一类动力装置，而打算用人力划过去；另外，他们还带着一个小女孩。

所以，我当时就起意：想去探访他们的露营地，也给小女孩带点礼物。在问过上次考察队的站长，说估计他们的露营地与一个放在海滩作简易避难所的集装箱不远之后，我提议人文组去探访捷克人的露营地。路上，他们从山上走，我本来也想随众走山上，但发现一些木板和脚印，我想露营地大概也还是会在海滩的某个避风处，而不会是在山顶。于是，就自己走海滩，不久，我看到了一个红色的物体，像是一个箱子，就朝那里走去。近了，我想，那就是那个集装箱了，进去，发现里面有背包，在旁边还发现了一顶帐篷，但是没有人，这一定就是捷克人的露营地了，但很遗憾，他们不在这里。

不久，邵滨鸿来了，周国平也来了，而其他人尚远，我看这里离海滩东南端的山坡已经不太远，就建议一起再走到那边看看。当我率先踏雪登上一个山口，立刻被眼前的景色震撼了：

巨大的纳尔逊冰盖横陈在我的面前，在阳光下闪闪发光。它既像是远在天边，又像是触手可及。它隔着我们暂时无法渡过的海峡，构成一种巨大的诱惑。我想，这一眼是我永远也不会忘记的了。我想说，这就是南极、我的独特的南极，或者说，我的独特的南极的开始。

我想，我第一次走向那里的时候并不清楚会看见什么，但重要的是：**我确实想看见什么，我不想等待。**

幸运的是，我也确实看到了震撼我心灵的景观，它大大超出了我的预料。

我把这个地方简单地叫作"东南角"。

后来，我又多次独自或结伴去那里看纳尔逊冰盖，几个难忘的场景是：一次是在风雪中跋涉十来个小时以后的一个黄昏，我们从另一个方向一直期盼着到达那山口，却一直失望，后来也是无意中从相反的方向登上那山口以后，才发现那正是它，站在那里时正好是风雪初霁，回眺纳尔逊冰盖，在浓重的云层底下，天边显出一抹天光，一抹神秘的亮色。

而在20世纪最后的一个拂晓，我在那里观看了壮观的冰盖日出；我在野外48小时的露营点也就紧挨着那地方，我也分别从山海关、鼓浪屿，从海上的快艇上，甚至遥远的巴登半岛观察过纳尔逊冰盖。

最后，我两次登上了纳尔逊冰盖，我进入其中，我触摸到它了，我躺在上面感受了那冰冻了千百万年的寒冷。

我想，我再也不会忘记纳尔逊冰盖了，它已经进入了我的心灵深处。我也可以说"我的纳尔逊"了。

阿德雷小道

我踏上过阿德雷小道两次，第一次是退潮，第二次是涨潮，第一次对"阿德雷小道"的经验是充满欢乐，第二次却不无忧伤。

"阿德雷小道"是我给从乔治王岛通往阿德雷岛（企鹅岛）的沙坝起的名字，我从我住的宿舍的窗户就可以远远看到它，那当然要在退潮的时候，而且是在退大潮的时候，它才比较清楚地露出一线。这时候，人们可以通过它走到企鹅岛去，但如果还是要循它回来，就要计算好时间，一般也就是几个小时的间隙。

这条小道大部分时间是淹没在水中。

一条路，尤其是一条时隐时现的路，一条大半时间埋在水中，只是露出一小会的路，本身就很独特而构成一种诱惑，而且你总是看到它或期待着它，它又通向你想去的地方，不免要勾起一种强烈的欲望。尽管我也知道企鹅岛并不能随便去，那岛上有智利的企鹅观测站，每次其他站的人去都要集体行动，并事先征得他们的同意，但心里一定还是有一种隐隐的渴望。

到长城站不久的一天下午，我顺着海滩往那边走，我并不知道要走到哪里为止，我只是喜欢那海浪、那雪和那风，还有那站立的企鹅和躺卧的海豹。不知不觉我就发现自己已经走了很远，已经到了阿德雷岛的近旁了。

对着我的阿德雷岛的一面，正好是比较平缓的一面。在我面前，出现了数片青绿色的苔原，这是我来到此地第一次看到这样多的绿色，心里一下就热起来了，几乎又处在江南的春天。

这时又恰逢退潮时分，一条呈弧线的小道渐渐越来越清晰地出现在我的面前。说是"小道"，其实有些地方很宽，并且比较平缓，都是海沙漫过来的。我慢慢走上了那条小道，一直走到小道的尽头，又往阿德雷岛走了数十米，就没再深入，退回来了。

我知道，在相当长的一段时间里，我心里一直有一种忧伤，一种"俄罗斯式的"忧伤，这种忧伤大概在写过陀思妥耶夫斯基的书以后就缠上我了，或者更早，在读过契诃夫之后就缠上我了。有人说："你喜欢上俄罗斯，你就有祸了。"也许指的就是这种祸吧。但是，那天我猛然看到了那样一大块绿色，感觉到了一种生气勃勃，那天又恰好是一个少有的暖和、晴朗的日子，风不冷、化雪水淌下的溪流正在欢快地奔涌，天空还不时露出阳光来。我脱掉了外面的羽绒衣，只穿着衬衫，大踏步地走回来，身上甚至出了一点点汗，我觉得自己像是回到了童年。

好像每年都会有一次这样的时候，在冬天过后，突然有一天感觉到"春暖花开"，突然发现春天来临，精神于是为之一振。就好像你本来是穿着棉袄在江南丘陵的小道上走着，突然发觉根本用不着棉袄了，于是甩开它，扔到地上，一种巨大的生命的欢乐突然充满了你的心灵。走在山野间的你突然想引吭高歌，或者大声吟诵海子的诗：

> 从明天起，做一个幸福的人，
> 喂马，劈柴，周游世界
> 从明天起，关心粮食和蔬菜
> 我有一所房子，面朝大海，春暖花开

我知道，海子是多么想这样生活，可是又多么难这样生活！他多么渴望一种平凡的幸福，可是恰恰他得不到，别人容易得到的东西他最难得到，他只能希望别人得到，他想为"每一条河每一座山取一个温暖的名字"，想为每一个"陌生人祝福"，两天以后，他自己在山海关附近的铁路上卧轨自杀了。

另一个写《精神就是精神的事》的年轻人毛喻原说："做一个普通人，是一个了不起的成就。"在今天的世界上，对有些人来说，确实是这样。

南极的夏天经常让人觉得就像是内地大陆的冬天，而你现在感觉到了春天。周围的景色也都好像是江南的初春，你好像回到了你小时熟悉的村庄、小路、你的心灵，甚至身体也都回到了童年。你大步走着、大声唱着，身外的生命和身内的生命有了一种神秘的契合。你感到一种热力的涌流，那是生命在长期蛰伏之后最初的，也是最好的表现。

生命中有时会有漫长、漫长的冬天，甚至加上漫长、漫长的黑夜，就像南极冬天的极夜。在这样的时候，我们得耐心地忍受和坚持，相信生命有一种巨大的调节能力，甚至对创伤也有一种巨大的修复能力。"不会总这样的，不会总这样的。"也许我们这时候只能喃喃自语而再没有别的办法。那就让自己忍耐下去吧，等待着晨光微露和春光乍现。这是我们的信心，也是我们的努力，只要我们永不放弃希望，希望就可能真的来临——比我们的预期还早地来临。

第二次对"阿德雷小道"的特殊经验也是在一个下午，这次却是遇到海潮的初涨时分，我和邵滨鸿来到这里拍摄。刚刚还有一条明显的小路——有一个德国的女大学生从阿德雷岛走了过来，慢慢就感到涌涨的潮水正在使小道变得越来越狭窄。

这次的小道上站满了企鹅，它们也明显感到了潮水的进逼，于是开始慢慢地向乔治王岛这边撤退。我们原以为当潮水上涨的时候，它们会直接潜入水中，或通过下水再游到岸上，然而它们看来更愿意从小道撤退而回到陆地。

看来它们还是更想待在陆地上，那里使它们更安心，海洋只是它们觅食和时而嬉戏的地方，而陆地才是它们真正安心栖息的地方。而且，当它们干燥的时候，它们不想轻易地弄湿自己。

滨鸿早已经整个身体伏在小道的沙地上，一动不动地举着摄像机进行拍摄了。企鹅们开始只是三三两两、一摇一摆地向她走来，有时还好奇地走到她的镜头前探视，后来随着潮水的紧逼，就几乎可以说是向她蜂拥而来了。有几只企鹅甚至踩到了她的身上。尽管它们的游泳本领极其高超，尽管这撤退的小道上出现了新的"动物"，但它们还是执着于走陆地。

也许是作为昔日的飞鸟，它们已经失去了天空，它们不想再失去大地。

今天的风很小，海潮非常有耐心地、安静地进退，当它漫上来的时候，它似乎占住了一大块地盘，但"哗"的一下，又似乎完全退到了原来的地方。但如果你仔细地盯住一块小石头，或这块石头上水的印迹，就会发现海浪每次都取得了进展。

小道正在被淹没，正在静静地被淹没。

首先是小道的中间被切断了，路已不再成其路。然后那弧线也在慢慢缩短。

还有不多的企鹅在留恋、在固执地拖延撤退的时间，也还有一些突出的砂石在固执地不肯没入水中。

潮水则只是慢慢地、不声不响地继续着它的工作。

终于，最后的一只企鹅也不得不撤离了，小道也完全淹没不见了。眼前又是水天一色。

整条小道已经被埋在水中了。而这样一条小道的消失，不过发生在一小时之内。

这只是重复每日例行的事情，平时无人注意，大概只有大群大群的企鹅在蜂拥地撤退。

潮水来复去，小道也将来复出现。

然而我却感到一些莫名的忧伤，那去而复返的忧伤。

会不会有一些对人类的灾难，也是这样静悄悄地发生，而人类不再有可以撤退的地方，小道也不再复现？

内心的纬度

国平传来《南极无新闻——乔治王岛手记》的书稿，嘱我写一书评"直抒己见"，谈点不同感受，包括批评他的观点。书稿中有些是我已经读过的文章，例如南极的动物、景物和气象的素描，还有些是我们一起经历过的事情，现在读来自然更别有一番滋味在心头。国平一向观察细致、锐利，体验独特、深入，文字也仍旧保持他非常精致、洗练的风格，所以，我相信，不必我饶舌，这本书不仅会使他的许多老读者喜欢，还会因为这一新的题材以及图文并茂而赢得不少新读者。

我在这里首先想补充申说一下书稿最后一篇《实话如何实说》结尾所提到的："我是否太强调这次行动的平常的一面，而对它的不平常的一面太轻描淡写了呢？"据我所知，这次南极之行的几个人文学者谈及这次行程都是比较低调的，觉得就是做了一件有兴味，但也不是多么了不得的事情，谈不上什么神秘和冒险，都没有去渲染和夸张这行程的艰难或新奇。但对我们个人来说，这次南极之行毕竟获得了不少宝贵的，有些可说是只有在那里才可能获得的经验。我愿意再说一说这类不寻常的经验。

首先，我们所到的乔治王岛大致是离北京最远的一个点，或者说，无论往东往西走，距离都差不多同样遥远的一个点。我们都经历了自己最漫长的一次飞行，最后乘智利空军的"大力神"号军用运输机降落于岛上砾石铺成的机场。由此我们就进入了一个没有树木，没有花草，甚至没有土壤的世界，我们在那里经历了一个"多雪的夏天"，以致我们两个月的行程结束，再乘机越过德雷克海峡回到智利最南端的一个城市蓬达阿雷那斯时，看到舷窗外的雨丝、树木和草地，竟有一种莫名的亲切和激动。我们所到的乔治王岛还只能说是南极的边缘，但已经感觉有点像处在一个世界的尽头，到了地球的底部，似乎可以同时看见太阳和月亮，星星也都不是我们所熟悉的了。我们经历了极昼，我可以在午夜坐在海边礁石上写我的日记；而我们也可以设想，时间在这里变得极其缓慢了。在你不经意捡起的一块石头上，上面生长的苔藓的历史就可能超过整个人类的数千年文明史。半年的极昼与半年的极夜，就像是南极的一个昼夜，而一次冬夏，也就像是它的一次吸纳和舒展。在那里，原本固定的时空和世界的观念会发生一些新的变化，从而使我们知道，这些观念其实是相当依赖于我们自身的内部构造和外部环境，依赖于我们的生活习惯。

我们走过了万古荒凉的冰盖，蓝天下四面是看不到尽头的雪白，而脚下是千百万年的寒冷。我们曾艰难地爬上冰盖边缘的"山峰"，那"山体"就不断在我们的脚下变形、塌陷，因为它是刚刚从冰盖下化开而变得无比稀松。而你无意中在偏僻的山间海边踏下的脚印，也可能会是代表人类踏下的最初印迹。一些类似"海市蜃楼"的美景就那样千百年默默地躺着，直到你为之发出惊叹。有时数日不息的飓风似乎要把大海提起来倾倒，同时狂暴地玩弄着冰雪，扫荡地上的一切，在这样的时候，你自然只有老老实实地待在家里。

在这里你要小心跌伤，冻伤，但却没有什么病菌，没有流行性感冒病毒。你差不多从海里抓起什么水草、海带就能嚼嚼吃下去，只要你的胃能消化得下它。在这里你不再看见人们围观笼子里的动物，而你自己倒可能成为企鹅们围观的对象、燕鸥们袭击的对象。在退潮的小道上，可能有成百上千的企鹅向卧伏的你涌来，踏着你的身体扬长而去。海豹们旁若无人地休养生息，毫不害臊地"妻妾成群"。

在这里也可以体会到人际关系的一些新鲜经验。这里也许可以说是"大自然，小社会，无国家"。没有政府，没有警察，没有法庭，没有监狱，而又几乎是"夜不闭户""路不拾遗"，并有各种民族和语言的交流和"互通有无"。各处山间海滨的屋子、避难所都没有门锁，你尽可以自己进去休息,享用其中的床铺和食物。你面对的自然是大而狂野的,有人的地方倒很密集,但走出去不多远还是很快就能感到一种亘古的荒凉。人在这里要显得渺小得多,因此不能不有更紧密的团结。虽然有一些站际交流,但日常生活的集体——每个站还是相当狭小和封闭的。不多的人一起劳动,一起娱乐,一起吃饭,轮流帮厨,相互间的距离要比文明社会中的距离紧密得多。这样也就突出甚至放大了个人的优点和缺点。南极不仅能把人放到严酷的大自然中考验例如比较原始的生存能力,也把人放到了狭窄、封闭的集体生活中来考验每个人的协作精神和合群能力,它使一个人的个性更完整地呈现,如果不是到南极来而只是终生待在文明大陆,也许你好友个性的某一侧面,或者你自己的某一潜能是你始终不会了解的。我们尚没有经历漫长的越冬,据说,那时很少的几个人会把所有的故事,甚至所有的话都差不多"说光",于是伴随着极长的黑夜的是极端的安静。

最后,还有到达南极以后的个人的几乎无可逃离。你喜欢也好,不喜欢也好,只要去了,大致都得待满预定的时间。而这一切就构成南极,构成南极的体验,其中有些经验的确是在文明大陆怎么也体会不到的。所以,它和到文明大陆无论什么"世外桃源"的某个宾馆休养两个月还是不一样的。当然,这些非同寻常的经验主要是对于我们个人的经验,它们不可能像南极的第一批探险者那样也同时是人类对南极的新鲜经验。我们不可能像库克船长、别林斯高晋那样作为"人类的第一眼"看南极或其周围的岛屿和海洋。我们也不是中国人的第一批,或者这次出行没有担负着某一特殊任务,在这次行程中也没有发生惊心动魄的事件。这个岛上外在的景观,甚至类似的循环事件,早就被人写过了,甚至写过多次了。所以,的确是"南极无新闻"——或更准确地说,"乔治王岛无新闻"。我们这一次的南极之行并没有多少新闻价值,当然,我们本来也不是新闻记者,除非你把内心的记录也看成一种深度报道。

我们可以区分两种独特而新鲜的经验:一种纯是个人的独特经验,一种除此之外还是人类或某一群体的独特经验。后者像人类的第一次飞翔升空,第一次从太空回眸地球,第一次踏上月球等等。现在一个人如果要夸大其词地写他第一次登机,从万里高空观看云海、大地的印象,像报告新闻一样向世人报告他的经验,也许会显得可笑。但是,这种经验对他个人来说也仍是新鲜,甚至震撼性的,过去之后也仍会是弥足珍贵的记忆。南极也同样如此,它对于来到这里的每一个新人来说,仍然是非同寻常的新鲜经验。而对于有主动精神和敏于思考的心灵来说,则还可以体会得更深更多。我们个人迈出的一步不会像阿姆斯特朗迈向月球的那一步一样，是人类的"一大步"，但它可能在意义上还是个人的"一大步"——甚至对阿姆斯特朗也是如此。而作为"意义的阐释者"的知识分子也许还有可能把这种经验的深层意义更充分地表达出来——如果有这种能力，就不妨试着做这一件事情。

人在一个地方待久了，有时的确需要换换地方、换换环境，而且，不论什么时候，如果有能看到独特景观的机会，为什么不去？这在我看来是想都不用想的，而这种不假思索跟自己是什么身份、是不是人文学者、能不能促进写作或研究没有多少关系。我是一个人，一个好奇的人，这就足够了。但另一方面，我们也不愿做那只"走遍了世界，出去时是什么，回来还是什么"的骡子，我们还希望用心体会，有心灵和人格上的收获，甚至能借此发现自己内心的独特世界。就像梭罗所说，去发现人的内心的更高纬度，做一个能发现自己内心的新大陆和新世界的哥伦布。内心的发现有时确实需要某种特殊的客观对应物，但只有不麻木和不倦怠的心灵方可使外观和内感交融成真正不寻常的经验。我们所到达的乔治王岛的纬度是南纬62度多，不是很低，但也不是太高，问题是，我们的心灵是否达到了这一纬度，甚至触及更高的纬度呢？

在去南极前，我也读到过一些记述南极故事和经验的书，然而，我还是从国平的书中读到了许多前面著作中没有的东西，我想这也许就是一个潜心思考的人文学者去南极的客观意义——可以告慰于策划、支持、赞助和关心者的客观意义。至于个人方面，所获也许更多，至少在我感觉，在南极近两个月的经验已经进入了我的生命，它不仅是我过去的生命中重要的一页，它还活跃在我当下的生活之中。

多一点绿色

就像在我们受到严重污染的自然环境中,绿色总是不嫌其多而嫌其太少一样,在出版物中,我也希望有关绿色思想的书籍多多益善。在这个临近新世纪,却仍属多事之秋的一年里,我想一般老百姓都希望多看到些自然生长的树木和青草,而不希望看到一些人为煽起的紧张和硝烟。因此,在吴国盛主编,吉林人民出版社出版的《绿色经典文库》问世之后,我们又看到青岛出版社推出一套《绿色文丛》,心头感到由衷的欣喜。

在这套丛书封三的题名之下,都有一行小字:"染绿这个世界。"这可以说表达了编、著、译及出版者们的共同希望,也许我还可以补充说,这也是这套书的购买者、阅读者的希望。丛书的范围大致分为两个方面,一是科技与政策方面,一是人文与社会方面。从选题看,它既关注社会的环境保护运动和政策,又关注个人生活方式的改变;既针对中国的环境问题发言,又注意借鉴国外的绿色思想。丛书中新收的美国学者纳什著、杨通进翻译的《大自然的权利——环境伦理学史》,就是在这最后一方面的主要译著。

正如译者所指出的,《大自然的权利》一书的基本特征是把环境伦理思想解读成西方自由主义思想传统的最新发展和逻辑延伸。该书首先概述了环境伦理学的基本精神以及西方文明扩展伦理关怀范围的逻辑过程，追溯了环境伦理思想与天赋权利之间的渊源关系，然后是探讨19世纪后期至20世纪初环境伦理学创始人施韦泽和利奥波德的思想，接着又梳理了基督教的环境伦理思想，探讨了基督教的"绿色化"趋势，详细介绍了70年代以来的环境伦理的思想学术，说明了环境伦理学的"前卫"特征，最后则是叙述当代的环境主义运动，以及这一运动对于人们的价值观念、社会生活、政治法律制度和现存经济秩序的冲击和影响，以及环境主义运动的前景。

"权利"仍然是纳什论述的中心范畴，只不过，现在这种权利已不仅限于人类的权利，而且也应包括大自然的权利。自由主义与环境主义不一定就是冲突的，一种以权利为基础的环境伦理学与恰当解释的自由主义可能并不矛盾，但仅仅在人与人的关系上持有一种自由主义观点显然已经是很不够了。作者在本书中所关心的是"道德应包括人和大自然之间的关系"这一观念的历史及其含义。他追溯这样一种信念在近现代的发展，这种信念认为，伦理学应从只关心人（或他们的上帝）扩展到关心动物、植物、岩石，甚至一般意义上的大自然或环境。而思考这个问题的一个方法就是：考察伦理学从关心人类特定群体的天赋权利，到关心大自然中的部分存在物的权利，进而到所有自然物的权利的进化过程。他认为，人们从这个角度可以把环境伦理学视为对美国自由主义的最大突破。

20世纪下半叶西方环境伦理学有长足的发展，而中国在这一段时间里始终陷入硝烟不断、斗争不止的政治革命和运动之中，继则又往往囿于片面地强调经济发展，以求迅速地脱贫致富的气氛，而于不知不觉中引发许多严重的环境问题。现在也许是我们自我反省的时刻了，而纳什的这本书可以说将非常有助于我们进行这种反省。它简明扼要地介绍了环境伦理学发展的历史，是一种从历史角度进入环境伦理学这一学科的很好的入门书。环境的改善将首先有赖于人们观念意识的改变，而环境伦理学思想学术的发展无疑将有助于这种改变。从个人来说，每个有志于保护环境的人的力量都很有限，但如果汇聚起来，持之以恒，我们也许就真能一点一滴地渐渐染绿这个世界。

人为什么要探险?

人为什么要探险?首先可能是由于好奇,山那边是什么?海上会不会飘来白帆带我远行?远方有怎样奇异的人民和国度?我们从孩提时代起就渴望着远方,渴望那遥远的、奇异的世界。现代人信息和交通便捷的生活确实在相当程度上满足了人们的好奇心,但在相当程度上又削弱或淡化了人类的好奇冲动。我们早就知道了地球是圆的,世界有几大洲,大洋上有些什么岛屿。我们可以相当安全甚至舒适地到处旅游、住宾馆,跟着导游"观光"(sightseeing)——一个有时会让你觉得很没劲的字眼。随着人类知识和信息世界的扩大,人类意志、想象和冲动世界却有可能缩小。

古人的探险发现本来很慢,自哥伦布以后就大大加快了。现在已经没有什么"新大陆"和"大西岛"让我们可以代表人类去发现了。于是,我们要给探险一些新的"名目"或"说法",前人经历过的,我们毕竟还可以自己再经历一次,我们可以真正使探险变成"探险",即真正是要去"涉险",甚至"设险"。我们想在危险中激发生命,体会生命意志的乐趣。比如说徒步穿越大戈壁,只身漂流澜沧江。

这时，获得新知相对于体验生命已退居第二位。生命珍贵，然而，有时候，越是珍贵的东西却越是有一种一掷它的豪情和快意。至少我们可以体会到一些艰难困苦。生命在边缘处反而愈加显示其意义和深刻。

所以，如果说以前的探险也许更多的是为了发现，现代人的探险则更多的只是为了探险而探险了。这倒使探险变得更为纯粹了。以前的探险常常是代表人类，载入史册，现在的探险则常常只代表你自己，你可以留下你自己心中的记录，测量你内心的纬度，你可以知道自己能经受什么，会畏惧什么和不畏惧什么。

如果这世界上满是探险者乱跑，不时这里或那里传来噩耗，当然也不好。包括探险者自己也经常还是需要一张安逸的床。问题可能是总有这样一种人，这种人可能不是很多，他们天生不安分，他们说什么都不愿老死在床上，不愿总待在写字间里，他们注定需要困苦和危险。如果这世界上已经没有多少危险和困苦，他们甚至需要自己去创造它！

为什么不呢？我耳边老是响着去南极时一位捷克站老站长说的这句话：why not？他已是满头白发，却还是每年去南极，住在一个紧邻冰盖的荒岛上，过最简单和刻苦的生活。有一次他把一个哲学家也带去了，那哲学家真的像犬儒派一样在一个木桶里住了一周。有一次他带去了一个捷克的名歌手，晚上那歌手在吃饭的小桌底下试着睡下，好容易摊开了四肢，说"这地方很好"，就一觉到了天明。我们去的那年，他带去了一位小女孩和她的父亲。

无论如何，探险是一种生活方式，自有人热爱这样一种生活方式。有些文明世界里的弱者，却可以成为荒蛮的自然界里的强者。他们不擅于和人打交道，不擅于和文件电脑打交道，却擅长和那山、那河、那海打交道。有时他们的探险的动机甚至就是为了逃避。多次独自走长城和穿戈壁的刘书田回到文明社会，跟人连最简单的应酬话都不会说了，而他也许正是因为不善言辞和交际才到处去，去山野里走的。他在那里更感到惬意。当然，还有一些探险者可能有多方面的能力和冲动，他们既是文明世界的弄潮儿，又能享蛮荒世界之乐。问题也许是弄清我们自己是哪一种人，如果我们自己不愿意冒险，我们也还是可以试着理解和欣赏那热爱冒险的人——他们为人类保留了某种宝贵的野性和生命的元气；而如果我们自己内心深处就潜伏着这种冒险的冲动，我们为什么不试着踹一踹（try）？

从南极看人与自然

我去年12月到今年2月去了一趟南极。南极对环保事业究竟有何意义？在地球的南端，一块1400万平方公里，差不多有一个半中国那样大的冰冷、荒凉的土地躺在那里，对地球和人类究竟有何意义？

现代人习惯于从物质方面来考虑自然事物对于他们的意义，但即使在这一方面，南极对于人类来说也是极重要的，它的巨大冰盖、冰川中蕴藏有地球上72%的淡水，它有很丰富的各种矿产和食物资源，只是现在的开采和利用成本还很高，但是，人类一旦有事，在其他的大陆上不易待下去了，或者资源殆尽，南极是很有可能成为人类最后的挪亚方舟的。一念及此人类就应该感到安慰，所以说，即便是从人类自身生存和物质利益来考虑，人类也应谨慎地对待和保留南极，这符合人类的长远利益。

然而，无论如何，目前的南极由于极其寒冷，没有什么土壤、绿色植物，是不适合人类居住和生活的。目前在南极的人们吃的食物都是从其他大陆运过去的，在那里居住的人很少。

这也就是我在南极感觉最强烈的一点，它和其他大陆最不同的一点就是：我们在那里看不到人类的痕迹，看不到文明、文化。它在人类发现它之前是一个无人世界，即便在今天，它也没有常驻居民，在那里生活的人都是定期轮换的。

然而，恰恰由于它是一个无人世界，保持着一种原生状态，反而可以帮助我们用长远的观点来认识自然、认识人与自然界的关系、人在自然界中的地位，乃至于人类自身、人自身存在的意义。

这首先使我们确立一种新的时空观，使我们以长久乃至永恒的观点来看问题。时间的单位一下拉长了，变慢了。不再是以年、月、日计时，而常常是以百年、千年、万年计时。你在南极看到的一片普通的苔藓，可能就有和人类的几千年文明一样长的历史，它可能数百上千年才长一厘米。而且，你看到它，很可能就是人类的视线第一次接触到它。在南极会有许多次这样的"第一次"的经验。许多美丽的自然景物并不因你的到来才存在、生长、美丽，它们千百万年来就是这样存在的。

于是，以这样长远的观点看问题，你就会深深体会到，的确，南极以及整个自然界，并不是以人类为中心存在的。自然界不依赖于人而存在，而人却要依赖自然界而存在。人应当恰如其分地看待自己及其在自然中的地位，应具有某种谦卑。过去恐龙一度是地球上最强有力的动物，是世界上的霸主，但它却使自己的发展过分单一化，结果经不起环境突然的变故，于是就灭绝了，现在人类凭借他的知识和技术也是地球上最强有力的动物，是目前自然世界的支配者，他是否能凭借自己的智慧而避免这一厄运呢？毕竟，我们要看到，人类今天赖以骄傲的技术文明的历史和自然界的历史比较起来还是短得可怜，他的成就也还是无法与自然的伟力相比。所以，即便是为了善待自己，人类也应当善待自然。这是一种生存的智慧，而在南极是比在其他大陆较容易唤起这种智慧的。

而且，南极还有它自身存在的意义和根据。这一点已经从我们上面所说的它并不因人而存在，也并不为人而存在的事实显示出来了。利奥波德曾谈到荒野的价值，荒野构成整个自然和生态平衡、和谐的必要一环，所有的环节，包括人类的环节都应当是这一整体的平等的一员。而现在其他大陆上的荒野已经越来越少了，南极是地球上目前唯一还没有太被触动的、最大的一块荒野，躺在世界的底部，和凹陷的北冰洋遥相呼应，就像是使这个世界结实可靠的一个巨锚。从古希腊人起，就相信有一块"南方大陆"，他们认为只有这样才能保持世界的平衡，这一信念在19世纪的地理发现中得到了证实，但平衡与和谐的观点却可能被人忘记。

　　南极还有一种审美的意义，它的礁石、雪峰、冰盖等自然景物以及那里的动物都是极美的，稍有一些审美力的人都会被它们感动，都会不忍破坏和伤害它们。在其他大陆，我们往往是在污染已经造成，自然惩罚我们之后才想到要保护环境，而在这里，一种壮丽的景色已经从正面使我们深深感到保护它们的必要了。

第五辑

我们生活的世界

老彼得·勃鲁盖尔《贪婪》

1556—1560年

对于这个世界的愿望

我已久无梦想,有的只是一种辛苦工作的习惯和一些琐屑的个人的期望。至于对这个世界的梦想,那是需要一些信心和热情(乃至斗志)的,而我这些方面皆弱。即便说有一些类似火焰的东西,也可能是暂时冻结在心底。

在此我大概只能表述一些愿望——对于我们生活的这个世界的愿望。

一

首先是对于中国的愿望。中国只要有和平,我想大概已不难达到一个小康国家,乃至相当富裕的国家的水准。"大白菜加扭秧歌"的快乐标准将被超越。因为,只要有和平,就总会有积累和进展。另外,我也深知我们的国人有一种在任何艰苦条件下扎根、生长、结实的本领。我们的同胞在一定目标达到之前是足够勤劳的,也是能够节俭的,对不断改善物质生活的愿望也是相当强烈的,而对发展的基本方向和途径,经过一百多年的折腾之后也是明确和不易动摇的,这条路将大致脱离不了市场经济与科学技术。所以,我们大概已不难走到经济繁荣,而我还希望这种繁荣将是一种有秩序的繁荣，导致和促进这种繁荣的自由也是一种有规矩的自由。也只有这样，繁荣才能够比较持久和可靠。

而这就需要从两方面努力。一方面是政治、经济、法律等各项社会制度的建设。制度就是规矩，就是某种程度上的一视同仁和恒久一贯，在这个意义上理解，也就是社会正义，在这方面，我们国家其实还有很长路要走，现存的制度中还有许多不公平之处需要改善。另一方面是个人，个人也要养成尊重法律、遵守规矩的习惯，更重要的是要有一种正义感和责任感。也许这人的方面更为重要，至少在开始时是这样。因为不仅制度要靠个人去落实，有的还要靠个人去创建。俗话说，"国有国法，行有行规"，虽然法规过多过苛也会带来不少弊病，但总的说来，规矩是让人省力的，规矩能让人有一种合理的预期，我们的一切生活计划都必须建立在这种合理预期的基础之上。什么时候我们能做到放心地签订每一份合同，知道只要签约对方就会履行，即使偶有不履行，法律及执法的权力机构也一定会不让我太费力地维护我的利益，那就要比现在的情况好得多。如果届时"制假贩假""三角债"之类只是偶尔的例外，信用已经稳固地确立，法律意识已经融入血肉，我们也许就可以多移一些心思到别处，可以免除一些不必要的人事纠纷，可以比较专心致志于技术的创新和企业的正常发展，从而拉动整个社会经济的增长，再借助于某些审慎、合理的制度层面上的再分配措施，我们的国人就能普遍地过上比较富裕和像样的生活。

可是，这是不是就够了呢？我们对自己的国家和民族是不是能有更进一步的希望呢？除了普遍富裕的生活，我确实还希望能有一种精神文化的提升、丰富和发展。也就是说，我不但希望着有一片平原——这社会有某种不错的平等和均富，还希望着这平原是高原——这社会也有一种较高的精神文化水准。

二

其次是对于包括中国在内的这整个世界的愿望，是对于人类的愿望。这方面当然首先是和平，是世界上不再有战争，至少不再有大的战争。人类所掌握的武器实际上已经发展到了这样一步，以致人类再也经受不起一次世界性的总体战争，甚至经受不起一次大国之间的直接和全面的战争。当然，可能也正是由于这一点，由于有"保证同归于尽"的顾忌，遏制了人类的轻举妄动，使20世纪下半叶虽然局部战争不断，却毕竟没有发生世界大战。但我们还是得警惕：大战毕竟常常是从小战开始打起来的。谁都没有想过打第一次世界大战，但第一次世界大战还是爆发了。如果说这五十年幸运地没有出现大战，不等于往后五十年、一百年就一定不会出现这种情况。玩火者总是有的，而不玩火者认识上也会有误区，双方估计上都可能出问题，而关键在于我们已生活在火药库周围，有时一点点火星也可能导致把人类几千年积累起来的文明成果毁于一旦的燎原烈焰。总之，人类在掌握强大的物质力量上很可以说是赢了，但他却再也输不起了。

另外，就是人类不仅要对自己谨慎，对自己好一点，也要对其他物种好一点，不但要善待自己，也要善待其他物种和整个地球家园。我想，如果其他物种能表达自己的意见，那一定是满腔怒火——它们是早已恨透了人类的霸道。设身处地想一想，难道人类就愿意哪一天被仅仅比自己更强有力的物种随意虐待、追逐和杀戮吗（而这里所遵循的逻辑也就是现在人类对待动物的逻辑）？强力并不是可以为所欲为的论据。"天作孽，犹可违，自作孽，不可活。"我们不得不小心，最后的报复和惩罚可能就来自我们自己以前的行为。任何行为也都是因果。哪怕我们自己碰不到这种惩罚，我们也得想想子孙后代。所以，我还希望人类能在这个新世纪里与自然讲和，与其他物种讲和，而这就有必要约束我们人类自己的行为，节制我们的物欲。

三

康德写道:"有思想的人都感到一种忧伤,这种忧伤很有可能变成为道德的沦丧,而它又是不肯思想的人所全然不理解的:那就是对统治着世界行程的整体的天意心怀不满——当他考虑到灾难是如此沉重地压迫着人类而又(看来好像是)毫无好转的希望的时候。然而,最重要之点却在于:我们应该满足于天意(尽管天意已经就我们地上的世界为我们规划好了一条如此之艰辛的道路);部分的为的是要在艰难困苦之中不断地鼓舞勇气;部分的为的是当我们把它归咎于命运而不归咎于我们自身的时候——我们自身也许是这一切灾难的唯一的原因——我们能着眼于自己本身,而不放过自我改进以求克服它们。"

我老是想这句话,这大概就是我现在的心态。上面说了这么些愿望,希望着中国更好,世界更好。可是,说实话,我心里却有一种深深的恐惧和不安,我甚至隐隐地觉得人类可能会有一大劫,如果真是这样,此刻我们最需要做的事情就还不是沉浸在"明天一定会更美好"的梦想之中,而是如何面对一种大危机而激发起全部的生命力来渡过这一劫难的问题。在幢幢的黑影临近之前,我们大概谁也不知道这劫难会是什么,但它却可能就是人类自己现在的行为所致,是人类现在所走的道路所致。而由于现在的

"全球化"真正使人类的各方面生活结为一体,这样的灾难如果发生就会是笼罩所有民族的。对个人来说可能会有孑遗,对民族来说却不会有幸免者。探究这后面是否有何天意和神秘的原因大概是人类所难能,以为向一两个人膜拜就可得救更是无稽之谈,我们也许只能寄希望于一种缓慢但却是整体的自我改变,寄希望于人类自身的一种改弦易辙。这样,当危险还没有伤及生命根本的时候,甚至更早些,人类的预警系统就发生作用,调动起我们的潜力,使我们的生命之舟终于绕过险礁,开始另一轮的航程。

本来想说些美好的愿望,最后却说了一些悲观的话,这是我始料不及的,但愿这只是杞人忧天。不过,有一点对自己是明确的:无论多么悲观,都决不放弃工作和努力。

(写于20世纪90年代初)

生命的原则
——访在"大兵瑞恩与梁晓声"讨论结束之际

1998年11月10日,《中国青年报》刊发文章《作家梁晓声说:那场"冰冷"的讨论是可耻的》,而后引发了一场"关于大兵瑞恩与梁晓声"的讨论。讨论结束之际,记者肖英采访了北京大学哲学系何怀宏教授。

记者:从11月12日起至今,"关于大兵瑞恩与梁晓声"的话题讨论已持续将近一个月。可以说,这次讨论从一开始就受到很多读者的密切关注,不同职业、不同年龄的读者纷纷来信提出自己的观点和看法。值得注意的是,这场讨论并不是预期的,计划的,而是大家自发起来、始料未及的。作为一个专门从事哲学、伦理学研究的学者,您如何评价这场讨论?

何:其实我想首先应该感谢梁晓声先生,他作为一个很有血性的人,写了《冰冷的理念》这篇文章,观点比较尖锐和鲜明,是他的意见促使人们思考,引发出很多意见。这些意见的表露是有意义的,能够启发我们去思考一些问题。有些问题人们会想,但并非经常想。包括舍命救人这样的事情是很罕见的,可能很多人终生都不会遇到。但虽然罕见，它又是一个焦点，很集中地反映出一个社会、一个民族的道德水平，以及一个民族和时代的理智和情感特性，因而很容易引起大家感情、理智、思考的震荡。这就是为什么有时一个城市发生一件这样的事情，整个城市的所有人都会关注的原因。虽然讨论中的意见不一样，但其实可以寻找到很多共同点，也可以找到帮助我们思考的契机。

讨论的意义不在于最后有一个结论，或者说"真理越辩越明"——至少对当事人来说常常并不是这样。某一方就在辩论中被对方说服，这看来不太可能。有一个讨论的舆论空间的好处主要是让各种意见有充分表露的机会，其间不管哪种意见，都可能代表了相当一部分人的观点。双方，或者是多方，都不能互相说服，但能使双方或者多方都考虑一下对方的观点，考虑到还可以从另外的角度来看问题。就比如拿梁晓声先生的后一篇文章来看，我个人觉得，相对于他原来的《冰冷的理念》一文来，观点也有所调整，考虑了一些新的意见。这个讨论本身的意义就在于此。

这场讨论更深的意义在于，关键问题可能还不是马上就弄明白我们碰到救人这样的事该怎样做，或者做出一些规定，而是后面隐藏着的一些原则更清楚地显露出来了。包括《拯救大兵瑞恩》这部电影和梁晓声所说的，都在强调一个生命的价值，或者说尊重生命的原则。讨论使我们每一个人重新审视这样一个原则。我们现在所说的生命，在这个问题上当然目前还局限于人的生命，从广义上来说，其实还应包括动、植物。但即使就救人引发出来的尊重人的生命的原则，我们也可以说，它的第一层含义，就是人的生命本身是宝贵的，本身是珍贵的。所谓"本身是珍贵的"，就是说，这个珍贵是不能作为手段和工具的珍贵，它是作为"自在自为的目的"的珍贵。人是世间事物中第一个可宝贵的，毛泽东也说过类似的话。但这里要特别强调的是，这种宝贵不在于他们能打仗，能生产，能做出多大贡献，而是说生命本身就是宝贵的。

这样就引申出这个原则的第二层含义，既然生命本身就宝贵，那么任何一个享有生命的人，任何一个活着的人，所有的人，他们的生命都是同等宝贵的，每一个人的生命都是应当受到尊重和珍视的，在生命和生存这个层次上所有人都没有差别。这里没有外在的价值的衡量，不管你是老农、博士、教授，或者是领袖，或者是所谓的"草民"，都是同等宝贵。也就是说，第一是生命本身宝贵，第二是同等宝贵，也就是普遍宝贵，这些含义是互相包含的。

第三点就是：保存生命、尊重生命这样一个原则，在次序上是最优先的，优先于所有其他的道德原则，我们常常说的人道的原则、权利的原则，平等的原则，可能还有些含混之处,而尊重和保存生命的原则是明确的,是最基本和最起码的。

记者:生命价值的普遍性和优先权,在讨论中大家基本是有共识的。那么,具体到自我的生命价值和他人的生命价值发生冲突时,在"人性的光辉中"谁更优先,则是梁晓声先生提出命题的基础,也是这场讨论最终的焦点所在。

何:这里有自我和他人,或者说自我和社会的观点的不同,这两个观点要有所区别。像诗人裴多菲说:"生命诚可贵,爱情价更高。若为自由故,二者皆可抛。"个人是完全可以觉得爱情比生命更重要,但是对于社会来讲,对于我们面对他人来讲,观点要有所差别。假如我是站在社会的一个领导人的角度,就不能说爱情是至高无上的,首先还是我的决策所影响的人们的生存的权利更重要。我们所说的尊重生命的原则,绝对不是从自我的立场出发,而是作为社会的道德原则来强调的。它并不是说"我"的生命是最宝贵的,而是说所有人的生命都是同等宝贵的。这就是一个社会的观点,一个普遍的观点。

社会应该优先考虑的就是这个原则,因为像其他东西,还有一些含混的地方。比如说人道原则,有时候讲人道原则,会把一些人排除出去;或者说权利原则,权利理论本身也都有含混的地方,各个民族,甚至每个人都可能赋予权利不同的含义，它包含的面也更广。而生命却是非常实际、确凿无疑的。就是说，生命就是这样，你剥夺了一个人的生命，他就会死亡，你伤害他，他就有可能变成残废，你打他，他就会疼。所以尊重生命、珍惜生命的原则，不是站在自我的观点，而是站在社会的角度，站在普遍的观点来思考生命本身。这里说的也不是精神生命、灵魂，就是很实实在在的、活生生的生命，或者说就是肉体的生命、身体的存在。

这不需要很多理论，是非常朴素的。为什么一个乡下老太太，看到一个日本孤儿，她就不忍心丢下不管，她就要救他，养下去，让他活着。这个时候，其他的就都不重要了，民族的，或者说阶级的因素都不重要了，孩子无辜，生命无罪，哪怕自己含辛茹苦，她也要把他养大。这无疑会帮助我们思考尊重生命的原则作为社会普遍原则的意义，其实这也就是人道最基本的原则，或者用我的一个说法，它是最底线的伦理。

要注意自我的观点和社会的观点之别，注意对人对己的要求有所不同，要有人我之别。如果一个人站在自我立场上拿这个原则来说：每一个人的生命都很宝贵，那我的生命也很宝贵，别人有危险我也就不必去管。其实这个想法恰恰错误理解了这一原则。每一个人的生命都很宝贵，是站在社会的观点来说的,不能用在自我辩解的立场上。

所以我觉得讨论本身并不可耻,而且是有意义的。即使都接受尊重生命的原则,也还会有抉择的两难——放到具体情境中就会发现,它是会有冲突的,即使毫不犹豫地赞颂尊重生命、珍视生命这一普遍原则,也还是会遇到矛盾。比如《拯救大兵瑞恩》,可以说是体现尊重生命的原则,但生命和生命之间会有冲突,有时候只能够顾一方。在不能兼顾的时候,我们如何选择?

记者:那么我们由此再往下分析,"救不救人"是不是高尚与平凡、伟大与渺小,甚至共产主义道德与自私自利的界限呢?

何: 80年代的那场讨论,我不太记得当时的详细情况了。但如果说当时更多的人都认为张华不值,说这是主流意见,绝大多数大学生都这样认为,我想是过于言重了。从我的接触看,很少有人这样比较:对方是个老农,我优你劣,我价值高,你价值低。其实不是这样。救不救?很重要的原因,一是救人的突发性,二是它的危险性。这两点往往决定一个人采取行动与否,或者采取什么样行动。

救人是有危险性的,如果是举手之劳,我相信绝大多数人都会去救别人。而且我相信,很多救人的人并没有想到自己会死,有时他就想跳到粪池里,把人救上来,就这么简单，也不容多想。救人的突发性和紧迫性常常不允许多想，关键问题是，你是什么都不做，还是做点什么，我相信大部分人都不会扬长而去。

所以还要区分出"义务的行为"和"高尚的行为"。所谓的"义务行为"，就是绝对应该做点什么，不管你能做什么，都不能袖手不管，作为你的同类，你有拯救你的同类的生命的义务，这是绝对的义务。但是究竟怎么做，做到什么程度，这就有高尚和普通之别，很多人会做，但可能做不到用自己的生命去换别人的生命，能这样做的人可能是少数，所以才高尚，才是英雄。高尚当然是值得钦佩的，但是若要把高尚变成一种绝对义务，那实际上是做不到的，也是不可能的。要求每个人，在任何情况下，都要完全不惜付出他自己的生命的代价去救人，这是不容易做到的。包括拯救大兵瑞恩的小分队，如果只是自愿，可能这8个人就不会全去了，可能有几个人就不会参加，但军人是以服从命令为天职的，有双重的责任，他们去了，但一开始还是抱怨。

所以要区别义务的行为和高尚的行为。高尚的行为就是不惜一切代价，不惜自己的生命去拯救自己的同类，义务的行为就是无论如何，你都应该为拯救一个生命尽你的义务，做你力所能及的事。

这里还回到上面所说的这样的差别——自我的观点和

社会的观点，就是说对人和对己还不一样。对别人我们不能够有太苛的要求，更不能这样指责：你为什么不冒着生命危险去救他？因为如果不身临其境的话，每个人都很难说他自己在同样的场合下绝对能够奋不顾身，所以不能够绝对地说这样的话。当然对自己，可以希望自己在该站出来的时候一定站出来，如果做不到就要谴责自己，这是自我的观点，也是一种严以责己，宽以待人吧。从社会的观点，或者对别人而言，对大众来说，愤怒不能过多地发泄在他们身上，其实有人可能不同程度地做了些什么，但可能做得还不够。

记者：说起事发现场人们的态度，我想起一件事。大约两年前，一位叫沈楠的人当街被人打死，当时围观的人很多，却没有人帮他。这件事在北京影响很大。后来电视台的一个专栏节目报道这件事时，更多地分析在场群众的道德良心哪里去了。这件事的确很令人痛心，但主持人"高高在上"的指责也让人很不舒服。

何：在国外发生这样的事情，确实没有多少人指责街头的人，说街头出现暴力，你为什么不去救。但绝对应该做点什么。

面对暴力，救人有时候是一念之间，一两个人冲出去了，大家也许就都冲出去了，但有时一下子被慑住了，因为突发性和危险性太强，抑制住了大家的正义感。

所以，对待这样的事应该有理性的分析。笼统地说，救人是一个公理不用讨论，但其中有些东西是要考虑的。任何一个人都有拯救自己同类的义务，但究竟是不是任何人都有牺牲自己的生命去拯救别人的义务？这种高尚的行为值得我们钦佩和赞颂。但是，没有这样去做的人，他自己的良心可以不安，别人却没有很多的权力去指责他。我想，这次讨论中两方面的观点还是能够寻找到一些共识的，其实很多人不是不想救人，而是如果要付出自己的生命，可能还是要考虑一下。许多普通人可能会想，我不想伤害别人，但在任何情况下都挺身而出我做不到，哪怕我做得到，我还有家庭、孩子、老人，不仅仅是为了我自己的生命。所以说，不要太厉害地去谴责大众。

人确实不一样，有热情一点的，有稍微冷淡一点的。有些人就是胆小，这样的人也许能做好自己的那一份工作，甚至很可能在工作中任劳任怨，但他性格就是这样；有些人反应快，但也有些人反应慢，想当英雄也当不成英雄。

我们需要有激情，需要有血性，这个社会如果真的见死不救的事情老是发生的话，说明这个社会真是出现了道德危机，绝对有必要大声疾呼。但在另一方面也要有理性，包括事后冷静地反省，为什么会发生这样的事情，从而尽量从原因上防范，从制度上减少，这才是关键所在。所以，不要指责大众，有时候因为轻率和不负责任所造成的对生命的伤害更严重，更不要说那些有意犯罪者了。无疑这些更可耻，更值得我们愤怒。

记者：80年代张华救老农牺牲后，引起了一场讨论，事隔十年又引发了这场讨论，这次讨论也许可以看作是上一次讨论的扩展和继续。十年间，中国由计划经济走向市场经济，社会发生了巨大变化，但这两场讨论性质几乎相同，您怎么看？

何：这说明社会中还有很多问题，十年来，我们经济发展的成就是巨大的，但是在道德、精神方面没有得到相应的发展和完善。这种尊重生命的原则，是否深入人心，是否在每个人，尤其在掌握一定权力和资源，包括人力资源的人那里深入人心？比如说我们的宣传，有些跟这个原则是有距离的。比如今年抗洪，弟弟牺牲了，宣传中说哥哥马上就跟着上，到抗洪第一线。我觉得这么做是不是有必要。战争年代需要前仆后继，但现在是不是完全有必要这样做，这就涉及尊重生命的原则。我们必须区分社会的观点和自我的观点。对于一个家庭来说，对于一个母亲来说，他们已经尽了义务，即使他们本人有这样强烈的意愿，社会也应该考虑，不能够让一个家庭付出过多的牺牲。那个哥哥说"我带着我的家来了",由此可能他的家就没了,如果他再出现意外,他的母亲也就没有最后的一点儿安慰。所以,作为社会的原则,遇到这种情况当然会很感动,但是不同意,坚决不同意。我们可能还有一些糊涂的地方,英雄就要他高大全,就要他集中在一个家庭,其实没有这种必要。一个英雄的母亲这样做了,那么其他的母亲呢?在宣传的压力下,是不是也要这样做呢?英雄和普通人之间的距离是不是太大了?事业的成功、战争的成败有时候都是这样的。从一个普遍的意义上讲,事业的成功和生命比起来,都是次要的。

国外有一个例子现在可能有些人还不能接受。一艘军舰被好几艘敌舰包围,再抵抗下去将被击沉,全舰官兵都要死在冰水里,我强调的是这种抵抗绝对无效且绝无生还的可能。在这个时候,舰长做出决定:投降。但决定投降以后,他选择了自杀。这是一个懦夫还是一个英雄?因为他知道自己没有剥夺其他人的生命的权利。作为指挥官,他考虑的不再仅仅是自己的荣誉,还有一个更重要的,就是生命的原则。当然这个前提是抵抗绝对无效且全船人必死无疑,没有这个前提,另当别论。

近年来,可以说,我们大家的目光比较集中在经济上。尊重生命的原则,不光是每个人不受到凌辱、伤害、杀戮,而且还要有能够维持生活的资料，就是生存权和发展权。这两个问题是连带的。应该从社会的各个方面，包括支持的精神、制度的建设、政府行为和个人责任反省，多管齐下，社会才能走向良序。良序的社会需要人们见义勇为的机会就可能少了。所以应尽量从原因上去努力克服，这是根本。

记者：正如您所说的，我们应该努力从原因上去避免有些事情的发生。在讨论中，有些读者已经超越了道德领域，而从法律和社会的角度来分析问题。

何：救人，是因为人的生命发生危险，危险到底是由什么造成的？为什么人会发生危险？为什么有些人要被救？无非是两种可能，一种是自然的灾难，还有一种是人为的，比如暴力。我们必须思考产生这些危险的原因，因为灾难，有些可以说既是自然的，也是人为的。比如1977年有一件事，可以说是中国知青史上的"泰坦尼克号"，一条不合格的船还超载，让知青乘这条船去种树，结果没有多少人生还，一下死了82人。这看起来是自然的灾难，但同时它又是人为的，虽然它不是蓄意害人。

所以很重要的一点是，不能够不负责任地让别人置于危险境地，这是一种义务和责任。尤其是掌握一定权力、能调遣人力资源的人，不能够随便让别人置于生命可能出现危险的境地，要防患于未然，这是更重要的。正如读者在讨论中提到的，为什么不多讨论讨论粪池为什么不盖盖子？井盖丢了为什么不及时补上？责任和权力和资源是联系在一起，是成正比的。

记者：您曾经在哈佛大学做过访问学者，对西方文化有一定了解。那么根据您分析，《拯救大兵瑞恩》在美国放映后，会有些什么议论？

何：我不知道，可能他们也会有讨论，但不会以这种形式。他们不太会讨论值不值，或是该不该的问题。但在绝对应该的前提下，还会有好多具体决策上的两难，并不是你说了一句"该"，然后一切问题都迎刃而解。在一切没有发生之前，你全都不知道，都是未定之天，还是会产生困惑、冲突和紧张。

谈到对生命珍重的支持精神，诺贝尔和平奖得主史怀哲有一个思想是"敬畏生命"，不仅是人类生命，包括一切生命。他在学术前途辉煌的时候去了非洲，行医治病。所以要尊重生命，支持的精神很重要。这不一定是来自知识，比如有些不识字的老太太，有很强烈的对生命的关注、怜悯、恻隐。许多佛教徒、基督教徒之所以热心慈悲，也是因为有一种精神的支持。

记者：大家都还比较关注一个问题，那就是，十年前

有这样的讨论，今天又有这样的讨论，那么历史上到底有没有过这样的讨论？再过十年、二十年是否还会有这样的讨论？

何：关于这样的讨论，我手头没有明确的资料说历史上有，或者没有，但是我想，它是人类生存所面临的最基本的问题，所以历史上肯定有过这样的思考和可能是各种范围的讨论。现在的讨论之所以引人注目，主要是由于有媒体把它记录下来，把它传播开来。人们往往会讨论一些具体的事件，形成它的舆论空间。包括电影《索菲的选择》也引起过这类讨论。我想这样的讨论以后一定会有，因为以后还会有一些事逼着我们思考，逼着我们讨论。问题不会终结，思考与讨论也就会继续。

最后我想说，我们讨论的意义，也许主要是使尊重生命的普遍原则更加深入人心，当然，我们个人也可借此有所反省：如果碰到这种情况，我应怎么办？事先想一想要比不想好，我们也许就能做好某种准备，不致让自己错过不站出来就会后悔和蒙羞的时刻。

（载《中国青年报》，1998年12月9日）

道德的最后边界
——采访人:《光明日报》记者钟国兴

记者:您的《良心论》引起了许多关注,在最近的论著中又提出了"底线伦理"一说。凭直觉人们就能意识到,这是针对目前或者更大范围的道德问题提出来的,是这样吗?

何怀宏(以下简称何):提出这一概念首先和临近世纪末时对这个世纪的反省有关。霍布斯鲍姆在回顾20世纪的《极端的年代》一书中,谈到20世纪由于战争、内乱等人为的原因就死了1.87亿人,20世纪有两次世界大战和许多局部战争,就是到了90年代,我们也依然看到像波黑战争,非洲一些地方的部族屠杀等。发生这种大规模的人为灾难确实说明人们的道德底线发生了动摇,甚至局部发生了崩溃:只要给出某些"理由",人就会对自己的同类做出残忍的事情,这种情况在"文化大革命"中也是我们所熟知的,只要稍微读一读季羡林先生的《牛棚杂忆》等回忆录就足以让我们感到惊心动魄。那么,有没有可能避免这些灾难,使这种悲剧不在新的世纪里重演呢?还有一层现实的忧虑则是,中国目前正处在一个改革时期,或者说一个过渡时期，人们的追求更为多样化，而社会的很多规范还不很确定，出现了很多紧迫的道德问题，甚至潜伏着一些危机，这些都推动着我思考：我们的道德努力应该从什么地方开始，应该建立在什么样的基点之上？

记者：" 底线伦理 " 显然是相对于更高的精神伦理层次而言的，它是指一个人或社会所必须具备的最低道德水准？

何：" 底线伦理 " 中的 " 伦理 " 是指社会性的道德行为规范，而 " 底线 " 则是对其性质的一个比喻的说法，意思是说它是一种比较基本、最低限度的伦理。在此，" 底线 " 主要是相对于人生理想、信念和价值目标而言的，一个人可能追求的是一种高尚道德的人生，但他也可能是追求一种艺术的、审美的人生，或者追求一种宗教信仰，追求建功立业，或者只求平静安适、家庭亲情乃至快乐潇洒。无论他们追求什么，他们作为社会的一员，都应当遵守某些基本的道德规范。这些基本的道德规范就构成 " 底线伦理 " 所要讨论的内容。" 底线伦理 " 主要有两方面的含义：一个是它的普遍性，或者说平等性，也就是说 " 底线伦理 " 的规范是要求所有人的，是同等地、没有例外地约束所有社会成员的，并不因权力或金钱、地位的差别而有什么不同，它不允许有任何 " 逃票乘客 " 和双重标准；另一方面的含义也就是它的基本性、最低限度性。

记者：我们是否可以把"底线伦理"理解为道德最后的边界？如果这一社会的边界为人们所践踏，那么将会出现什么局面？

何：它确实可以看作是道德的最后界限，是社会和人类的最后屏障，如果一些最基本的规则没得到遵守，社会就不成其为社会，社会就会任由"以力取胜"的丛林规则去支配，而人也就不成其为人了。社会精神文明的生态环境也像我们的物质的生态环境一样，是有机生长和互相协调的，破坏易而建设难，一旦被毁坏就代价惨重，很难在短期内恢复。而由于这种重要性，它又可以说是最优先的，它不仅是社会存在的基点，也应当是我们道德努力的起点，它在逻辑上应当优先于精神其他方面向善、向美的努力。

记者：如果站在"底线伦理"这个社会的基本道德起点上，你认为我们社会目前乃至整个20世纪在道德上，有哪些问题需要反思？

何：在这方面还有许多工作要做，首先是有必要检讨20世纪历史与现实的教训，对那些人为的灾难我们不能够轻易地淡忘，而是要深入地分析这些灾难的社会和心理的原因，反省自己的责任；其次是有必要澄清各种虚假的使某些个人越界的"理由"，尤其是反省那些在20世纪一度很流行、使某些集体大规模越界的"理论",例如极端的民族国家主义、种族主义、目的证明手段的理论、斗争哲学等等;最后,我们还需要重新强调被20世纪某些流行理论掩盖了的古老道德常识。"底线伦理"所包含的内容其实是早已隐含在千百年来许多文明的传统之中的,比如说在我们自己的传统中,孔子早就说过:"己所不欲,勿施于人。"你不愿意自己被杀、被抢、被盗、被强制、被欺骗和被凌辱,那么,你也不能够对别人做同样的事情,在中国佛教和道教的戒律中,也都首先要求不可杀生、不可偷盗、不可邪淫、不可妄语,这样的戒律也出现在像摩西十诫以及伊斯兰等宗教的戒律之中。这些共同戒律并不是偶然相同,而是说明它们确实是一个社会正常存在的基础,必须不断地予以重申。当然我们也需要根据时代新的情况来重新确定"底线伦理"的范围和论据,分辨它后面可能有的支持精神,我们还需要面对现实生活中不断出现的各种问题和挑战来修正和发展理论,研究在义务和规范发生冲突的情况下如何权衡的问题。

记者:市场经济为人们的活动提供了前所未有的自由,因而人们行为的自我约束以及社会约束就显得尤为重要,在这种情况下,是否需要强化或者从某种程度上说应该重建社会的"底线伦理"?

何：确实如此，随着市场经济的发展和完善，经济活动的自主权越是掌握在我们每个人的手里，也就越需要我们遵守某些共同的规则，比如说遵守"不说谎、不欺诈"的规则，市场经济是一种信用经济，必须建立在互相信任和诚实地履行合同的基础上，才能顺利和高效地运转，如果我们不遵守这些规则，只要有利可图就不惜坑蒙拐骗、制假贩假，那么，就不仅要大大增加市场交易的成本，甚至陷入一种恶性循环，最终惩罚每一个人，包括欺诈者自己。我们一般都希望有更高的收入，更好的生活，但却不能用不正当的手段来达到这一目的，俗话说"君子爱财，取之有道"，我们不能用损害良心的方式去赚钱。

记者："底线伦理"可以说是一个社会道德的生命线，文明的生命线，那么，是否可以说维护一个社会的"底线伦理"，是每一个文化人、公民，更是社会管理机构起码的责任？

何："底线伦理"同时也是一种普遍伦理，是每一个社会成员都应该遵循的规范，它提出的要求不是很高很玄，不是那种"英雄伦理""楷模伦理"，不是要去达到一种天地无私的精神境界，而只是要求我们遵守某些基本的法律规范和道德规则。国有国法，行有行规，比如说，我是一个出租车司机，我可能做不到每接送一次乘客，就奉献一片爱心，做不到使自己完全属于乘客，但是，我能做到不拒载、不坑人，凭我的良好服务赚钱养家，这也就履行了一名出租车司机的基本职责。同样，社会的管理机构也应当制订和监督执行一些切实可行而不是虚悬空洞的行业规范，不论是什么行业，如果我们每个人都能够做到各尽其责，社会也就能够走向良好有序的道路。

记者：在我们社会上，过去对更高的道德境界提倡得较多，如无私奉献等等，"底线伦理"的说法是否有降低要求之嫌？"底线伦理"同这些以及价值、信仰是怎样一种关系？

何：可能会有人觉得"底线伦理"太不够味，要有更高、更激动人心的东西，要改造人性，从根本精神上解决问题，"底线伦理"确实是"卑之无甚高论"，它说的都是一些最简单、最基本的道理，就像游戏的一些基本规则，但如果不遵守这些基本规则，就什么游戏也玩不起来。如果我们不首先坚持这一基础的底线，任何高尚的、美的东西也就不会有着落，有时还可能适得其反，如果我们在追求有的高尚目标时不遵循底线伦理，不让我们的行为受到它的约束，这种追求就反而可能带来残忍的行为，最后使目标也发生异化。而且，在对底线伦理的履行中本身就包含高尚，一般来说，大多数人在大多数情况下都不难遵循底线伦理，但在对自己很不利或者已经遭到别人不公正对待的情况下仍然坚持正当的行为，这本身就是一种难能可贵的高尚行为。

当然，作为一种最重要、最迫切，同时也最广泛地要求所有人的道德要求，再没有什么比底线伦理更为需要各种合理信仰精神的支持的了；同样，作为一种最基本、最起码的道德要求，底线伦理也较有可能得到各种合理信仰精神的支持，成为各种合理信仰精神的共识。

（载《光明日报》，1998年12月10日）

伦理学的中国话语
——答《中国图书商报·书评周刊》记者问

1 在读者看来，您首先是一位伦理学家，5年过去了，《良心论》所论述的伦理学的中国话语与传统伦理的现代转向仍然是伦理学界的中心话题之一，目前对此也有很多争论，您如何看待？

答：你同时提到"伦理学的中国话语"与"传统伦理的现代转向"确实很有意思。前者主要是讲立足自身，后者主要是讲面向世界。不过，在涉及伦理学时，在后一方面我更喜欢说"社会转向"或"社会转化"。近百年来，中国这个社会发生了巨大的变化，伦理也就不能不有一种根本的转变，而现代伦理学的主要内容也应该主要就是社会伦理。但这转变过程是艰难而漫长的，20世纪初梁启超就讲"作新民"，后来鲁迅说"立人"，现在的社会道德和精神状况却仍然有许多让我们感到无奈，甚至不可理喻的地方。不过，我始终注意的是"立人"脚底下的一块，关注的是基本的公民道德，是所有社会成员的起码伦理，我是一个低调派，或者说，哪怕唱一支高昂的歌，也不妨起低点调开始，对于合唱就更须如此。

另一个方面是"伦理学的中国话语"问题，也就是我们得说点自己的话，不能老说别人的话。现在有人批评说在中国社会科学的许多领域内是"西方理论泛滥"，我看在有些方面还达不到这一水平，还只是"西方概念泛滥"，是连别人的理论都还没弄通就进行"概念轰炸"和"盲目移植"。1837年爱默森在《美国学者》的著名演讲中说："我们仰仗别的民族的日子，我们向其他大陆讨教的漫长的学徒期就要结束了。"处在20世纪末的中国学者是否也可以说同样的话？单纯的"拿来主义"是否也可以告一段落？实际上，没有多少东西是可以轻易拿来的，除了某些最外在的技术的、物质的东西。我们要考虑建设一个适合自己生活的家园，就得付出艰苦的努力，付出血泪和汗水，天底下没有什么便宜的、不费力就可得到的东西，或者说不费力就可得到的东西不会是太好的东西，不会是表现出你的特性，甚至人的特性的东西。

2 近几年来，规范伦理学与不含规范的伦理学也有激烈的较量，作为其中一方面的主要代表，您认为这种争论的前景如何？而伦理学最应该关注的是什么样的问题？

答："不含规范的伦理学"确实提出了很有刺激性的挑战，但我倾向于认为，"不含规范"或"不是伦理"的"伦理学"基本上还是处在伦理学之外，是在这外面挑战，或者说冲进来兜一圈又出去了。要想稍微长久地待在伦理学里面，就不能不谈到某种规范，某种约束，哪怕这种规范可以解释为"自律""自我立法"。不以"伦理"为自己研究对象的"伦理学"尽可以叫一些别的名字，做成很有意思的学问，却无论如何不好说自己就是伦理学，甚至是可以替代规范伦理学的真正意义上的伦理学。

或者说一个人遵守法律不就行了吗？干吗还要伦理？但是，不仅要使社会上的人们普遍地遵守法律，有必要诉诸人们心中的道德正当观念，判断和改进现存法律更是要诉诸何为正当、何为正义的深层伦理规范和价值标准。所以，我觉得还继续争论伦理学究竟要不要规范不会有多少意义，而是应当更关注今天的社会究竟存在着什么样的规范？这些规范合不合理？我们又需要什么样的规范？这种规范的性质及其理由和支持论据和传统或既定的规范有些什么不同？伦理与法律的关系究竟怎样等等。

3 您认为当前中国社会在多大程度上存在着道德危机？而中国最需要的是一种什么样的伦理学？

答：我想中国社会目前存在着的道德问题和危机是毋庸讳言的，中国今天最需要的是一种共识伦理学，即一种大家都能同意或意见比较一致，大致都能接受的伦理学。但今天我们能在什么层次上达到意见一致呢？能在大家都应信仰基督或佛陀或太上老君、送子娘娘或别的什么上意见一致吗？能在大家都要过一种什么样的生活，成为什么样的人上意见一致吗？但我们有可能在大家都应共存于这个世界的层次上达成共识，即你活你的，但也让别人活，而要和平共存就需要大家都遵守某些基本的、底线的规则，这就是我提出一种普遍主义的底线伦理学的由来。

4　传统伦理与现代精神在您身上是如何共处的？在一个道德感特别浓厚的文明中并身处这种转型期的社会，做一名伦理学家是一种幸运还是不幸？

答：我自己大概属于并不很适合生活在现代社会的一类人，我不是时代的"弄潮儿"，但做一个现代社会的"观潮派"也可以是津津有味的。现代社会面临巨大的风险，人类第一次掌握了可以毁灭自己甚至地球好多次的巨大力量，而在道德和精神上又没有成长到可以使毁灭的危险处在一个可靠的安全阀门之下的地步。现代社会也第一次给最大多数的人提供了最诱人的许诺和最为多样的机会和选择，但通过这些机会的选择是不是通向人类的最大幸福却未可知。作为一个伦理学家，生活在这个时代倒也没有什么特别的幸运或不幸，不过，由于专业，我可能考虑得较多的是如何和许多有心人一道尽力防止某些最坏的事情发生，也许是因为个人眼睛老盯在这方面，不免就有些理性上的悲观，虽然在意志和行动上并不示弱。

5 如果说前几年您以翻译为主的话，那么近几年则以著述为主，这是您有意选择的吗？这又是如何影响您的学术路向与思考方式的呢？

答：我有意从80年代以翻译为主转向90年代的以著述为主的原因，已经基本上在那篇文章《一个学术的回顾》中说过了。我目前还挺满意并坚持这一选择，而非如此似乎也不足以满足我思想上的兴趣和缓解心底的焦虑。

6 《世袭社会及其解体》与《选举社会及其终结》在多大程度上能够动摇传统的或主流的、关于传统中国社会结构与变迁的解释模式？

答：我现在只能说，我相信我对中国历史采取了一种比主流模式更为恰当的观察角度和叙述方式，所谓更为"恰当"是指它不是外在的，而是内在的；不是仅仅立足于现代人立场，而是更为深入历史、力图设身处地地看待中华文明的过去。我相信这一阐述至少比其他一些受到西方观念过于强烈影响的阐述，更为符合古代中国人看待和阐释自己的方式。

这里还有一种历史的公正，即我们对待古人也要公平，尽管他们无法从坟墓里出来抗议，我们也不能对他们的生活为所欲为地进行解释。古人并不那么傻，硬要弄出一些愚昧黑暗的东西来害人害己且贻害子孙。相反，他们倒是相当成功地应对了当时环境的挑战的，这些应对方案对今天的人也不无启示，尽管我们今天有自己的路要走，并不能够照搬过去。

我也相信这种阐述会产生某种震动，但它不会是"大轰大嗡"的，不会是借助于政治权力来推行的，正相反，它恰恰要特别警惕主流模式过于政治目的化，过于工具化的教训。未来的中国历史的解释大概会呈多元的局面，这不仅是我想看到的，也正是我在前一段的工作中所为之努力的。

7　从伦理、政治，再进入社会、经济领域，您为什么作出这样的选择？在专业化分工日趋严密的今天，这种选择的危险性有多大？其背后支撑着您的是不是对普遍性的追求？这是您的兴趣使然作出的自愿选择呢，还是在您看来，这才是求解与接近真理的最重要的途径？而在普遍性与确实性发生危机的背景之下，这样选择的前景又如何呢？

答：我从伦理学进入社会历史的探讨，还通过对陀思妥耶夫斯基的一个研究涉足了一下文学和宗教，目前又在读政治、经济和生态方面的书，这主要是我自己的问题意识的牵导，也有兴趣、气质方面的原因，同时，也不排除某些偶然性。这些研究乍看起来有些杂和野，但也不尽然，久了就会发现还是有一种主导的倾向的,我主要还是从伦理学的角度关心时代、关心现代社会的问题,但却觉得为了更明白地看清现代,不能不对历史有所回顾,对永恒亦有所观照,也不能不把眼光延伸到现代社会的经济、政治、法律、环境等诸多领域中去,进行一种可说是"应用伦理学"的工作,我希望以后能在应用和实践伦理方面的探索中,与其他领域的学者有较多的交流与合作。

8 目前正在做些什么样的研究?

答:目前主要在读书,前几天戏谑了一个座右铭:"世纪末,不写作,世纪初,不著书。"也不知道能不能够坚持住,但这两年确实想集中精力多读书,也可能出去走走。

(《中国图书商报·书评周刊》1999年6月15日)

现代社会需要一种什么样的伦理？

如题所示的问题一直是我心里关注的问题，承蒙《群言》杂志约稿，我想从传统社会与现代社会的区别与关联的角度，结合自己近年的研究，来简单谈谈自己对建设现代社会伦理的一点想法。

谈这个问题的一个基本事实前提是：中国经历了一百多年翻天覆地的激烈动荡，确实脱离了传统的农耕社会、君主制社会或科举社会，而进入了或正在进入一个对古人来说完全新颖的现代社会。这一点我想我们谁都不会否认，比方说，只要稍微比较一下20世纪初和世纪末的北京，从政治体制、社会风尚、日常器物、京城风貌、居民构成，到人的心态、语言等各个方面所发生的巨大变化，可以说是世纪初的北京人几乎不可想象的。而假设让现在的人回到20世纪初的北京，看着骆驼在天安门前走，拖着辫子的艺人在天桥耍大刀，人群蜂拥着往菜市口看斩首，大概也会觉得很古怪。

并不是说社会形态变了，伦理道德也就都会改变，不是这样的，有一个基本的伦理内核是任何正常的社会都不应否弃的。如果否弃了，这一社会就将岌岌可危。比方说

"不准杀人",这不仅是法律的禁令,也是道德的禁令。所以,从战火中杀出的刘邦甫入关中,刚有一点称帝王的气象,就悉除秦苛法而仅约法三章:杀人者死,伤人及盗抵罪。刘邦这三条正是抓住了法律的根本,也是道德的根本,这大概也是他得人心、打败项羽的一个原因。历史告诉我们:若不很快改弦更张,专恃武力、嗜杀纵掠的"社会"无论如何不会长久。

但是,伦理道德也有"与时俱变"的方面。这尤其是指一种立场、一种观点的变化。何况中国社会近百年发生的变化是"数千年未有之变局"。这种变化最根本的是什么呢?在我看来,就是社会由一个等级制的社会走向了一个身份和观念平等的社会。

我们回顾中国历史,可以说有最大的两次社会变动:一次是发生在春秋战国时期,再一次就是近代以降的这一百多年了。通俗地说,第一次变动,中国社会由一个"血而优则仕"的社会转变成一个"学而优则仕"的社会,即社会打破了春秋以前基本上是从贵族内部按先天血统选官的规矩,而代之以面向全社会、按后天"学行"选官的制度——这一制度又分两段:第一段是从西汉到隋朝的近800年中,是实行以察举为主的推荐选举;第二段是从唐朝到晚清的1300多年里,是实行以科举为主的考试选举。

这种变动不仅仅是一种制度的变迁，而且是一种社会结构的深刻变革（详情请参见拙著：《世袭社会及其解体——中国历史上的春秋时代》与《选举社会及其终结——秦汉至晚清历史的一种社会学阐释》两书，均收在三联书店出版的《三联·哈佛燕京学术丛书》中）。因为，对一个社会来说，这个社会的主要资源——政治权力、经济财富和社会地位和名声——如何分配是最要紧的事情，也是形成社会阶层结构的支配性因素。而传统中国的社会历史在这方面呈现出下面两个主要特点：第一，韦伯所说的经济、政治和社会地位三种资源都紧密联系，甚至收为一途，即都以"仕"为要，以首先获得官职为要，只要有了官职，则财富、地位名声也不难获得，这种"官本位"可说是中国的"五千年一贯制"，迄无大变。第二，选拔官员的标准由"血"转为"学"，则意味着社会由一个"世袭社会"转变成一个"选举社会"，由一个封闭的等级制社会转向一个流动或开放的等级制社会。

那么，不论是春秋以前的封闭等级制社会，还是之后的流动等级制社会，在这种等级制社会里，基本的社会伦理是一种什么样的状态呢？概略地说，是一种"君子伦理"在起主要作用。所谓"君子"，就是进入社会统治的人们，以前这些"君子"是指贵族，孔子以后就更多地指那些不是凭出身而是凭自己的道德学问成为"君子"的人了,孔子并设想应当由品学兼优的"贤者"占据政治高位。

尽管有种种曲折和流弊,这一"学而优则仕"的理想后来通过漫长的制度实践和创新竟然真的基本实现了。而儒家的伦理也就是主要要求这些占据高位的"君子""士人"应当首先道德高尚、以身作则、为人表率,而由于这是处在一个等级的社会之中,他们的道德水准如何就至关重要,居上的他们就可以通过他们的道德品行来影响居下的民众,从而淳风化俗,提升整个社会的道德水平。

所以,传统社会的主导伦理首先是一种精英伦理、特殊伦理、少数人的伦理,它主要是针对社会上少数处在上层的精英的。或者说,它对士人和百姓、官员和平民的要求是不同的,例如,清代嫖娼平民不治罪,官员则要治罪。当然,更重要的是一种提升君子个人道德修养和境界的"为己之学",这样一种高蹈的学问尤其在后来朱熹理学和阳明心学中得到光辉的表现。也就是说,这种传统社会的主导伦理也是一种高蹈的伦理,它虽然只要求少数人,但要求很高,"希圣希贤",渴望在道德上达到完美的人格。

但今天不仅中国,整个世界都可以说是由等级社会转向了至少在身份和观念上平等的社会,制度和政策也日益倾向于受多数意愿的支配。此是大势所趋,全球皆然。我们需要高扬道德,但此"德"与彼"德"已不完全一样。就因为时代和社会已经发生了巨变。所以,正如我在《良心论》"序言"中所说:传统伦理虽然有很多有价值的因素,但却"不能令人满意地直接成为现代社会的伦理,而是必须先进行一种根本的改造和转化。这一转化的基本方向就是要面向现代社会,面向社会上所有的人",因为,传统伦理"在过去的等级制度社会中,是明显具有某种文化和道德精英主义特征的,而近代社会走向平等的潮流正如托克维尔所说是'事所必至,天意使然',所以,今天只要一谈到伦理道德,就必须首先考虑依据一种新的前提观点,建设一个具有普遍涵盖性和平等适度性的社会伦理体系"。

这样一种现代社会的伦理首先是一种普遍、平等的伦理,这里所说的"普遍"是指现代社会所提出的道德义务和规范是要求所有社会成员的,没有人可以例外,而且,它们是平等地要求所有人的,并没有程度的差异,它们不因人而异,不因每个人的出身、贫富、地位、种族的不同而有别。现代伦理不再是像传统社会一样公开地认可一种等级秩序,从而也公开地认可一种"君子"与"民众"两分的等级道德:对居上的"君子"要求较高,对居下的"民众"要求较低;也不再像某些特殊时期一样:道德要求只是对下不对上、对人不对己,而是在道德要求上要一视同仁。这种普遍伦理还意味着一种客观性，即它们并不是主观任意地提出来的，而是有一种客观的根据深藏在社会和人类"生生"的需要之中，甚至也符合一般人心中的道德直觉和正常情况下形成的普通人具有的常识。也正是因此，一个基本的道德规范的核心不仅在今天的各文明和民族中表现出某种一致性，在历史上也表现出一种一致性。无论是"摩西十诫"还是佛家、伊斯兰教、儒家、道教的戒律，或者各国的刑法，最基本的一些禁令的内容都是一致的。

其次，这种现代社会的伦理是一种共识、底线的伦理。所谓"共识伦理"，就是说它应当得到各种合理信仰和价值观念的支持，它和这些信仰和观念是相容的，它也致力于寻求所有人的共识，甚至可以说它的构建方式就主要是在各种歧异的价值观念和道德理论中寻求一些基本的共同之点，它寻求一种与各种合理信仰和价值观念的相容关系，而不是与仅仅一种信念的独断关系。这样，现代社会所需要的这种伦理就也必须是一种底线伦理。"底线"是指一种人们行为的最起码、最低限度的界限，人不能够完全为所欲为，而是总要有所不为。它也是相对于人生理想、信念和价值目标而言的，人必须先满足这一底线，然后才能去追求自己的生活理想。严守道德底线需要得到人生理想的支持，而去实现任何人生理想也要受到道德底线的限制。

底线伦理是做人的基本原则和人类社会的最后屏障，主要是为了防止最坏的情况发生，而不是说要争取达到一种最大幸福或最高个人境界，但没有它，最大幸福或最高境界也就会成为没有基础的空中楼阁。

总之，在现代社会里，有些东西，比如说你的终极信仰是什么、平时喜欢什么，愿意从事什么样的职业、事业，过一种什么样的生活，是没办法，甚至没必要统一的，但有些东西还是有必要优先建立一种共识的，那就是社会成员相互交往和共同生存的基本道德。这些基本的道德准则不是一定要和某种信仰联系在一起，它们主要还是和整个社会的生存联系在一起。只要你是这个社会的成员，你就必须履行某些义务。不管你是什么信仰、你追求什么价值观念和生活方式，一些基本的东西不能丢。我们不要因为达不到最高，就把最低的也放弃了。道德上有必要摒弃一种"要么全部、要么全不"的思维，不要因为成不了圣徒，就索性做一个坏人。

以上所谈甚浅，但忧虑和期望尤深。最近有一件事使我甚有感触：有人对市场上卖的18种50页一本的稿纸的页数做了一个调查，调查的结果竟然没有一本是真够50页的，一般消费者当然都不会在乎一本稿纸差几页，所以谁也不会去算，但在这一般不会有人投诉或监督的地方，竟然就没有一本够数——这就构成社会信用的一个危险信号。我想这是比哪个地方出了一个诈骗犯,诈骗了几千万元更可怕的信号。所以,也正像朱镕基最近给国家会计学院题写的校训是"不做假账"一事所告诉我们的,也许我们在社会领域的许多方面,都还需要为争取使一种最起码的底线伦理能够得到普遍遵循而奋斗。

应用伦理学的视野

一、实践的挑战和应用伦理学问题的迫切性

近年来世界哲学的关注越来越多地从语言逻辑等较形式化的问题转向具有实质意义的问题,尤其是转向伦理学问题,伦理学越来越处于哲学讨论的中心,而在广义的伦理学范畴中,又有一种向诸多应用领域发展的强劲趋势,以及哲学与其他人文、社会科学学科日益交叉渗透的倾向,国外的伦理学工作者大多数都是在从事应用研究,以帮助处理和解决各种越来越迫切、要求也越来越高的社会与个人的生活、关系、精神与道德问题。

在中国,随着社会经济的发展和价值观念的分流,诸如公正、法治、反腐败、体制改革、贫富差距、医疗与房改、下岗再就业、扶贫、环境保护、生态平衡等问题也日益突出,比如说医疗制度改革中的伦理问题、医药资源的分配公正、市场经济的道德基础、造假与打假问题、司法独立与公正、审判程序中的伦理问题、某些稀有物种的保护、人类中心主义与生态中心主义、生态保护的各种精神资源、克隆技术可能引发的道德问题、有偿新闻与媒体道德、保护隐私权与言论自由、村民自治与乡村道德建设、人才选

拔机制的公正问题、法律移植与本土道德观念、吸毒问题、流产与安乐死、社会保障机制、行业垄断及其不正之风的抑制、反对腐败、权力寻租与权钱交易问题、计算机网上伦理、企业内部的管理伦理、厂商的社会责任、教育机会的平等问题、房改与道德、代际正义、私域道德、婚恋道德等等，对伦理学等学术领域实际构成了紧迫甚至严峻的挑战，急需伦理学工作者面对这些十分重要而又存在争议或认识差距的现实问题，联合其他领域的学者，多方位地进行深入细致的分析研究。

下面我想从政治、经济、生态三个领域，试着对一些或许可构成今后应用伦理学具体研究项目的问题提出一点自己的思考，其中有的是我特别感到困惑的疑问，有的和自己过去的研究有关，另外也由此表达一种希望——希望有更多的人来研究这些问题。

二、有关政治伦理

我前一段的一个研究是试图从制度正义的角度对自春秋以来的中国社会的历史重新做出一种解释，我认为中国从秦汉以后，经由察举（荐选）到科举（考选），中国社会由一种封闭的等级制社会走向了一种流动的等级制社会，而在近代以来又逐渐走向社会等级制的打破，即走向托克维尔所说的作为现代社会基本标志的"平等化的趋势"。所谓"古代选举社会"的概念，也就是我提出来解释中国从秦汉至晚清的历史发展中形成的一种社会结构的概念，这里所说的"选举"，只是在中国古代的广义的"选举"的含义上说的，也就是历代正史的"选举志"和十通中的"选举"的含义，这种"古代社会的选举"与"现代社会的选举"自然有着根本的差别。

然而，"现代社会的选举"也是一个饶有趣味的问题，而这种"选举"也在某种意义上构成现代社会的基本特征。所以，我希望有人能进一步考察现代选举与民主制度、政党竞争的关联；它的性质和意义，尤其是在道德上的意义；它是否拥有一种道德哲学的合理基础，而不仅仅是一种时代不可避免的大趋势；它是如何运作的，在运作中可能出现哪些与政治伦理有关的问题；现代选举是否还要受到某种人性的挑战；如何净化选举，选民和候选人应遵循一些什么样的道德准则；在选举中如何抑制非理性和不正当因素；如何在体现民意的同时又防止平庸化、保护少数，尤其是保护那些具有创造力的特立独行的少数；选举的健全运转需要经历一种什么样的过程和训练；一种初起的政治参与的热情是否也会逐渐转化成一种政治冷淡主义等等。

总之，我想，从伦理学的角度一般地探讨现代社会里的民主选举，以及可能的话，也对这种"现代选举"与"中国古代选举"之间的比较和关联略加探讨是有意义的，虽然目前这可能更多的是学术意义而非现实意义。我们可以透过有关社会资源的分配问题，尤其是透过政治权力和权威的资源如何分配、调动、监督和置换，政治治理层的人员如何选择，如何和平有序地更迭，个人在政治上如何公平升降，以及所有这一切举措如何保证其公正性这样一些方面来观察和思考现代社会中的选举。在此注意的重点是现代选举本身的道德含义，并欲透过现代选举来考察如何保证这一政治过程和手段的公正性和结果的公平，以及如何处理共同遵循普遍的行为规则和仍然保留分歧的价值观念的关系。我们也可探讨现代选举是否也可以利用一些传统的资源，甚至于也可以考虑从传统的角度对之进行一些反省和批评，而这种批评也许又可以纳入对整个"现代性"进行反省的范畴内来考虑。现代社会与中国古代传统的选举可能关联的方面，一是文官或者说公务员的考试，这主要是涉及事务员的；二是投票选举，这是主要涉及政治领导人的，如何保证当选者不仅具有高度的政治素质，还具有较高的道德水准和文化素养，我想我们也许可以从中国古代选举的历史经验中得到一些启发和借鉴。

三、有关经济伦理

1. 如何理解市场经济的"自然性"

作为市场经济经典之喻的"看不见的手"似有两个基本认定：一是人性的基本认定，即认为人一般都要比关心别人更关心自身，人是自爱的，会努力进行追求自利的活动，而这在某种意义上就是人的自然本性，人的第一本能（虽然亚当·斯密并不否认人还有仁爱、同情的本能），它是否意味着利益的分立、冲突和竞争，但又将是经济发展的一种最巨大和永不枯竭的动力源泉？另一认定是认为无数分散的自利活动会自然而然地导致社会公益，这里是否需要某些条件？市场经济是不是这一过程必须具备的基本条件，或者市场本身是否就意味着自然而然？除了这种善的"看不见的手"，是否也有一种中性的或恶的"看不见的手"，即是否也可能有某种自然而然的过程将导致灾难？

"看不见的手"更深一层的含义是什么？它是否还可以扩大应用到别的方面、别的领域，甚至具有一种涵盖人的一般活动和历史的普遍性？这是不是对人性及人的能力的贬低？是不是对自发性的一种崇拜？是否人只能如此？人的意志因素，包括群体意志是否或如何能介入自然过程而又仍不碍其大体自然？这种意志是否能达到基本实现自己的目的而不只是"散打正着"？我们可以在这个意义上考虑为什么人们常常不可遏制地希望人类进入"自由王国"，这是否正是实行计划经济的一个认识论根源？

"看不见的手"无疑主要是针对国家的，主要反对国家对经济活动的干预，但是否还有一种"体制的自然"，甚至在某种意义上国家对经济活动的干预也是一种"自然而然"？此外，是否又有这样一种"体制的自然"，它看起来是自然的，但实际上是一种隐性的而个人又很难抗拒的强制？如何回应一些人提出的市场经济也是国家行为所致，甚至是国家有意的干预所致，或者说政府对经济活动的"不管也是一种管"，在一视同仁的冷淡之后实际上却恰好表现出了某种偏爱？什么样的过程是"自然而然的过程"？是否可以根据某种标准来鉴别？"自然而然的过程"是否也要结合某些历史条件来考察，甚至主要就依赖于某些历史条件？

另外，这种"自然性"是否也意味着一种合乎道德性？如果市场经济能自然而然地，同时又是最有效地使无数个人的自利活动导致社会公益，产生对每一个人都有益的结果，那么，它是否在两个方面得到了道德上的辩护和证明？即一是目的论和功利论的证明，是效果、效率和效益方面的证明，是说它最终对每一个人都产生了好的结果；另一是义务论的证明，是在手段、方式方面的证明，即它没有违反每一个人的意愿，没有强制和干预任何人，因而表现出对每个人的尊重。而这些，尤其后者是否就是正义的基本含义？

2. 市场经济中与收入分配有关的某种"直接性"问题

在市场经济的社会生产交换和分配体系中，是否存在着某种"直接性"带来的巨大优势，或者说"最后一锤子买卖"？并且，越是直接面对消费者且越多消费者的东西越是获利优渥（例如农产品的收购价、批发价、零售价之间的甚大差距；一本书在作者、出版社、批发者和零售商之间的收益分配的不平衡；词曲作者和演唱这些歌曲的歌手收入的差距，即所谓"十五的月亮十六圆［元］"等等），这一最后直接面对消费者的"买卖"相对于生产及前面的交换等环节来说，是否获利过大？是不是对前面的生产者来说不够公平？这是市场经济的正常现象，还是只是处在过渡时期的中国的特殊问题？是否每个人和每个群体（例如农民）都有必要试着自己去充当至少是自己创造的东西的最后面对消费者的出售者？

这些现象的原因何在？那些得不到较多收益的东西是因为需求不足？然而，有些有价值的东西（有时是最有价值的东西），可能是永远无法创造大量需求的，它们总是只能面对少数人。试考虑某些无法直接面对大众的艺术产品、艰深的思想产品，如梵·高的画，有些天才诗人的诗歌，某些抽象理论，他们的作品的价值要在价格上得到反映，往往需要相当长的时间和相当多的人的中介，他们的经济利益是否也应通过某种方式予以保障？或者，他们的报偿是在另一方面——是在自身、在工作和过程本身，或者那是慈善家的事而国家可以不管？另外，可能还有些很不容易甚至完全无法直接进入交换、无法定价的东西怎么办？市场经济认可的多数趣味是否注定要伤及高深或具有开创性、超前性的艺术和思想产品？人们常常为民众中最贫困、最不利的少数（或者说"多数中的少数"）提出需要国家对分配进行干预的理由，而在另一端，即不是在能力和努力不足的一端，而是在能力和努力也许是过分卓异、新颖和超前的一端，在"少数中的少数"的一端，是不是也有理由要求政府提供某种支持或干预？传统社会是如何处理这一问题的？现代多数支配的社会如何鼓励那些在经济和政治活动之外的具有创造性的少数？

四、有关生态伦理

在近几十年的西方学术界，生态伦理学是其中发展最为迅速的学科之一，如果说作为其思想先驱的19世纪的梭罗，乃至作为其奠基人、20世纪上半叶的史怀哲、利奥波德尚形单影只的话，现在的生态伦理学已成为一个有众多学者参与，更引起社会的普遍关注和带动大量的资金投入的一个学科，它虽然起步较晚，但发展迅猛，目前已成立了许多相关的研究机构，出现了一些在学术上有创见和影响力的理论流派，以及像辛格、罗尔斯顿等著名学者，并且，理论研究与生态保护运动的结合也日趋密切，相形之下，国内这方面的研究虽然也在急起直追，出现了有关的几本著作，但多属比较概略的介绍，有些甚至是在浅层次上的重复，缺乏足够的理论深度，对中国古代生态伦理思想和当代生态哲学亦缺乏系统的挖掘和整理。不过，最近在翻译方面有了一些可喜的进展。

在这方面，我目前最感兴趣的不是生态伦理的行为规范和法律规章，而是有关生态伦理的诸种思想和精神资源、可能支持它的各种信仰体系、世界观和自然观，以及当代各种形式和内容的生态哲学理论。在思想和精神资源方面有中国古代的生态伦理思想，例如，儒家的"天人合一""生生不息"的思想；道家的"道法自然"的思想；以及中国佛教中有关惜生护生的思想；同时也注意在今天的中国人中有影响的各种精神信仰体系，例如基督教、伊斯兰教以及原始宗教中的有关思想，包括常被人们视为"迷信"的一些思想。而在哲学基础方面，我想中国学者也有必要探讨适合于中国国情的，能为最大多数人接受的生态哲学的各种理论要素，以便在此基础上建设我们自己的生态伦理哲学。与其他应用伦理领域的理论相比，生态伦理不仅最有可能成为一种个人安身立命的信仰，也最有可能成为一种类似于哲学"世界语"的东西。"绿色革命"是否能够成功也将关系到整个人类和地球上所有生命的生存和延续。

在这一研究中我们将可能面对以下难点：如何根据当时的历史条件和现实的具体情况来分析和剥离古代思想和现实信仰中有价值的、可以支持生态伦理的成分；如何进行理性的提升，使之古为今用，以及如何寻找当代生态哲学中的合理论据，寻找各种生态保护理论的一致点，形成一种比较有说服力的普遍共识，完善生态伦理的哲学论证体系等等。当代国外的各种生态哲学体系是面对他们自己的不同问题，为适应不同的社会体制，在各自的历史文化基础上提出来的，所以，在处理问题的先后次序、重要程度以及背景理据方面都会存在差异，但各民族又都同居一个地球村，除了局部的问题，又有全球的生态问题，所以，如何在差别中寻求共识，在共识中又保持区别，是需要我们着力探讨的重点。

中国近二十年来经济长足发展，但在环境方面已经出现了相当严重的生态危机，这种严峻的形势使理论工作者不能不深入地研讨古代和当今世界上的各种有助于解决环境和生态问题的思想理论和精神资源。中国面对的生态环境问题与国外比较既有共性又有个性，中国有志于解决这些问题的学者既需要与国际学术接轨，共同努力来解决全球性的生态环境问题；同时，又需要根据自己的文化传统、社会体制和特殊问题，提出自己的生态伦理学理论，以便形成尽量广泛的环保共识，尽量调动各方面的精神资源。因为环保确实是需要每个人参与的事情，其后果又深深影响到所有人以及子孙后代。如何在理论上澄清一些不利于生态保护的认识，如何使人们在净化自然的时候也净化心灵，使人们的保护生态环境变成一种自觉的行为，变成一种生命的需要和习惯，在这方面有大量的工作要做。

群体比个人更自私

莱茵霍尔德·尼布尔是一个基督教伦理学家，他所著的这本《道德的人与不道德的社会》正如书名所示，对个体道德和群体道德进行了严格的区分和对比。他认为，如果不能正确认识二者间的巨大差别——用高尚的个体道德去规范群体行为，或者反过来，个体仅用一般的群体道德去要求自己，可能会对两方面都构成损害：造成个人道德的平庸化和沦丧，也无助于社会问题的处理和解决。而且，他显然是认为个体道德不仅实际上是高于群体道德的，而且也理应如此。

所谓"社会群体"，包括国家的、种族的、经济的和阶级的群体，在作者看来，根据上述区别，可以说明那些总是让纯粹个人道德观念感到难堪的政治策略的必要性和合理性。作为个体的人能成为道德的人，是因为在涉及行为的关键问题上，他们能够考虑与自己的利益不同的利益，有时甚至能做到把他人的利益放到自己的利益之上。但是，这样的自我牺牲对人类社会和社会群体来说却是很艰难的，甚至几乎是不可能的。在每一种人类群体中，群体缺乏理性去引导与抑制他们的冲动，缺乏自我超越的能力，不能理解其他群体的需要，比个人更难克服自我中心主义，因而，群体的道德低于个体的道德。道德问题越是从个体与个体之间的关系转向群体和群体之间的关系，利己主义冲动对社会冲动所占的优势也就越大。

这一事实表明了人性和人类精神中存在着的一个悲剧：人类没有能力使自己的群体生活完全符合个人的理想。作为个人，人相信他们应该爱，应该相互关心，应该在彼此之间建立起爱的秩序；而作为他们自认为的种族的、经济（阶级）的和国家的群体，他们则想尽一切办法占有所能攫取的一切权力。权力的类型会改变，社会不平等的等级也会改变，但这一基本的事实却迄今没有改变。而且，人类的整个历史还证明了这样一个事实：在群体内部的关系中防止无政府状态的权力反而常常促进群体之间关系的无政府状态。所以，我们直到今天也依然可以看到，在一个个国家的内部常常是井然有序，甚至实现了某种社会正义，而在国家与国家之间却还是处于某种无序和非正义状态。

由于道德生活有两个集中点，一个集中点存在于个人的内在生活中，另一个集中点存在于维持人类社会生活的必要性中，在个人敏感的良心命令和社会的规范需要之间有时会产生冲突，这一冲突可以最简要地概括为道德和政治，或者说宗教道德与政治道德之间的冲突。从个人角度看，最高的道德理想是无私的爱；从社会角度看，最高的道德理想则是公正。这两种道德视野并不是互相排斥的，它们之间的矛盾也不是绝对的，但两者又不是可以轻易调和的。公正必须被高于公正的事物来保证，然而，这种融合道德洞见和政治洞见于一体的可能性和必要性并不能完全消除内在的和外在的、个人的和社会的这两种类型道德中的某些不可调和的因素。政治道德与宗教道德是最难调和的对立面，理性道德通常在两者间持中间立场。

如果我们仔细考虑宗教道德和政治道德之间的冲突，就不难看出，最纯粹的宗教理想和社会正义问题没有任何关联。只有在亲密的个人关系中爱才是充分有效的，而这种超越社会酬报的最纯洁崇高的道德理想一旦运用到更复杂、更间接的人类集体关系上去，其社会有效性就会逐渐地减弱。要使一个群体对另一个群体充分保持一贯无私的态度，不仅是不可想象的，而且对于任何一个参与竞争的群体来说，想象它会赞赏这种态度并能取得功效也是不可能的。崇高的无私即便带来终极的回报，它也要求作出直接的牺牲。个人可能会牺牲自己的利益，当他这样做时要么是不希望有回报，要么是希望有终极的补偿。但是，对于一个对其群体的利益负有责任的领袖来说，他又如何证明牺牲作为自己属下的别人的利益而并不只自己的利益是正当的呢？所以，一个在自己的个人生活中再纯洁无私的人，一个最具有奉献精神的人，他一旦成为一个群体的领袖，他将优先考虑的也是自己领导的群体的利益而不是其他群体的利益，这里还不必说那种借"群体利益"之名而营自己私利的人。

因此，接受一种坦率的道德二元论可能比接受某种调和两种强制方法的企图要好。这种二元论将有两个方面：一方面是它在适用于自己的道德判断和适用于他人的道德判断之间划定界限；另一方面是它在我们对于个人的道德期望和我们对于群体的道德期望之间作出区别。

以上就是莱茵霍尔德·尼布尔对个体道德和群体道德之分、宗教道德与政治道德之分的大略。总之，在他看来，必须把超过人类个体的自爱的人类群体的自私看作某种不可避免的事实，而在其自私过分的地方，只有通过维护利益的合理竞争才能对它加以控制，并且只有将强制的手段和理性的道德说教结合起来才有成效。

团体生活重建信任

福山继《历史的终结与最后的人》之后，1995年又出版了一本有广泛影响的著作《信任：社会美德与创造经济繁荣》。这本书认为，在世界上各个民族、国家大都转向自由民主的政治制度和市场导向的经济，即所谓"历史的终结"之后，社会的挑战并没有结束。在制度趋同的同时，文化的差异反而更加突出。如果说社会基本政治体制的改善已无多大余地，而经济发展的基本市场定向也无多少选择，那么，今后最重要的事情是什么？难道就是比经济发展速度、比繁荣？福山这本书关注的主要价值目标确实还是经济的繁荣，但是他考虑的中心问题是这种经济发展与文化、道德习俗的关系。他也注意到经济发展除了有满足物质需求的一面，也有满足人根深蒂固的要求被认可、被尊重的愿望的一面。

这本书的两个重要特点是：第一，作者强调经济与非经济因素，尤其是和社会信任关系的联系。第二，作者以一种世界性的眼光，对各种文化进行比较，探讨了几种主要的社会信任关系及其对经济发展所起的作用。

第一个特点涉及社会信任或者说社会资本的重要性。

福山认为，近二三十年来西方经济学界占主导地位的新古典主义的经济学80%是正确的，还有20%则是不正确的，它揭示了货币和市场的本质，它假定人类是"理性地追求功利最大化的个体"，但是却忽略人同时也是各种社会集团的一员，以及人还有其他各种各样非理性、非经济、持久起作用但变化缓慢的文化习俗和价值追求。其中社会的信任关系就是一个非常重要的方面，在经济的意义上，这种信任构成的一种重要性不亚于货币资本、人力资本的社会资本。

而我们说，这种信任的意义当然绝不只是经济上的，一种基本的互信不仅是市场经济运转的生命线，也是社会生存和延续的生命线。信任和被信任也给个人带来生活的意义和安适、幸福的感觉。正是由于这种信任关系的重要性，所以，在西方社会我们有时会看到这样的争论结果：有时即使发生了严重的欺骗行为，甚至是自己的孩子受骗，社会和家长可能还是鼓励和教育孩子更多地去信赖他人而不是防范别人。"轻信"也是马克思最可原谅的一个缺点。在雨果的《悲惨世界》中，主人公冉阿让在反复做了对不起一位主教的事情之后，仍然得到这位主教的信赖，而这种被信赖的感觉最终使冉阿让的心灵改弦易辙。这当然是一种比较特殊的情况。如果欺骗行为大规模蔓延和持续，得不到惩罚和制止，那么，社会层面的信任无论如何都会解体。

第二个特点涉及建立或重建社会信任的可供参考的途径和方法。这方面特别值得我们注意的是福山对自发性社会群体、对政府与个人之间的中间社会团体的强调，这种社会群体包括企业，当然又不只是企业，还包括诸如宗教团体、宗族组织、俱乐部、民间教育组织等种种非经济团体。这些中间团体对于维系和培育一种信任关系至关重要。人的生活是多面的，从经济着眼，企业的组织、规模、竞争和发展最后实际上也要受到人们在其他生活方面、在其他组织中养成的信任关系和习惯的制约。

福山主要分析了两种信任关系，一种是建立在血缘和亲族关系上的信任，他认为这可以中国、韩国、意大利、法国的家族企业为例，这种信任福山认为是一种低信任，而德国、日本所体现的超越家族关系的大型企业的信任关系则是一种高信任，它也是一种对于陌生人的信任，这种信任当然会有利于寻找到最有才能的经营管理者、最有效地扩展业务。至于美国，福山认为人们过去往往过于强调了它个人主义道德文化的一面，而忽略了它同样强劲的社团主义道德文化的一面。正像资本主义的兴起不仅得益于例如勤劳、节俭、冒险等个人品德，同样也得益于一种团体和社会品德,美国历史上经济的繁荣也大大得益于由兴旺的各种民间组织和社团培育起来的合作意识以及信任关系和习惯。经济上最不成功的族裔——黑人——反倒是最原子化的族裔。但是,福山认为,美国的社团主义近年来有衰落之势。

通过重视社团、重视民间组织,尤其是非家族性、非血缘关系的社团来培育和扩展信任关系应当是给我们的一个重要启示。中国近年来在某些方面,包括经济领域内信任关系的恶化是有目共睹的,而如何重建社会信任自然也引起许多有心人的关注和思考,例如有的经济学家强调通过健全产权制度和保护市场的自由竞争来建设中国企业的信誉,有的法学家强调通过建立一套法律规范的国家信用管理和监督体系来提升信用体系的发育程度,有的伦理学家强调从确立公民的基本道德规范入手来引导个人的诚信,而福山的观点则启发我们如何从日常团体生活中重建社会信任。

"公民不服从"中的法律、道德和宗教

西方传统中的"公民不服从"是一种综合了道德、法律和宗教（或者说精神信仰）三方面的行为或运动，至少从实践的角度看是这样，尤其是从其成功了的实践看是这样。我想我们下面可以按照由显到隐的次序，分别地从这三个方面来观察一下这一运动。

首先，"公民不服从"是一种违法的行为，这是最明显的，它通过公开违反某些禁令、故意堵塞交通，或者静坐堵住办公大楼、商业区等方式表示一种抗议，它很快因为扰乱了法律所维护的社会秩序而在社会引起广泛注意甚至严重震荡。这种违反有时是直接针对它要反对的法律，如拒交某种抗议者认为不公平的税项，或者无视政府的某些禁令，或者是反对某场战争拒服兵役。有时则是间接的违法，例如堵塞交通并不是想破坏交通秩序，而只是要以此引起公众或政府的注意，这种间接的"公民不服从"的情况常常是因为要反对的东西并不一定是那条明显的法律，而是一种广泛的不公正，或者是直接反对那法律的代价太高，对社会造成的损失太大。

但是，这种违法也是一种忠于法律精神的违法，所谓忠于法律的精神，首先是指它逾越法律但并不逾越得太远，它只是在法律的边缘处越界，一般是违反一些性质较不严重的法律，它绝不诉诸暴力，所以也就避免了例如刑法要严惩的那些行为，它违法只是因为它判断按通常的法律程序或者解决不了问题或者过于迟缓，但它还是随时准备回到法律的轨道上来解决问题。而且，它绝不是要以违反法律为目的，即使它有时是直接抗议某项法律，目的也是为了最后通过法律程序来修改或撤销某项法律。尤其是它一般来说是忠于宪法的，它反对某项法律常常是认为这项法律是违宪的，它正是要维护宪法、维护宪政才这样做。它的领袖和参与者还准备承担自己的违法行为所带来的后果，准备坦然接受因自己的违法行为而得到的法律惩罚。它是公开违法的，它不是要规避法律、逃脱法律。

其次，"公民不服从"是一种力求合乎道德的行为，这首先是指合乎一种公民的道德，这是一种"公民"的不服从，而不是一种"暴民""乱民"的反抗，当然，也不是一种"顺民""臣民"的服从。所谓"公民的不服从"，就意味着它要遵循公民的基本道德和义务，要出自一种负责任的态度，要充分考虑自己行动的后果。它也是一种出自抗议者的良知，并试图诉诸多数或社会的良知的行为。这里的抗议者、不服从者是根据他们的良知判断，他们认为自己，或者社会上的一部分人受到了严重的不公正的对待。"公民不服从"一般并不是为经济利益而争，而是涉及基本的权利和公民待遇。他们认为自己必须起而抗争是出于一种强烈的正义感，是为自己而又不仅仅是为自己，因而，他们并不是要消灭对手，甚至不是要打败对手，他们"罪其行而不罪其人"，他们要做的是试图唤起对方的良知，包括旁观者的良知，他们要刺激他们的正义感，要唤起一种普遍的道德敏感，所以他们愿意自己首先作出牺牲，愿意首先以自己的道德行为来最终引来对方的道德行为。他们当然深信自己是站在正义的一方，但并不认为自己在道德上就特别优越，他们只是力图去做正当的事。而这样的一种道德心态显然是要把暴力手段、阴谋手段排除在外的。而且，正如甘地所说，这样一种同时考虑到目的与手段的纯洁的抗议运动，即使判断有误，目标错了，伤害到的也主要是自己。它即使失败了也不会造成道德的堕落，不会像有些运动那样：即便胜利了也带来一种道德和精神的堕落。

最后，从20世纪的实践看，"公民不服从"还是一种背后有深厚的宗教或信仰精神支持的运动，其最著名者如甘地所领导的印度人向英国统治者争取独立和权利的斗争和美国马丁·路德·金所领导的黑人民权运动，后面都有一种强大的宗教精神的动力支持和自我把控。"公民不服从"对环境、体制和人的素质的要求都是很高的，而尤其是对不服从者的精神状态和道德水准的要求很高。这确实是有点难人所难：如何在受到压制和虐待的情况下仍然保持一种爱的精神，在遭受不公的情况下仍然坚持公正，保持一种既顽强反抗，又恪守某种道德界限而绝不越过的态度，这些都需要一种深沉的精神力量，而且接受一种对人类历史是相当新颖的观念，即绝不以武力、强力解决问题，甚至也不以世俗成败论人论事。人类不能以暴力来摆脱暴力，以邪恶来摆脱邪恶。由于在心里有一种超越的存在，深信一种永恒的正义必将取得胜利，他们就将有强大的动力去促成正义，同时又不介怀一时的得失甚至世俗的成败。所以，我们可以纯粹从学理上来探讨"公民不服从"，但一旦涉及实践，尤其是成功的实践，就马上会看到精神信仰的闪光，这是我们不应该忽视的。

但是，正如我在前两年为一本马丁·路德·金传写的序言中所谈到的："公民不服从"最基本的观念还是法律，或更准确地说，是宪政之下的法制：异议者和抗议者的组织得以存在、发展和壮大有赖于健全的法制；真正合格的领袖得以涌现、群众得以经过理性的节制和训练而臻成熟、舆论能够公正客观地予以报道，也都有赖于健全的法制；

而这种运动最终能够取得成功，也同样有赖于健全的法制。而对成功的理解，斗争的直接目的也就是通过民权法案，而一旦通过立法，权利也就确实能得到保障——如此艰难争取得到的法律在一个有法治传统的国家里不会是一纸空文。当然，真诚友善和心心相契并不一定马上能通过法律得到，但至少明显的侮辱可以通过法律撤除了。而"公民不服从"的本意也就是要忠于宪法精神，或者说忠于一种自然法，给法律一种道德的基础和精神的尊重，并为按照某种正义感和良知来改革具体法律提供动力和契机。

所以，看起来有点奇怪的是：当中国的一些学者思考西方"公民不服从"的理念，同时也观察中国的情况的时候，却都不约而同地强调宪政和法治的建设，强调忠诚于法律的精神，强调对法律的恪守而不是违反。当然，这不仅是指个人的守法，政府的守法更是宪政和法治的题中应有之义。

近一百多年来，我们可能已经错过了一些建设和加强中国的法治的机会，写到这里，我想起梁漱溟对五四运动的一种独特看法。当学生火烧赵家楼和殴伤人，一些学生被捕之后，梁也很气恼当局，赞赏学生的爱国精神，但他对社会各界运动"不经审判而保释"却有一点不同看法，说他愿意学生事件交付法庭办理，由检厅去提起公诉，审庭去审理判罪，学生去遵判服罪。甚至如果检厅人多事实不易弄清，我们尽可一一自首，坦承自己的所作，情愿牺牲，因为若不如此，我们所失更大。在道理上讲，打伤人和烧房子是现行犯，是无可讳言的。纵然曹、章罪大恶极，在罪名未成立前（未起诉审判前），他仍有他的自由。我们纵然是爱国急公的行为，也不能横行，不能说我们做的事对，就犯法也可以。梁漱溟认为这种状况恰恰是一种专顾自己不顾别人的毛病所致，是几千年的专制养成的习惯，即除了仰脸的横行和低头的顺受横行，再不会事事持自己的意思而又同时顾及别人的意思。国民的这个毛病不去掉，绝不能运用现在的政治制度，更不会运用未来社会改革后的制度。所以他说他开始还想经过审判之后，再由司法总长呈总统特赦，一方面顾全了法律，一方面免几个青年受委屈，但再想又觉得终不如服罪的好，这样守法的好榜样是可以永远纪念的。

梁漱溟的意见在当时是相当独特但也比较孤立的。时光又过去了近百年，我们的法治建设和公民意识的培养还是任重而道远。但另一方面也是值得注意的，即我们要看到个人对体制的弱势，以及少数对多数的弱势。"公民不服从"的发动和参与者往往是属于弱势群体或少数，他们之所以不惜触犯某些法律而引起注意，往往是因为对自己的处境感到绝望,他们感到已经无法按法律或正常的程序和途径来解决自己的问题才不惮以身试法,而强势者或多数人通常情况下却往往不能深切地体会到他们处境的绝望和愤怒的情绪,少数这样做还意味着他们至少在一段时间里要付出更大的代价。如果没有很高的道德约束与精神引导,这种绝望和愤怒其实更有可能以其他的方式突然发泄或爆发,像烈火一样毁掉自己也毁掉他人。诸如国际国内一些个人乃至组织的恐怖行为,常常正是因为对正常的、和平的解决方式感到绝望所致,其行为可责而又可悯。我们得好好体会"绝望"这个词后面所隐藏的东西。中国传统的统治并非采取法治的形式,但有鉴于此,也一向颇注意纾解那些如"孤独鳏寡"等"穷民而无告者"的困苦处境和悲情,所以,在努力落实公民权利和义务的法治建设的同时,无论政府、社会还是我们个人,都应当努力去关心弱势群体,给他们以切实的帮助和希望,以缓解绝望和建立基本的信心。当然,根本的办法还是法治的建设、公民道德的培养和精神文化的提升。

底线伦理与世纪冲突

"9·11"事件发生以后,我一直在想这样一个问题:这是刚过去的旧世纪的一次回响呢,还是已来临的新世纪的一个凶险的预兆?

我们知道,刚过去的20世纪是相当暴力和血腥的,两次世界大战和许多局部战争和动乱使亿万人丧生。那么,新来临的21世纪是否能给我们以持久和平的希望?所以我们要仔细考虑这次事件的性质和影响、形式和内容、近因和远因,考虑它到底对新世纪意味着什么,以不让血白流。

首先,这次杀死数千无辜平民的恐怖袭击,无疑是对生命的一次挑战,也是对文明的一次挑战,对世界的一次挑战,而绝不仅仅是挑战一个国家,或者挑战一种价值观念、制度和生活方式。在这个意义上,它也就是对人类文明和社会赖以生存的基本道德或底线伦理的一种侵犯。事关暴力与恐怖,而且是这样一种杀死大量无辜平民的暴力和恐怖,我想是无论以什么理由、目的和动机都不能为之辩护的。假如有许多人都来赞许这样一种行为,我们生存的根基就会动摇,我们这个世界在新世纪就绝不会安宁。幸灾乐祸者到某一天也将可能自受其祸。20世纪的前车之鉴，诸如法西斯主义、种族主义等一些赞扬暴力的理论、观念，为实行集体暴力、国家暴力提供了"理由"，结果出现了像奥斯威辛集中营这样的悲剧。我想我们在这一点上是不应动摇的，不受种种诸如"目的可以证明手段"或者"处境可以为一般人所认为的'罪行'辩解"之类理论观点的迷惑。

其次，我们确实又要深入地考虑这一事件的长远和深层的原因，而不是停留在简单的同情、义愤和谴责之上，停留在仅仅认为这是一种文明与野蛮的冲突的观点之上。文明与野蛮的冲突可能仅仅是一种形式，虽然这形式极其重要，必须优先考虑，但也要考虑在这后面还有什么样的具有实质意义的东西在冲突。新世纪开始时的暴力为什么竟会采取这样一种可怕的形式？这后面还是有文明与文明、宗教与宗教、价值观念和价值观念的深远冲突。但有一点也许和20世纪不同，我们可以说这是一种包含了许多矛盾的冲突，却唯独很难说这是一种国家与国家的冲突。对于这样一种在光天化日之下大规模杀害平民的恐怖行为，国家不太可能是它的行为主体。任何一个国家这样做了，大概都会很快垮台。因为所有的国家都具有某种共性，都有一般的国家利益要捍卫。它还可能面对自己国内的恐怖分子和武装分离主义者。

所以，在某种意义上，这次事件也许还可以说是对一般意义上的国家的挑战。这次暴力事件不是"合法的"暴力，而国家的一个主要功能就是要将暴力垄断到自己手里并使之合法化。这次事件发生之后，不论地缘、宗教、意识形态多么不同，几乎所有的国家都声明反对这次暴力事件，就好像是"全世界的国家在联合起来"。过去在一个国家的内部，国家与个人常形成一个主要矛盾，现在则是一种国际的、外部的国家与个人的矛盾，是复数的国家与非国家的恐怖组织和个人的较量，这当然是一种很不对称的较量。孰强孰弱一眼便知，但可能正由于强弱太悬殊，弱的一面就可能不顾一切，在有的方面强弱就可能易位。当然，恐怖主义行为不仅应该受到道德谴责，本身也不可能真正"成器"——如转成"国家神器"，但它可能引发或激化别的方面的冲突——如文明与文明、宗教与宗教、民族与民族，甚至于国家与国家的冲突。这就比恐怖主义直接造成的生命和财产的损失要危险得多。

一个国家在内部与个人和团体的冲突一般不需要采取恐怖主义或法外暴力的形式，它可以表现为一种自然秩序，是一种慢慢收紧的控制，而外部的冲突则还会采取一种军事打击的形式。美国现在一是想捉到拉登并摧毁其组织，一是想打击和推翻塔利班政权，而塔利班大概是今天世界上最不像国家的一个国家。美国肯定想在阿富汗建立一个比较像国家的新政府。这种国际的国家与个人及组织的冲突可能会是新世纪一种比较新颖的现象。当然，这可能还是形式，是指冲突的行为主体。就是主体也还会采取多种多样复杂的形式，不可一概而论。而真正具有实质意义的冲突总还是要涉及文明价值和终极信仰。但上述这种新情况确实值得注意。

总之，"9·11"看来不仅是对美国，也是对世界的一次报警。我们已经不可回头地走入了一个新世纪。在这个新世纪里，我们可能需要通过始终坚持一种底线伦理来使我们度过一些艰难的时刻，我们也需要从更深的层面认真面对、仔细研究和努力缓解新世纪的冲突。

战争手段的发展与道德理性的成长

王小波在他的小说《革命时期的爱情》里，曾经描写过"文化大革命"期间两派大学生在校园里武斗的情况：起初，夏天的时候，那些大学生像原始人一样用拳头厮打；后来就满地捡石头互相投掷；到了秋天，兵器开始有铠甲、大刀、红缨枪、工事和塔楼；但一入冬人们就开始用火器互相射击了。到了冬天快结束时上面就不让他们打了，因为上面也觉得他们进化太快，再不制止就要互掷原子弹，把北京城夷为平地了。

这段带有一点黑色幽默的描写，在某种意义上却可以看作是一部人类战争"进化"史的最简略的缩影——从直接用身体手足进化到用石头棍棒；从用冷兵器进化到用热兵器；从使用各种机械进化到使用核武器、电子技术等等。只是有一点差别："文革"的武斗因为已经有一个技术文明在那里，所以应用起来很快，而人类战争的实际进化过程则走过了漫长的时间。

战争一直在进步着，开始很慢，近代以来却以加速度发展。尤其是到了20世纪，战争的进展神速，发生了两个重大的变化：一是武器或者说战争技术手段的巨大改进，二是参战或被卷入战争的人数的急速扩展。坦克、作战飞机、潜艇、航空母舰、核武器等今天战争中起实际的或威慑的决定性作用的武器，实际都只有不到百年的历史。而战争的规模也比此前的世纪大大扩展了。在20世纪的上半叶，爆发了两次世界大战，局部战争则几乎一直不断。如英国史学家霍布斯鲍姆在回顾20世纪的著作《极端的年代》里所言，战争在这个世纪里变成了全面的"总体战"（total war），变成了所谓的"人民战争"，动辄举国动员，甚至内战也是在己方所控制的地区全体动员，乃至妇孺老少也都被动员起来。战争在一段时间里变得越来越不分前方和后方，也不分军人和平民。"简单地说，进入1914年，人类从此开始了大屠杀的年代。"（见霍布斯鲍姆著《极端的年代》，第34页，尤其是参见第一章"全面战争的年代"，江苏人民出版社1998年版。）

在战争的古典时代，使用的武器在很长的时间里只是刀剑，参战的人员一度只是贵族或有身份的人，他们或者骑马，或者乘车，常常只是进行面对面的比较小规模的格斗。普通的百姓甚至可以说是不够格打仗的，当然他们也就不太受战争的蹂躏。战斗的结果对贵族来说也常常只是决一胜负即可，并不一定非要消灭对方的肉体。因为战争首先涉及荣誉，参战本身也是一种荣誉，所以遵守战争的一些规则也相当重要，以保持一种绅士风度。后来的国家有了比较职业的军人，但军、民的区分也还是比较明显，战争的规模也相对较小。但战争自然一直是持续着，这不仅与各种利益、欲望有关，可能最终还与人性中存在着的、根深蒂固的攻击性（哪怕有时是出于不安和恐惧的、先发制人的自卫），以及争强好胜、珍惜荣誉的特征有关，它难以避免，有时又还有展现人的非功利的勇敢精神和英雄气概的一面，所以，直到近代，黑格尔，乃至康德都还谈到某种焕发民族精神的战争的意义。

但到了20世纪，战争却变得越来越残酷，人类已经很难再承担得起了。世界的武库里还储藏着足够毁灭人类几十次的武器，因战争而实际死亡的人数已经是极大地增加了。在19世纪，有较准确记录可查的规模最大的一场国际战争是1870—1871年的普法战争，大约死亡了15万人。而在第一次世界大战中，仅凡尔登一役死伤即达100万人。一战总共的丧生人数是1000万，而二战更达到约5400万。而在20世纪后半叶的局部战争中，也仍然死了近5000万的人。

高科技大大拉开了敌对双方的距离，一个程序操纵员按一下电钮，也许就可以消灭千里之外成千上万训练有素的士兵。而不必再直视被杀者血污的脸和断肢残臂，也就不容易再有杀人后的忏悔和不安。杀人在生理上和心理上都变得越来越容易了。而某些不仅涉及国家安全和利益，还涉及宗教、文明、种族和意识形态冲突的战争，则倾向于更广泛地把平民裹胁进战争。比如，在一部记述马其顿地区种族冲突的电影《暴雨将至》中，我们看到一个种族中最好战者特意把武器交给本种族中的温和友善者，胁迫他们开枪杀人，从而也投入种族的血腥战斗。这样的裹胁就使20世纪战争中平民的死亡率大大增加了。在19世纪和20世纪初在欧洲进行的战争中，70%至80%的伤亡是军队，而仅仅自1945年以来，死于战争的5000万人中，大多数是平民——这个比率在越南战争中更上升到70%或更多。（见帕克等著《剑桥战争史》，吉林人民出版社1999年版第598页。）而一些新武器对自然环境的破坏更是殃及整个人类。

所以，一个认真观察并有所思的人，对20世纪的战争手段和动员技术的进步却很难感到兴奋，而且不免感到忧伤。高科技和全民战争是20世纪战争的两个最大进步，但也可以说是两个最大的堕落。战争本身是一种"恶"（bad），虽然有时在万不得已的情况下是一种"必要的恶"，但无论如何，它还是标志着人类的残忍和嗜血的一面，标志着人性的丑陋或至少道德理性的不成熟。战争的进步实际上是人类的羞耻而并非人类的骄傲。战争手段愈进步而道德理性不进步则还意味着一种对于人类的巨大凶险。

有关战争的伦理可以分成两个层面，第一个层面是有关战争的性质和社会背景，即有关一场战争是不是正义的、战争与和平、战争与国际关系等等；第二个层面只涉及战争本身，涉及战争本身的手段和一些最基本的战争规则。即在战争已经无可避免地爆发之后，也应当不伤害无辜平民，包括不随意让平民卷入战争，不杀死和虐待战俘，不无限制地使用一切战争手段等等。

我们且不论前一层面（虽然它是更为重要和更为根本的，直接关系到能否避免战争），在后一层面人们毕竟也还是可以在20世纪的进程中看到一些进步：20世纪下半叶毕竟没有爆发世界大战，没有再使用核武器；尤其近十多年来，战争的频率有所降低，规模有所缩减，战争不再是偷袭，而常常是事先宣告和公开准备；战争中也开始注意避免伤及平民等等。但是，这些道德理性的成长相对于战争手段的进展，尤其是已经积累下来的"进展"来应该说还是远远不够的。

人类估计还会继续发展更先进的武器，人类也应当发展自己的道德理性，而人类在新世纪的未来前途乃至生死存亡，在很大程度上就要取决于这两种"发展"究竟哪一个更快。

战争行为与战争行为主体

对这次伊拉克战争我想有两个层次的判断问题应当区分开，并且有一个先后次序：第一是针对战争行为做对错、当否的判断，或者看这一行为的理由或原因是否充足；第二才是针对战争行为主体，以及它所代表的制度做比较总体的判断。否则就可能"逢美必反"或"逢美必拥"，容易走向情绪化或趋于极端。而且，应该说，一个正当的行为就是正当的行为，一个不义的行为就是不义的行为，不应当因为它是由谁做出的而有所不同。一个你喜欢的人做了错事，那错事还是错事；一个你厌恶的人做了好事，那好事还是好事。

先说第一个层次的问题：战争行为是要死人的，而且死的经常是成百上千、成千上万。我们这一代人都没有经历过战争，都不太知道战争了。我最早对战争获得的一点启蒙教育是"文革"读"毛选"的时候，里面算解放战争消灭对方多少人，但是后来听到有一个过来人说，即便打一个胜仗也是"敌死三千，我伤八百"，我当时就愣了——解放军也死这么多人！当时觉得很震惊和恐怖。当时还没有意识到对方的士兵也是人。但就这样死人也是够多了。

尤其到了现代战争是高科技，有时还是把很多人裹胁进去的全民战争、总体战争（total war）的时候，人员和物质的损失就更大了，所以不能不极其谨慎和小心。

所以我觉得开战的理由只能是围绕生命原则来展开。我不是绝对的和平主义者，但我认为任何一场战争都应当是围绕着生命、安全来展开。我相信这次美国对伊拉克开战最重要的理由，至少从民众理解的理由，也更多是侧重考虑自身的安全。简单地说是为了扩张，为了统治世界、称霸全球，甚至只是为了石油，或者打击欧元，刺激国内经济发展，我不太相信。如果说主要是为了对方的"自由解放"、为了"扩展"或"输出民主"、推翻独裁，我也深表怀疑。一个人行为的动机常常是复杂的，一个群体行为的"动机"就更为复杂了，也常常比个人更自私，当然，也并非其中就没有正当，甚至高尚的意图。如果我们完全从功利的角度去进行分析和谴责，其中却又隐含着希望对方是天使或正义的化身，同时又绝不讳言自己是以自身的国家利益为中心的，这有点像双重标准。而且，完全功利化的分析也许更多的不是造成对对方的伤害，而是对本国国民的道德伤害。所谓"国家动机"实际上常常是其中各种各样群体与个人的动机的冲撞、角力和调和，虽然有时也可以辨认出主导倾向。

一场战争有公开提出的理由，也有不公开的理由。但不管理由多么复杂，在道德上可以为一场战争辩护的理由，甚至只是在道德上可以真正考虑的战争理由，我想只能是保护生命，当然可能优先的是己方的生命和安全。有点遗憾的是，"所有人的生命同等珍贵"的理念落实到民族国家等政治社会的应用上，也许就不会那么平等。一个国家的领袖和人民一般总会更关心和看重本国人的生命安全。

我们这里必须注意"9·11"这一事件，注意"9·11"造成的悲情和愤怒，注意由此造成的美国人的不安全感，它对发动这场战争起到了一个很大的作用。美国政界对人民有一种说法是：如果我们不先下手，也许下次爆炸就发生在洛杉矶，发生在芝加哥等等。但是，安全系数到底应该有多大？这个国家的人安全系数太大就可能影响另一个国家的人的安全系数，就像在一个社会里某一个人的自由过大也会影响到另一个人的自由。所以要考虑到底不安全到什么程度，威胁到什么程度才能容许战争，这里是不是有"立即和现实的严重危险"。我们要注意观察这样的理由。一个人自我防卫也不能防卫过当，而先发制人的防卫就更成问题。所以，在我看来，这次对伊战争在道德上肯定是可以置疑的，是需要冷静反省的，重要的是，它会不会为以后开一个糟糕的先例，"以杀止杀"会不会变成新一轮的

"以杀启杀"。

在现实中,行为毕竟还是不能脱离行为主体,所以我们还要面对第二个更困难、更复杂的问题:具体地说,就是这个战争行为跟美国现政府,甚至现总统有什么关系;跟美国这个民族的性格有什么关系。我个人有一种感觉,美国人在某种意义上有一种相当原始的生命力,甚至可以说就是蛮气。它毕竟立国才两百多年,它有那种霸蛮精神,甚至政治家都会利用这种精神,来使美国不至于太文弱。

当然,重要的是,这场战争跟美国的民主制度有什么关系,或者跟一般的自由民主制度有什么关系。两者之间有没有必然的联系,或至少国内民主能不能防范不义的国际战争?有一种意见,就是认为真正的自由民主国家之间没什么战争,美国比加拿大强多了,加拿大领土却比美国还大,这么多年相邻也相安无事。但问题是现实世界里还有其他不同制度的国家。如何和平共处,能否找到共识,这些问题还得好好研究。而在这种研究里,我们可能要摒弃一种简单化的思维:这种简单化的思维是首先不仅区分敌友,还把敌友固定得死死的;其次还搞"两个凡是"——凡是敌人反对的我都拥护,凡是敌人拥护的我都反对。

有一句话大家很熟悉:"没有永恒的敌友,只有永恒的利益。"但仅仅有这一句话我想是不完整的,我们也许还可以说:"没有永恒的敌友,只有永恒的规则。"这些规则当然是一些很基本的道德底线规则。人们当然也可以无视这些规则,这些规则后面并没有像国内政治那样毫不含糊的制裁力量,但如果各个行为体持续严重地违反这些规则,人类就将走向毁灭。我们也许可以寻求一条"利益"与"规则"之间的中道或协调之道。

(根据2003年4月7日"知识分子与战争"座谈会上的发言录音稿整理)

为什么要追究孙志刚之死？

对孙志刚之死的追问进入了一个我们似乎意料得到，又出乎意料的境地。我们可能又一次遇到了欺瞒和残忍结盟。被追问者可能要发问：为什么还要追究？结果不是已经都出来了吗？直接的回答是：因为一些旧疑点尚未澄清又增新的疑点，因为恐怕冤死者的旧坟之外再添新坟，而新死者也不一定全无冤屈。而追问者可能还要发问：为什么公布全部的真相这么难？仅仅数十个小时的事实在如此重视之下难道不是可以朗如白昼吗？听不到回答。人们只好揣测：因为这事实的真相可能被执法者自以为会损害执法者的权力和利益。而一些当事人内心也许悄悄地回答：这不就是一个人死了吗？还要怎么着？或许还可能这样想："非典"大敌当前，为什么还要这样为仅仅一个人的死说话？

我真的愿意以尽量好的动机去测度人们，我也不认为是谁真正蓄意一定要杀死孙志刚，我真正忧虑的是一种对生命的极度轻率和冷漠的态度继续存在，尤其是执法者对生命的极度轻率和冷漠，而他们手中掌握的权力是很容易将人置于一种死亡地步的。这种和权力联系在一起的、极其轻率和冷漠地对待生命，有时比蓄意谋杀还可怕，因为它是更大量发生的，也是更容易受到庇护甚或谅解和宽恕的。人们有时会习惯于日常的"残忍"，而将这种"残忍"导致的死亡视作"意外"。所以，我想我们有重温生命原则的必要。

我所理解的作为道德原则的"生命原则"的含义是：第一是不伤害和戕杀生命，使生命有安全感；第二是供养生命，满足生命的基本物质需求。若用"油灯如豆"来比喻生命，那么，"不伤害生命"就是不切断和压住那火绳而使生命的火焰熄灭，而"满足生命的基本需求"就是始终保持灯碗里有足够的灯油使生命之火能够维系。应该说，这前面的一条是优先于后面的一条的，因为，不仅"不戕害生命"更直接地关系到生命的存亡，而且还更深地涉及人的生命的特有尊严。"生命的保存"的确也可以理解为一种权利——即生存和安全的权利，但我在道德上宁愿将其理解为一种我们对他人，尤其是政府对公民的基本义务。而整个生命原则又应当优先于其他社会伦理原则，像"自由""均富"在与它发生无法兼顾的冲突时应该服从于这一原则。

"生命原则"还有在人类历史进程中获得的更广泛和

深刻的哲学意义，这就是：第一，人的生命是宝贵的；第二，这种宝贵不是作为手段的宝贵，而是本身就是目的的宝贵，不是作为争取什么胜利的"人的因素第一"，而就是"人的生命第一"；第三，由于这是一种作为目的而非手段的宝贵，因而所有的生命也是同等宝贵的，并不因其在一个政治社会的功能系统内的不同位置而有差异。生命总是个体的生命，"生命原则"必须落实到每一个人的层次上，而不是以笼统的"人民""大众"论之。不仅一个生命的丧失对于这一生命来说就是生命的全部，而且，每一个对待生命的行为在某种意义上也同时是在为自己和他人今后的行为"立法"——使自己的行为准则同时也成为所有人的行为准则。所以，如果说恶劣的戕害生命的行为不啻是在立一种道德的"恶法"，而诚恳而坚决地纠正这种行为就无异为引入一种对待生命的良法提供契机。我们多么希望今后不再出现其他的"孙志刚"。我想，这就是许多人仍要追究这一事件的主要原因。

  死者无言，将死者也可能依旧无言。只有生者代他们说话。在这样一个特别的时刻，我们能说些什么呢？生命是脆弱的。时势是艰难的。但一切争取生命尊严的努力也是更有其意义的。

我们能为医务人员做些什么?

在抗击"非典"的日子里,我们每天都可以从媒体听到和看到许多对医务工作者的颂扬,给他们戴大红花、"火线入党",好像他们是突然冒出的一个"高尚和英雄的群体",都是"特殊材料制成的人"或者要把他们变成这样的人,而在"非典"暴发之前,社会和媒体对医护这一行业却不无微词。

正奋战在第一线的医务工作者们的确是值得颂扬的。然而,我想说,他们同时也不过是在做他们所应该做的。他们也的确是高尚的,但是,这种高尚至少对其中大多数人来说,并不是刻意要追求一种崇高的理想和使命,而是一种职业加境遇造成的结果。他们也的确表现了一种英雄行为,但是,他们实在是出自和我们一样的普通人,是在平凡的工作岗位上创造英雄业绩。

有两种高尚,一种高尚是主动承担一种精神使命,毕生追求一种崇高的理想;还有一种高尚则只是来自履行基本的社会职责和自然义务。前者比如说诺贝尔和平奖获得者史怀哲,他年轻时即发愿要在30岁以后直接为人类服务，当他到了30岁，学术研究和艺术事业正如日中天的时候，他真的完全改变了自己的生活道路，开始学医，拿到博士学位后，到非洲的原始丛林中去，在很艰苦的条件下，白手起家建起一所医院，并历经两次世界大战而终生不渝。这是一种高尚，但这是很少人能选择和承担的一种高尚。而大多数人的高尚还是一种在特殊的境遇中仍然履行基本义务的高尚，当危险袭来的时候，他们没有退却，而仍然坚持在自己惯常的岗位上，这就足以使我们称他们为高尚了。从个人的精神和道德成就看，这后一种高尚也许没有前一种高尚璀璨壮观，但从社会伦理的角度看却并不比前一种高尚逊色，甚至是更值得向现代社会推荐的一种高尚。

无论哪一种高尚，都是需要一种非功利的精神支持的。支持他们的可能是一种共产主义精神，也可能是一种基督教精神，一种佛教精神，甚或仅仅是一种敬业精神，一种面对强敌的同仇敌忾的精神，同事或同命运者之间同甘共苦、相濡以沫的精神。在一种非常情况下，我们尤其需要调动各种各样合理的精神信仰来合力支持救死扶伤的英雄行为，而这种英雄行为也是能为所有支持它的精神信仰增辉的。所有合理的精神信仰最终应当都指向一种责任或义务意识，指向一种实际的行为。不体现为实际行为的精神是空洞甚或虚假的"精神"。

所以，许多人谈道，很欣赏钟南山朴素地做好本职工作的"政治观"，我们也同样欣赏加缪小说《鼠疫》中真正的英雄里厄医生所说的话：作为一个医生，"我不能看着人们活活死去，如此而已"。一个敬业的医生可能并不希望严重传染病人都朝自己蜂拥而来，但是，一旦遇到，他就绝不会眼睁睁坐视病人死在自己的手里。

甚至，我们也不能否认还有一种外在的制约：安排到了你，你去不去？同事都去了，你去不去？你今后还要不要这份工作？你不能接受一种职业带来的好处，而不同时接受它可能带来的坏处。而且，一项职业的利益和危险其实往往是成正比的，只是在平时常常不一定深切地意识到后者而已。如果说过去的考虑不无"选择这一职业，就是选择了高薪；选择这一职业，就是选择了高兴"，因为医务工作的确是今天中国比较有保障、收入也比较高的一种工作，而且，许多人还可能喜欢这一工作本身，喜欢其复杂技艺带来的快乐。那么，当今天医学院的学生喊出了"选择这一职业，就是选择了风险；选择这一职业，就是选择了奉献！"，我们对这一职业就有了更完整的认识。我们希望通过这次"非典"事件，整个社会对医务工作也增加一些新的认识，从而在今后更注意善待医务人员，尤其是理解和善待第一线的医务人员，其内部的权益分配也应当更趋合理。

我们之所以反复强调不要人为拔高，不要空洞颂扬，主要还是因为这有可能妨碍我们看清他们目前所持续面对的生命危险、实际困难和艰苦处境，好像他（她）既然被奉送了"高尚"，就怎样都能坚持。我们想说明，人的身体其实都有很脆弱的一面，人的感情和意志也有很软弱的一面。尤其面对SARS这样一种近距离传染力极强、医治者不能不与外界严格隔绝的疾病，甚至"再坚强的人也有软弱的时刻"。而对我们自己也属于其中的"芸芸众生"而言，一种高尚行为如果没有制度的保障，没有切实的关怀和体谅，是不容易持久的。一种自我奉献和牺牲的激情在这样的情况下也不容易始终延续下去。毕竟，摄像机前的光荣和激动场面是暂时的，而大量的是真实的危险，是持续的劳累，是隔离时对自己家人的担心，是穿上防护服后甚至十多个小时无法正常大小便的窘境。他们是要持续地待在生死之地、隔绝之地，而他们也和我们一样是普通的人，也有跟我们一样的血肉之躯，有和我们一样对自己和亲人的苦恼、担心、犹豫和恐惧。

所以，实际地关怀他们应是我们每一个人的责任，是全社会的责任，尤其是政府的责任。而且我们看到，早期有如此多的医护人员感染，政府有关部门是要对此负责和深刻反省的。读到几篇有关北京最初的感染者和大面积受感染的医院情况的报道,每个人都不能不为此感到痛心:当一场新的烈性传染病已经在广东造成了严重的危害,且持续了数月之后,竟然仍没有有关情况和防范措施的通报到达北京的医院里,以致警觉的医生们要直接打电话到广东的医院询问防治办法,这看来真像是对信息时代的讽刺。

所以,我们现在最应当考虑的是:我们能够实际地为处在第一线的医务工作者们做些什么,以解除他们的后顾之忧和燃眉之急?我们的确已做了一些,但还是很不够,尤其是和我们的颂扬比较起来显得很不够。而且,这种实际的关怀不应当是空头支票,也不应当是杯水车薪,不是只对几个最突出的英雄予以重奖,也不是一些临时之计,而应当是关怀所有参加抗击"非典"的人员,并且形成切实有效的制度和有充分的资金保证,而在目前社会民间的力量尚缺乏足够组织和活力之际,这许多事情非政府出面来统筹安排和落实所莫能为。

我们一直在说,这一次非典流行既是社会的危机,同时又是改善我们的社会的一个契机。它对我们的生命是一种严重的威胁,而它同时也深深地触动了我们的灵魂,暴露了我们制度中的一些弊病。"非典"肯定是要给国民经济带来损失,给我们的物质生活带来负面影响的。但如果我们能够在精神和道德上有所获，在制度改革上有所获，我们就不会白白地损失生命和金钱，甚至为未来更久远的制度和心灵之善打下根基。但如果我们的精神和道德得不到提升，制度得不到改进，如果我们依旧"什么也没有忘记，什么也没有学会"，那么，这损失就真的是纯粹的损失，许多生命、辛劳、热血和眼泪就是白白地流失了。

而且，说一句杞人忧天的话，"非典"可能很快过去，但也可能卷土重来，而且还有新的我们现在尚不知晓的传染病毒在暗处窥伺。除了肺炎的"非典"，也还有其他疾病的"非典"。但如果我们能够通过这一次灾难在精神和道德上有所获，在制度改革上有所获，那么，我们就不会白白地损失生命和金钱，我们甚至可以为未来更久远的制度和心灵之善打下根基。那些损失就不会真的是纯粹的损失，许多生命、辛劳、热血和眼泪就不会白白地流失。总之，现在是到了进一步反省我们自己的职责并采取行动的时候，而空洞和老套的颂扬并不是我们的职责。

对这个世界的失望与惊奇
——现代文化的一个观感

今天我来到三联韬奋中心做这个题目的讲演,"这个世界"是指我们生活的现代世界。它和古典生活世界有何不同呢?它在哪些方面让我们感到失望,又在哪些方面让我们感到日新月异的惊奇呢?我们失去了什么,又得到了什么?我们在这样一个世界里如何生活得快乐或至少自适?"古典的生活世界"尽管有种种问题,但基本还是一个精彩人物纷呈的世界,也是一个其中的佼佼者努力开发内心的世界。而我们在今天这个世界的生活,似乎更为外骛,更为紧凑、更为快速、更为平面,比如说,我们中的许多人有可能在慢慢告别书籍。再过一些年,也许作者的讲演就不在书店或不在这样的"书店"了,环绕着我们的是各种电脑和屏幕,也许还有几本书,就像古董一样放在周围的架上。但即便如此,书也可能有惊人的生命力,至少在一些人那里是这样。埃科有一本书就叫《摆脱不了书》。还比如马可·奥勒留的《沉思录》,它是很可能湮灭的,却还是活过来了,甚至有点偶然地成为我们这里的畅销书。

但那些能够成为历史经典的好书可能终归还会是寂寞

的，有时热闹只是遇到一些偶然的机遇。而未来更大的问题是：不是不再有人读了，而是不再有人写了。因为我们的现代文化，尤其是网络文化可能正在越来越剥夺我们独处和沉思的能力。《沉思录》虽然形式上是断片的，但是一个古典世界深度思考的典型，一个在独处和寂静中思考和写作的典型。作者在其中反复告诫我们：不要分心，要专注。帕斯卡尔也是如此，要我们注意最高，或最深、最重要的东西。然而互联网等各种电子的东西却不断让我们分心。

转入我们今天的讲题:《对这个世界的失望和惊奇》。二十年前，大概1990年的样子，我写过一篇文字《对于这个世界的愿望》。我预期中国的经济将会有一个大的发展，人们物质生活会有一个大的改善，也希望法治有一个大的进步，但现在看来经济超出了我的预期，而在法治方面却有不少失望，高层精神文化甚至有倒退，这个大家可以去看看我的《渐行渐远渐无书》和《中国的忧伤》。

但我今天的讲演不准备谈社会政治，是想集中于现代文化，尤其集中于电子科技、互联网给我们今天的生活世界带来的变化，思考现代科技，尤其是电子科技和互联网如何影响我们的人文文化，尤其是如何影响我们的阅读、思考与写作。

你们中一些年轻的朋友,可能会对我的"失望"感到失望,对我的"惊奇"也不感到惊奇。因为,你们可能会觉得我的惊奇其实是司空见惯,而认为我所感到失望的方面其实正是希望所在。如果这样的话,那可能恰好显示出"代沟"。不过,我至少可以帮助提供一个有"过去"的参照系。甚至不是渐行渐远,而是一下拉远的"过去"。我不会代表未来,而只表示一种"过去",但可以使我们对未来的观照拉长一些——因为连接上了"过去"。

近现代世界最辉煌的成就是科技。回顾20世纪,《极端的年代》开头引用了12位名家的评论,大都是负面的评价,但也有谈到成就和进步的,其中有一个谈到了第四等级的崛起和男女的平等,即社会的平等化,还有一个诺贝尔奖得主、西班牙科学家奥乔亚说:"最根本的事项,便是科学的进步,成就实在不凡……是我们这个世纪的最大特色。"而英国人类学家弗思也说:"就科技而言,我认为电子学是20世纪最重大的一项发展。至于思想观念,可能则由一个原本相当富于理性与科学精神的观点,转变成一个非理性,也比较不科学的心态。"即科技进步了,科学理性的精神反而流失了不少。20世纪负面的是极权主义和战争两件大事,正面的或也是两件大事:一是社会的平等化;二是科技的突飞猛进。但这两者也许反而合力造成一种文化的平面化。像《从黎明到衰落——1500年至今西方文化五百年》的作者巴尔赞明显地用了"衰落"来形容这五百年的趋势，但他也说："科学和技术是唯一没有衰退的制度，这说的是在结果方面。"（第808页。）他尤其谈到互联网证明了技术力量的强大。我这里就来着重谈谈电脑和互联网，这对我的阅读和思考影响也是最大的。

我大概查了一下我"触网"的过程，应该说还是比较早的，我是大概1979年初第一次在北京地质学院里看到计算机，那时还是用打孔器录入数据，输入的速度自然很慢。我是1991年购买了第一台台式电脑，1993—1994年在哈佛时第一次知道互联网和 E-mail，那时有一个哈佛天文系的博士生兴奋地告诉我，他有一个问题解决不了，用电子邮件请教了普林斯顿的一个教授，马上得到了解答。1995年1月我开始用 Word 软件和自然码写文章。大概也是从这一两年开始上网。我不记得什么时候开始用 Google 等搜索了，大概是1998—1999年，开始也还没有什么防火墙，还可以自建网站，当时有一个著名的思想学术网站"思想的境界"就是一个研究生自己办的。他到北京来看我的时候，我看见他的笔记本电脑的键盘都磨出深痕了。我2000年在台湾买了第一台宏基笔记本电脑。后来还是对 IBM 的 Thinkpad 黑色笔记本情有独钟，一直喜欢用这一种笔记本。但在移动互联网方面，我用手机是很晚的，大概在2005年左右才开始有自己的手机。实际是到手机智能化，可以看书上网之后我才真正对它感兴趣。这两年也用过安卓系统的手机，用过iPhone、iPad，但尤其喜欢的是各种Kindle。总之，我也经历了硬件从最普通的电脑到目前比较先进的电脑，存储从软盘到三寸小盘、光盘、U盘、网络硬盘，操作系统从DOS、Windows到苹果等系统的过程。

这期间有一些重要的的确让我感到惊奇的时刻：比如，我第一次上网，看到美国的大学和白宫的网站；第一次检索中国台湾中研院的二十四史；还有Google的搜索和全球地图，以及旅游之前可以先看到的街景，所订旅馆的样子等等。还有第一次看到网上能够阅读和下载那样多的书，随身带着走。甚至在一台小小的手机上也能下载海量的读物。一机在手，就可以有数千卷书在手。还有第一次用亚马逊的kindle，突然发现一个强大的、即时的书的世界的联系，看到其他读者随时添加的评论，以及费几个美元或者免费就可以得到的全集，以及只要有文本，就都能朗读出来的软件，这些都让我感到吃惊。还有网上无数的音频（音乐、讲演）、视频（电影、公开课），各种各样的应用软件等等。我也发现已经有多年几乎不看电视和报纸了，主要是从网上得到各种信息，也主要是从网上买书、购物、订票了。我还有感于网络上的服务精神、志愿者精神,像维基百科、爱问共享等。还有无数有才华的作者的涌现,如果不是有互联网,其中有许多人就可能被埋没了。而现在的进入门槛就很低了。还有各种幽默、各种观点的交流,尤其微博在近年非常活跃。

但我主要还是看和听,写得很少。不玩游戏、不聊天,社交网站似乎对我完全没有吸引力。很少直接在网上生产,主要还是个观察者、阅读者、吸收者。有一个贴文章的博客,却几乎没有互动。但我在纸质媒体上发表的东西自然也会在网上出现,所以,间接地也成了网络信息的生产者。我对新技术也感到好奇,甚至也赞赏,但不痴迷。往往是基本弄清楚这些技术所展现的成果,在我这里也就结束了,就不再玩了。然后等到一个新的、比较大的技术发展出来我可能又再注意。另外也不关注电子科技、互联网的全部,只是集中于和阅读与思想有关的方面。我还是喜欢安静和独处的时光。即便在网上的时候,我也不希望什么时候别人都看到我,更不想什么时候都看到别人。这是精力有限,也是个性使然。

下面我就要谈谈我的失望了。或许还不是多大的失望,因为本来就没有多大的期望,但可能心里还是有些隐隐的愿望。这失望就在于:虽然涌现了无数有才华的作者,但从这些作者中，好像并没有出现那将超越过去的巨人的伟大作家和思想者。我们有了广度，但没有高度。或者说还不够高。如果说注意最高的峰顶，那不能不感到失望。而我还想读到陀思妥耶夫斯基、托尔斯泰。这就像辜鸿铭所说，一个文化最重要的是看它生产什么样的人。而我们今天看不到多少文化的巨人，甚至能感觉到一种退步。

也就是说，我的惊奇主要是科技方面的，我的失望主要是人文方面的，或更准确地说，人格方面的。斯诺区分人文文化与科技文化，我赞同他说科技文化极大地改善了人们的生活，尤其物质生活，也包括精神文化的物质进入条件；人文知识分子的确不要对现代文化矫情，更不要激愤，但也不要自贬和降低标准。而问题是，我惊奇甚至赞叹的方面恰恰也是导致我失望的方面的一个因素。虽然不是唯一的因素，还有社会政治方面的其他因素，今天我们只谈文化，只谈阅读、思考与写作，问题是：今天可接触到最优秀文化的人的基数是大大地增加了，但为什么并不产生比以前一样多的更优秀的作者，甚至还更少呢？问题出在哪里？

可能的答案是：第一，许多的经典现在很容易获得了，但可能并没有多少人去读它，甚至读它的人更少了，因为我们现在有了这样多的生活面，有了这样多可读可看、好读好看的东西；第二，甚至那些可能的最优秀者自己被分心了，他们不再专注，或者说，他们本身就不再追求最高，而是最广，是不仅面对社会的最广，也是自己的最广。

我一直考虑新近二三十年带来的生活变化，尤其是思考和写作的变化。先谈谈写作，谈谈从纸笔到键盘的写作方式（工具）的转变如何影响到了我们的写作内容和宗旨。并不用回溯多少年，也就是二十多年前，我的写作都是开始先做大量的卡片，卡片之多曾经被一个大学的朋友说，如果我们那里的教授看到了，会羡慕死的。即便用电脑之后，我的写作开始还是先打印出来修改而不习惯在电脑上直接修改；现在则是不习惯在纸上写和修改了。我写《良心论》时是用一支有裂缝的黑杆钢笔，它出水最流畅（因为我喜欢用黑墨水，但它比蓝墨水黏滞），但还要找到那个最好的执笔角度。过去洁白的纸对我也有一种巨大的吸引和美感。但现在都变了，很少用笔了，的确是变了。最具惰性和顽固的是写日记。先是在2000年到南极去的时候尝试过一次用电脑写日记，但后来还是回到用纸和笔。但到两年多以前，就彻底地用电脑写日记了。因为用纸笔会老是忘记写，接触少。而接触电脑是越来越多了。而这种写作工具和方式的大变换一定会影响到我的写作内容和风格的，就像尼采接触到打字机都有震撼一样。

而更重要和更隐蔽的变化还是思维方式的变化,是对思想的影响,还有阅读、思考与写作时间的分配等等。亦即一个根本的问题是:互联网如何影响到了我们的思维乃至使大脑发生器质性变化?我这里介绍一本叫《浅薄——互联网如何毒化我们的大脑》的书中的观点:"毒化"这个译名我觉得用得过重了,更确切的说法是影响、塑造。这书的作者叫卡尔,是原《哈佛商业评论》的主编,他本来是电脑迷,很早就接触电脑,但近几年有所反省。他认为除了字母和数字,互联网可能是可以改变人大脑的最有力的一项技术,起码除书籍之外是最有力的。人在看书时深度阅读是比较普遍的,安静好像也是阅读的一部分,思考的一部分。但现在不一样,互联网很特殊。你说我们不专注吗?我们一上网一下就四个小时过去了,非常专注。但我们专注于什么?是专注于"分心"。我们在电脑上非常专注地不断从一个浏览跳转到另外一个浏览。所以说网上的"专注"往往就是分心,而"连接"也就是断裂,我们的思想很多都变成碎片式的。我们无所不在,也就是不在任何一个地方。我们觉得自己好像是无所不能的,但最后什么也没做,而且感觉自己很累了。如果问你今天读了什么,你读了很多,但一下子却说不上读了什么。像卡尔说的:"过去读书是带着潜水装备,在文字的海洋中缓缓下潜,而现在的阅读就像骑着摩托艇呼啸而过。"

互联网也造成了人们记忆和知识外包，交给其他的工具手段，但问题是记忆不能全部外包。某种程度上记忆就是一种学习、是一种创造，所有的创造都是朝花夕拾，因为你记忆的东西和原本的东西一定不完全一样，一定经过了你的大脑，你会将需要记忆的东西和你其他的记忆，和你的心灵重新组合起来。重新组合经常意味着创造。所以柏拉图说学习就是回忆，反过来说回忆也是学习，甚至回忆也是创新。

你要记忆，就要用心力，用心力使你专注，专注和记忆结合起来，有时候可能就产生一些具有独创性的作品。古人做研究，会把经典背得滚瓜烂熟，我们现在有非常好的检索条件，检索二十五史，检索四库全书，但我迄今没有看到文史方面能够超过古人，以及互联网前出现的近人如陈寅恪的学术作品。

如本雅明所说，你从飞机上掠过的地方和用脚走过的地方是不一样的，抄书和你看过的东西是不一样的，有些东西我们必须深入，必须沉浸，必须亲历，这样才有可能做出真正属于自己的东西。一方面我们说媒介就是信息，形式就是内容，手段就是目的，但是反过来，当我们越来越依赖于技术、工具、手段和形式的时候，当技术成为我们自身的外延，使我们能够无限超越时空、肉体的限制，我们就同时也受了它们的限制，也被它们塑造。就像木匠把锤子拿在手里的时候，他的力量要大得多，你用手去砸钉子能把钉子砸进墙里吗？但我拿着锤子的时候，锤子也限制了我，我用锤子能去缝一件衣服吗？不行。当然我们说可以换工具，但最好有多种手段和工具，不要局限于一种，不要有了新的就完全丢了旧的，比如只局限于网络，只通过网络阅读和思考。我们最好有多种多样的手段，由我自己来决定用什么工具和手段。

谈到写作与思考的工具手段，我这里想回顾一下语言文化演变的四个阶段：第一阶段自然首先是口语的出现，是口耳相传的神话、史诗。许多民族的史诗开始都是由很少的、民间或朝廷的吟唱诗人保留下来的。英国古典学者基托说，至今希腊山里还有能够记忆全部荷马史诗的人。这种记忆需要惊人的专注和记忆能力，在这记忆过程中其实也包含不断的创作。第二个阶段是书面语言的出现，这可以使思想超越时空和当下，比如孟子可以通过文字成为孔子的隔代弟子，这自然是文明的极大进步，甚至文明史也是文字史。而且可以用文字进行深入的思考——我们必须借助记录和回忆，思考才能深入。但苏格拉底、柏拉图等哲学家对此也已经有点担忧。在《费德若篇》结尾部分苏格拉底主要谈到两点：一是少数作者不再用脑力记忆，而是从外部记认；二是文字可能轻易就到了并不能够真正体会其思想、不适合的人那里，而他们也是要发表意见的，甚至成为多数的意见。另外口语也还有一种"在场"的优势，而文字没有。第三个阶段是印刷术的出现。这第一次使文化有了大规模传播的可能，有了大量的受众。但是，也可能引入一种新的评价机制，甚至结合社会的平等化和多数裁决，造成一种比较平面化的文化气氛，可能影响文化的质量。这可以参看埃科的《玫瑰之名》，其中的老院长约杰在怪书上涂了剧毒药物，因为他害怕这本宣传真理的"怪书"会影响人们对天主教教义的信仰。但读纸质的书似乎还是不影响专注和寂静，甚至可以养成一种独自读书的习惯。在古代中国，有了印刷术之后，从创作的层面看，文化还是少数精英的文化。第四个阶段就是我们现在所处的阶段了，即电子文化的阶段，尤其是电脑、网络的出现。其特点是文化更加全民化、大众化。有一本书译成《未来是湿的》，原文其实是《这儿来了所有的人》，在过去少数人占据的精英文化的领域现在来了所有的人。但此时个人对知识的记忆几乎全部外包，思维成为非线性的，发散的，如海上快艇而非深海潜水，不再那么专注了。写作的门槛大大降低，发表也不成为障碍。几乎人人皆可是作家、人人都可是记者。写作也成为业余,但并不一定都有意味。这样,各种因素集合,就使"世界是平的"或者说"世界又热又平又挤"了。这一变化会不会是可能超过印刷术、相当于书面语言出现的变化?看来是肯定超过了印刷术所带来的变化的,但是否相当于书面语言的巨变还不知,如果是的话,那么,这是否意味着文明的衰落甚至渐渐消亡?

结论是人文的确是衰落了。科技文化的确是兴盛了,但后面还是精英主导,如乔布斯对苹果的作用。但这也可能是暂时的、局部的主导。总之,这世界有科技日新月异的发展,还值得好奇,还值得活下去。如伯林所说"生活在表层"也是一件挺好的事情。所以,尽管有失望,但还是会好奇,我还是喜欢这个巨变的时代的,它有足够多让人惊奇甚至惊叹的东西,且不说一个人要活下去,好歹都得有点喜欢自己和这个世界。我今天的讲演其实有三个关键词:阅读、思考、写作。不管是使用什么媒介,如果有一种阅读能够引起思考,那么,请保有这样一种阅读;如果有一种思考能够引起写作(表达的愿望),那么,请保有这样一种思考。甚至你要有意识地使你的阅读也引发思考,如果可能的话——你还有兴趣和能力的话,还让你的阅读引向写作。而为此你可能得让自己有一些空闲的时间、有一些专注的时刻,乃至有一些独处的时光。

听众提问与讲演者回应：

问：我想与您以及在座读者一起分享我的感受。我是一名80后，我想在座大多数人都与您的感受有交集，即对互联网和电脑崛起的惊奇以及对传统的思考在日常生活中淡化的失望。我虽然没研究过历史，但我觉得历史上一定有新事物崛起和旧事物淡化的阶段，而人类在发展过程中不断失去又不断获得。发展到今天，我觉得人类文明是在不断进步的。如果把视角拓开，未来很多年后，一定有更好的意识形态和方式来改正我们现在的缺点，甚至超越过去读书的方式。虽然我现在也没有想到一个非常具体的途径，但是我对未来是充满乐观的。我不知道大家是否也是这么想。

何怀宏：你表达得很好，相信很多人像你这样乐观。我自己也不是很悲观，坏心情也是"平静的坏心情"，更多的时候甚至还是平静的好心情。但是技术有危险，二三十年前，我们很难预料技术有这么大的变化。我们的思维方式、情感方式，我们的心灵会抗拒，习惯也会抗拒，但最终还是被改造过来，我不知道这种改造是不是好。技术发展速度如此之快，无法预测,技术可能会把我们带到深渊,但由于速度太快,可能发现了深渊都退不回去了。

问:感觉退不回去,其实还是一种局限。在我们有限的生命长度里,可能见不到好的替代。但是从宏观来看,再把时间拉长来看,这种变化还是好的。

何怀宏:你的前提是人总是会存在的,但也有一些悲观的看法,认为人会不存在,比如人被机器替代,被核武器毁灭等等,有些事的发生是猝不及防的。

问:在那种情况下也就不存在我们对不起后代的问题,那时都死了,谁都不用想这件事了。

何怀宏:潜在的后代也会说,为什么在你们手上把人类毁灭了?假如人类要毁灭,那时还有很多孩子,或者就会抗议——你们怎么搞的?你们把我们生到这个世界上,我们还没长大呢。

问:现在很多人用"异化"的概念批评现代社会,您刚刚也提到手段把人异化了,这个批评是基于一个假设,即人有一个本性,在本性的基础上才谈得上异化。那么科学技术带来的是人性的"改变"还是"异化"?异化有贬义,好像把人的本性歪曲了。

何怀宏:马克思在著作中经常提到异化,这跟黑格尔的理论也有关系,我们没时间做长篇的哲学讨论，异化是在不同程度上发生的。比如我们发明了很多工具，方便生活，如果它改变了人性、改变了思维、改变了心灵，它本来是作为工具手段的，却变成了目的，变成了主体，这就是一个最根本的异化。最人性的东西其实是不能被数字化的东西。你的情感方式、你的感受还有作为主体的反应，如果哪一天真的被数字化了，人变成了电脑无情无义，电脑反而有了感情就麻烦了，那可能是最大的异化了。

问：我觉得人的本性不是不变的，而是发展的。不同阶段有不同的本性，它是改变的，而不是异化的。

何怀宏：我觉得人性表现方式在不同民族中会有差异，但有些根本的东西还是共享的，不变的。谈到人性就谈到信念问题，也不好在这里具体展开，但人确实在某种意义上是自在的，可以利用手段和工具，但人本身不是手段和工具，这也是人与动物的区别。

问：今天的题目是《对这个世界的失望与惊奇》，所谓的失望与惊奇是通过您个人的际遇、经验和当代作对比，个人的经验是出发点。可是真正的文化高峰难道不应该是构架于一个时代的实践基础之上的吗？对我们90后来说，什么是真正好的当代文化和当代哲学？也许就是刷屏一百遍，iPhone一版一版换，被强迫着去消费,这好像就是我们的文化。我觉得今天您的讲座,不是真正以理性的思考方式去讨论我们的现代文化和未来发展方向,而是从您相对感性的经验出发,得到的结论。您能不能做一个解释?

何怀宏:文化发展的方向是一个大词,文化部部长都搞不清楚。我觉得每个人恰恰应该从个人的体验出发。因为文化不像公民社会、法制这些要达成共识,文化,尤其是涉及比较微妙、精致的东西,很多要根据个人兴趣。

但你提到消费文化,如果你觉得消费文化是主流,不如做异类,别人都以此为荣,但我没有也没什么了不起,你真正有这个实力就会自信。

问:如果这样的话算不算逆时代潮流而动?

何怀宏:我不知道你们90后的孩子读不读王小波,他就走了一条少有人走的路。无所谓的,所有人都要消费,没有物质基础也不对。但大家都奔着财富不断赚钱,如果那样感觉很累,我就可以换一种活法,活得更自在、更舒心一点,不一定别人追求什么我追求什么,其实最终还是要落实到自己的体验上。如果我真的最喜欢金钱,也有商业才能,不妨走商业这条路。但真正成功的商业巨头也是很少的。

问：可是我们是矛盾的个体，这个度就很难掌握。

何怀宏：这是一生的事，需要掌握一种度。

问：现代科技多大程度上可以改变人的本质？孔子口授讲学，后来思想通过文字记录传播，再到现代科技方式，如果从更长的时间来看，方式改变了很多，但人的终极追寻和担忧都是不变的。如果是这样的话，那我们现在对科学技术的担忧，是否类似于对已往生活方式的缅怀呢？

何怀宏：因为我经历过前电脑和网络时代，所以有对照，对前面的生活带有某种感情，也会表现出某种缅怀。但你们没有经历这些，最后你们可以自己选择、决定。我只是因为这种变化感到困惑，我们得到了什么，失去了什么？是否失去了一些很珍贵的东西且还是该捡起来？我们得到的东西是否反而会使我们疲于奔命却终究徒劳？

问：我是来自腾讯的用户体验工程师。我们做过一项调研，分析了一下腾讯 QQ 1990—1992 年的上网用户，发现年轻人每天有 15 个小时时间会花在互联网上。我们公司也经常跟谷歌、推特等技术工程师交流，他们认为中国抄袭他们的技术，中国人很难创新，尤其是在互联网和高新科技领域。您对这种观点怎么看？中国年轻人对互联网新兴技术和应用是否有一些过度痴迷，却抑制了自己的创新性和创造力？

何怀宏：有关中国人的创新问题，我们现在的好处是可以很快学到最新的技术，硅谷昨天发生的事可能今天中关村的人就知道了，但是原创力确实不足，不是中国人不够聪明，而是制度约束。科技创新不是靠钱堆出来的，也不是靠人才工程就能够奏效，而是要大量尝试，很多失败了，很少数成功，大量自由的流动资金窥视，哪里可能有前途就投到哪里，这样才会有原创，而不是模仿复制。

至于一般意义上的创新，我现在觉得没必要走得太快，iPad让我们用两三年吧，不用一年一换，写作软件已经很好了，却还是在不断更新，当然还是不断让我们惊奇，但或许不要跑得太快了。最前面是什么？技术的全盘统治将意味着什么？谁也不知道，也许没必要跑得那么快，但可能在竞争中谁也不敢慢下来。我一方面惊奇和佩服，一方面也觉得能不能稍微从容一点。

（根据2011年6月18日在三联韬奋中心的讲演记录整理）

面向大众的追求卓越

能夺得今年畅销书榜首的大概会是《乔布斯传》(中信出版社2011年10月版)了。据说它已经卖出一二百万册,有人乃至预计最后能销出四五百万册。读了这本书,我想我是有点吃惊:因为在一个相当崇尚平等的社会里看到了一个追求卓越的人,一个一生奋力追求卓越,甚至不惜以缩短生命为代价的人。许多精英对他会有"惺惺惜惺惺"之感,而他也同样为大众所欢迎。

人类有两种基本的冲动:一是追求平等,一是追求卓越。在传统社会,追求卓越的冲动似乎更占优势;在现代社会,追求平等的冲动看来更占上风。

一百八十年前,一个法国人托克维尔到美国,后来写了一部经典名著《论美国的民主》,指出追求平等的潮流在欧洲和美国的汹涌澎湃,乃至成为现代社会的一个主要标志。他自然不会去反对这一潮流,但也表达了自己的忧虑,美国人会不会忘记人类的另外一种根深蒂固的愿望,那就是追求卓越?美国人在几百年后会不会越来越变成中不溜儿的人?

大概二十年前,一个在美国长大的日本裔学者福山也写了一本名著《历史的终结与最后的人》，人们在他所说的"历史的终结"的问题上争论不休：是否民主和市场的模式将成为可见的未来最后的社会政治模式？但人们很少注意到他的书名的另一半："最后的人"。即这一模式是否意味着人类将不求创造和进取，舒舒服服、快快乐乐地走到自己的终点？

的确，我们在表演的、身体的领域总是不缺演艺明星，不缺体育偶像，但是在大脑的、智力的领域呢？美国的许多普通人——现在可能有点连带到全世界的许多人了——其实是有些讨厌观念精英或者知识分子的，是有一点反智主义的。

然而，的确还是有一个智力创造的领域得到了大众欢呼，这就是在科技创新的领域，在这个领域中似乎还存有大众熟悉、仰慕以至迷恋的巨人，今天尤其令人瞩目和富有魅力的看来就是乔布斯了。

当然，乔布斯还不单纯是科技创新者，他还是卓越的组织者、推销者，是将高科技产品推向市场的人。他把科学与人文、技术与艺术、产品和市场结合到一个相当完美的程度。

我不是苹果的粉丝，但我的确对乔布斯这个人深感兴趣。

乔布斯不仅在这一科技创新的领域里把自我的追求卓越发挥到极致，不仅实现了自我，他还同时赢得了精英和大众。正像一个普通的北京老人所说："我完全不懂电脑，但是我现在能和我的小孙子高兴地一起玩电脑了，因为有了iPad。"

他无比地"精英"，相当的自我中心主义，但又无比地面向大众。他做的产品是要卖给尽可能多的人，但并不因此就不讲究品位，就不力求完美。他的追求卓越就体现在追求面向大众的作品的朴素、单纯和完美上。于是，人们愿意花更多的钱来购买他的产品。

他如此看待他的产品："不完美，毋宁无。"他也如此看待他自己的人生："不创造，毋宁死。"

20世纪著名的德国哲学家维特根斯坦、美国的文学家海明威都表达过类似的心情：如果不能工作，甚至只是不能再从事创造性的工作，也许就还不如死去。在他们看来，人生的意义就在不断地创造，不断地追求卓越。这就像维特根斯坦所理解的，天才是一种责任。

所以，这样一些人不太以自己的身体为意，甚至不太以自己的生命为意，对他们来说，最重要的不是自己活了多久，享受多少，而是做了多少、做得多好。

所以，他们常常没有活到自己的天年，早早地就死去了。但他们的一生还是辉煌的一生。

乔布斯看来也是属于这样一种人。

他生下来就被亲生父母遗弃，他似乎注定要自己去创造，要失去一个世界方能赢得另一个世界。他似乎早就意识到自己的寿命不会太久，所以几乎一直在紧张地工作。而最后染上使他致命的疾病，可能也是他太投入于他的工作。

他无比地专心致志，而无论疯狂还是偏执，实际都是一种紧盯自己目标而不管其他事情的专心致志。

他也的确有可以专心致志的条件：他即便身无分文，没有名牌大学毕业的文凭，也能够靠个人的创意争取到自由流动的资金来自己创业；他的公司看来也一直没有遇到多少政治上的麻烦或制度上的羁绊，他无须去打点官场，后来也是总统想来见他，而不是他想去见总统。尤其是在他所驰骋的电子产业，这个时代又正是年轻人"迅速打下天下"的好时光。中国大概不会没有像乔布斯这样性格和天赋的人，但考虑到外部条件和环境，我们的确可以提出这样的问题：中国能够出乔布斯吗？

乔布斯的确也不是独自地取得他的成就的，他早年适时地遇到了甚至比他更强的技术天才，后来又不断地吸引和激励其他各种类型的人才。就像他所说的：一流的人喜欢和一流的人一起工作。他也并不是很好合作的人，但是，和他在一起还是激励了许多人取得了他们未曾预料的成就。他慧眼识人，包括现在这本《乔布斯传》，是在他得知自己染上癌症之后主动找到曾任CNN董事长和《时代》杂志总编的杰出传记作者沃尔特·艾萨克森来写的，而这本传记也的确是有关乔布斯的各种读物中最翔实可靠和好读的。

乔布斯终于走了，只活了56岁。他本来的确可以不这么早走的。他在走之前说过："我对上帝的信仰是一半对一半。"我们不知道他现在是否已经完全确证了他的信仰，而他在人间已经留下了长长、长长的身影，留下了他的强劲有力的公司和被亿万人追捧的产品。他的确成了一个因为他的疯狂而改变了世界的人。

一个无人追求卓越、追求创新的世界是一个没有希望的世界。但我的确也还是有一点个人的忧虑：这世界是否变得太快？以及：一种追求卓越的精神，今天是否只能在追求物质的科技产品的尽善尽美和日新月异上表现得最为淋漓尽致？而在创造纯粹的精神文化产品方面是否反而少有人问津？还有涉及我们自己的问题：像乔布斯这样的天才在他面向大众的产品中的确实现了自己对卓越的追求，但作为受众的我们自身是否也因此变得卓越了呢？

所以，我还想推荐另外一些对高科技有所反省的书，比如像尼古拉斯·卡尔所著的《浅薄——互联网如何塑造了我们的大脑》一书（中信出版社2010年12月版）。作者指出像谷歌这样的强大的互联网搜索引擎在给我们带来无比的方便快捷的同时，却也可能削弱我们的专注力和创造力，并因此提出了这样一个尖锐的问题："谷歌会把我们变傻吗？"而我们对苹果等高科技产品似也可以同样如此提问，以便在大量赞美和追迷的同时，也保留我们一种独立的自我反省和思考能力。

（根据2011年11月18日在国家大剧院《乔布斯传》首发式上的讲演整理）

后 记

这本书主要是收集了我自1998年至2003年写的大部分思想文化随笔，还有一些文字则因体例不合或另有考虑，没有放在这里；文集中没有收学术的论文，但有几篇较长的文章可能处在随笔和论文之间，取其比较好读的文章，提出的问题对非专业的读者也较有意义，故也收录其中，只是删去了原有的少量注释。

这些文章除少数几篇一直置诸箧中（如《对于这个世界的愿望》写于90年代初）之外，大多在报刊上发表过，但未曾结集。现在的集子中只保留了两篇过去曾收集的旧文：《心灵的伟大》和《对思想的权力》。保留它们的原因，一是因为有些朋友特别喜欢这两篇文章，二是因为我感觉这两篇文章最能勾画出这一文集主旨的两端：人的思想和心灵有可能达到什么，以及人为自己设置了多少心身的障碍。这些障碍有些是自加的，例如自我心灵中种种"洞穴"和"剧场"的假象；还有些则是外加的，如种种对思想的钳制和对思想者的迫害。转用卢梭的话来说就是：人（的心灵）生来是自由的，然而却无往不在枷锁之中。而打破后一种枷锁是打破前一种枷锁必要的（虽非充分必要的）条件。对思想的压制即便不是最可痛恨的犯罪，也是最可鄙视的犯罪。

文集的命名取自雨果的一段话："世界上最广阔的是大海。比大海更广阔的是天空，比天空更广阔的是人的心灵。"康德亦有一句名言，是说那最神圣恒久而又日新月异的，那最使我们感到惊奇和震撼的两件东西是天上的星空和我们心中的道德律。它们一个是我们身外的，一个是我们身内的；一个是最高远的，一个是最切近的；一个是外观上最宏大的，一个却只是"方寸之间"。但它们却又有着最隐秘和深刻的联系，它们都最接近于永恒，它们是我们仰望俯察的神圣两端。

尽管这是不错的：人是因食物而活着的，但也正如帕斯卡尔所说，人是因思想和心灵而伟大的。这是人特有的性质。我们也只能通过我们的心灵去认识和感受世界。我在这些文章中，试图追溯一些伟大的心灵的踪迹，哪怕是只鳞片羽，也不管它们是活跃在哪个领域。我也注意到人的身体和心灵的有限性，其意也是像帕斯卡尔所说，人的心灵和思想的伟大恰恰在于认识人自身的有限性并依然保有一种对无限的渴望，从而使人的心灵能够与更广阔、更高的东西联系起来。

我们需要反观和凝视我们自己的内心，那是一个不可穷尽的世界，但是，我们还同时生活在一个与他人、与其他生命共存的世界上，我们不可能脱离这个世界来观照内心。所以，我希望和纪德一样说："愿我这书，能教你对自己比对它更感兴趣，而对自己以外的一切又比对自己更感兴趣。"人们有时会把心灵比作一面镜子，但它不是一面普通的镜子，而是一面神奇的镜子。它能反映我们这个世界的风云变幻，但又远比镜子复杂、多面和深邃。它不仅能反射光芒，它也能发出光芒。

所以，我把这本书分为五辑，每一辑中的文章排列大致按写作次序：第一辑是"哲人剪影"，主要是摄取一些哲学家和思想者的形象，尤其注意他们和政治的关系；第二辑是"历史凝视"，是在对历史的回顾和沉思中感受心灵的颤动和变异；第三辑是"文学浏览"，这是我的一个喜好，而我还想通过文学特别注意在当代中国生活的心灵。以上三辑中的文章多是书评或者说读书笔记，从中也可以发现我不愿恪守而愿打通文、史、哲的畛域。第四辑则主要是记录我走到大自然中去的感受和印迹。我喜欢荒野，我发现自己更愿意，也许还更擅长与自然直接打交道，而和人打交道则往往是间接的，是通过文字这一中介。通过我读的书和我写的东西，我和这个世界保持着一种虽然不那么直接，但却可能更从容和深刻的联系。我欣赏精深乃至精致的文化，但还是常常更被自然、原始乃至野性的生命所吸引。第五辑是"我们生活的世界"，我主要是从我的专业，亦即伦理和人生哲学的角度观察这个生活的世界，其中有几篇最近的直接评论社会的文字，是在比我年长和年轻的朋友的激励下写成的，在此谨向他们致谢。最后我还要感谢上海三联书店社长戴俊的热情来信和相邀。

何怀宏

2003年6月26日

于北京西郊泓园

修订版后记

本书初版已迄十年，坊间已经难觅，承蒙当年此书的责任编辑、现任上海三联书店总编的黄韬兄不弃，决定再出，十分感谢。顺此将书的内容做了一些调整，删去了"人生圆桌话题"的部分，而在第五辑"我们生活的世界"中增加了《对这个世界的失望与惊奇》和《面向大众的追求卓越》两篇，以反映科技，尤其是网络科技在我们这个生活世界的重要地位和快速演变的利弊，其他文章也有随手修订，不赘。

何怀宏

2013年4月5日于北京褐石

领读 用文字照亮每个人的精神夜空

何怀宏经典作品选

出 品 人	康瑞锋
项目统筹	田 千
产品经理	贺晓敏
编　　图	宽 堂
装帧设计	周伟伟

何怀宏经典作品选

《若有所思》

《生命与自由：法国存在哲学引论》

《比天空更广阔的》

《沉思录》

《道德箴言录》

《域外文化经典选读》

在这里，与我们相遇

领读名家作品·推荐阅读

领读小红书号

领读微信公众号

黄石文存

冯至文存

费孝通作品精选

陈从周作品精选